© 2005 by Röschen-Verlag
Mühlbruchstr. 5, D-60594 Frankfurt/Main
Internet: www.simon-schweitzer.de
e-Mail: demant@simon-schweitzer.de
Alle Rechte vorbehalten.
Umschlagillustration: Andreas Mielke
Druck: Heyne-Druck
1. Auflage

Tagesgeschäfte

Ein Frankfurter Wirtschaftskrimi
von Frank Demant

Röschen-Verlag

Der Autor
Frank Demant, geboren 1959 in Frankfurt/Main,
wohnhaft im Stadtteil Sachsenhausen.
Taxifahrer seit 1984.

Montag, 27. Januar 1992. Theo Keck lag mit hinter dem Kopf verschränkten Händen auf seiner Wohnzimmercouch. Ohne es heraufbeschworen zu haben, verspürte sein Körper das imaginäre sanfte Schaukeln einer Hängematte, und im Geist hörte er das beruhigende Rascheln der Palmblätter über ihm. Das passierte ihm in letzter Zeit öfter, schließlich waren nur zehn Tage vergangen, seit er aus Lamai, einem kleinen Badeort auf der der thailändischen Ostküste vorgelagerten Urlaubsinsel Ko Samui, ins winterliche Frankfurt zurückgekehrt war. In Lamai hatte sich Adrian, sein langjähriger und einziger Freund, in den letzten Jahren ein kleines Paradies erschaffen; eine Bungalowanlage mit dazugehörigem Restaurant direkt am Strand. Theo hatte ihn in den letzten drei Wintern für jeweils vier Wochen besucht und trug sich intensiv mit dem Gedanken, es seinem Freund in etwa acht Jahren, wenn seine Sparverträge ausliefen, gleichzutun. Adrian hatte ihm bei seinem letzten Aufenthalt angeboten, in sein Geschäft einzusteigen. Davon träumte er, wann immer er Muße dazu fand.

Das reale Geräusch durchlaufenden Kaffeewassers harmonierte nur wenig mit dem rhythmischen Wellenschlag des Golfs von Siam, was Theo dazu veranlaßte, sich einen Ruck zu geben, aufzustehen und in die Küche zu gehen, um sich Kaffee einzugießen. Mit der Tasse in der Hand, von Zeit zu Zeit einen Schluck nehmend, fütterte er sein Meerschweinchen, das er auf den Namen Buffy getauft hatte, und kraulte ihm vertraulich das braun-weiß gescheckte Fell. Ein Blick auf seine Armbanduhr verriet ihm, daß es an der Zeit war. Hastig trank er seinen nurmehr lauwarmen Kaffee aus und zog sich seine Jeansjacke an. Die paßte zwar nicht zu seiner auf Falte gebügelten grauen Stoffhose, aber bis zur KonTrast Bank, bei der er seit fast drei Jahren als Fahrer angestellt war, waren es nur zehn Minuten Fußweg, und dort würde er die Jacke gegen ein graues Dienstjacket tauschen. Vor seiner Zeit bei der KonTrast war Theo mehr als vierzehn Jahre Taxifahrer gewesen. Er kannte Frankfurt, wo er auch geboren worden war, in- und auswendig. Die vielen betrunkenen Fahrgäste, die er damals zu befördern hatte, konnte er zum Schluß einfach nicht mehr ertragen und sie waren letztendlich für diesen Arbeitsplatzwechsel ausschlaggebend gewesen. Eine Uniform tragen zu müssen, dachte er damals, war immer noch besser als der Ärger, den ihm solche Kunden bescherten, auch wenn er die Freiheiten, explizit die freie Zeiteinteilung, die ihm sein früherer Beruf eingeräumt hatte, manchmal schmerzlich vermißte.

Er warf einen letzten Blick in den Spiegel und verließ seine kleine Wohnung im unteren Teil des Oeder Wegs. Noch war die Urlaubsbräune nicht ganz verschwunden und die ansonsten hellbraunen Haare waren noch fast blond. Vielleicht zwei Wochen, dachte Theo traurig, dann wird sich das auch geändert haben.

Zehn Minuten später betrat er den Aufenthaltsraum der Fahrbereitschaft und grüßte die anwesenden Kollegen. Er hatte heute Spätschicht. Durch die Glasscheibe des Büros sah er Peter, der gerade telefonierte und mit der freien Hand sein Hemd über dem Bauchansatz in die Hose steckte. Mit einer heißen Tasse Kaffee ausgerüstet betrat Theo den winzigen Raum, dessen karges Mobiliar aus zwei Stühlen, einem ziemlich ramponierten Aktenschrank und einem Schreibtisch bestand, auf dem eine antike Adler-Schreibmaschine verloren wirkte.

„Guten Morgen, Chef."

„Servus, Theo."

„Was liegt heute an?" erkundigte sich Theo.

„Nicht sonderlich viel. In einer halben Stunde bringst du zwei Japaner zum Flughafen. Dort kannst du dich dann eine Stunde vergnügen, bis der Krauther aus München eintrifft. Wahrscheinlich will er sofort nach Hause. Du kommst dann wieder her."

„War das schon alles?" meinte Theo belustigt, „ein bißchen mehr könntest du mir schon zumuten."

„Würde ich liebend gerne, doch bislang liegt für heute abend nur noch eine Vorbestellung vor. Einer von den Chef-Fahrern ist krank, und im Kronberger Schloß-Hotel findet ein immens wichtiges Geschäftsessen statt. Du weißt schon, eins von denen, wo unsereins sich wegen mangelhafter Tischmanieren nur blamieren würde."

„Muß ich dann wieder so lange warten, bis die Herrschaften ..."

„Nein, keine Sorge, du sollst sie nur hinbringen. Pünktlich Feierabend wäre also aller Voraussicht nach gewährleistet. Mehr interessiert dich doch sowieso nicht."

„Doch. Was ist mit Blacky? Ich habe so lange nichts mehr von ihm gehört, daß ich mich schon wohlzufühlen beginne. Ihm wird doch nichts passiert sein?"

Blacky war unter den Fahrern der Spitzname von Direktor

Schwarz, der aus vielerlei Gründen mehr als unbeliebt war. Die gravierendsten waren dessen Hochnäsigkeit, seine schon sprichwörtliche Arroganz, und die sporadischen Eskapaden, bei denen er zu viel Alkohol zu trinken pflegte, was ihn noch unausstehlicher werden ließ, als er es ohnehin schon war.

„Nein, du brauchst keine Angst zu haben, Blacky war heute morgen noch putzmunter. Er ist zum Flughafen gebracht worden und kommt vor Donnerstag nicht zurück. Du kannst die KonTrast also die nächsten drei Tage getrost als Sanatorium betrachten", erklärte Peter. „Ich weiß noch, als ich noch selbst gefahren bin ..."

„Ich weiß. Ich weiß", unterbrach Theo abwinkend, denn er kannte Peters Ausflüge in die Vergangenheit zur Genüge. Er ging zu seinem Spind. Die Chauffeursmütze mit dem froschgrünen T auf der Stirnseite würde Theo heute nicht brauchen. Die Kleiderordnung hatte sich auch bei der KonTrast Bank im Laufe der Jahrzehnte gelockert und das Tragen der Mütze war nur bei feierlichen Anlässen und bei der Beförderung hochrangiger Gäste vorgeschrieben.

Während Theo sich die dritte Tasse Kaffee einschenkte, mußte er schmunzeln, denn die Abwesenheit Direktor Schwarz' wirkte wie Balsam auf seiner Seele. Blacky war der einzige Grund, der Theo einfiel, daß er manchmal schlechtgelaunt seine Arbeit verrichtete.

Die restliche Zeit bis zu seinem ersten Fahrauftrag vertrieb er sich mit einem Kreuzworträtsel.

Von den japanischen Geschäftsleuten hatte Theo überraschend zehn Mark Trinkgeld erhalten, was ihn an seine Zeit als Taxifahrer erinnerte. Laut Anzeigentafel hatte die LH-Maschine aus München zehn Minuten Verspätung. Das geht ja noch, dachte Theo. Er konnte langes Warten nicht ausstehen, sofern er sich außerhalb seines Wagens befand. Damit ihm nicht langweilig wurde, hatte er es sich zur Angewohnheit gemacht, immer ein Buch im Auto liegen zu haben. Es kam häufig vor, daß er stundenlang lesen konnte, während er auf die bei Geschäftsessen oder Sitzungen weilenden Direktoren warten mußte.

„Guten Abend, Herr Keck. Wir hatten leider eine kleine Verspätung", wurde Theo jäh aus seinen Gedanken gerissen, die sich wieder einmal mit seinem letzten Thailand-Urlaub beschäftigten.

„Guten Abend, Herr Direktor. Ich hoffe, Sie hatten einen angenehmen Flug." Theo nahm Krauther den Kleidersack aus der Hand.

„Danke, hatte ich. Wir fahren nach Königstein. Wie sieht's auf der Autobahn aus?"

„Frei, sofern man der letzten Verkehrsdurchsage glauben kann." Dienstbeflissen öffnete Theo die hintere Tür des Wagens und ließ Krauther im Fond Platz nehmen. Aktenkoffer und Kleidersack verstaute er im Kofferraum.

Während er ausparkte, legte er die Kassette mit Klaviersonaten von Beethoven ein, von der er wußte, daß sie dem Direktor besonders gut gefiel. Am Autofahren fand Theo schon seit jeher Gefallen, weil man dabei seine Gedanken so schön in der Weltgeschichte umherschweifen lassen konnte. Krauther war auch in dieser Hinsicht ein angenehmer Fahrgast, denn auch er pflegte nach den üblichen Begrüßungsfloskeln aus dem Fenster schauend in seine Gedanken zu versinken. Wie Theo liebte er klassische Musik.

Am Abend hatte Theo nur noch die angekündigte Fahrt ins Kronberger Schloß-Hotel auszuführen. Derart geruhsame Tage waren eher die Ausnahme denn die Regel. Eine Stunde vor Feierabend, der bei der Spätschicht gewöhnlich um Mitternacht begann, wurde er von Peter nach Hause geschickt.

„Verlauf dich nicht und versuche, morgen ausnahmsweise mal pünktlich hier anzutreten. Außerdem sieht deine Kutsche aus wie schmutzig", hatte ihm Peter lachend hinterhergerufen, obwohl Theos Mercedes der einzige war, der immer wie gerade eben poliert aussah, und das bedeutete bei dem typischen Frankfurter Schmuddelwetter schon einiges.

Wie jeden Montag bestand Theos Abendessen, egal ob Früh- oder Spätschicht, auch diesmal aus einem großen, medium gebratenen Rumpsteak mit Kräuterbutter und drei Scheiben Pumpernickel. Danach sah er sich noch einen auf Video aufgezeichneten Dokumentarbericht über buddhistische Mönche in Asien an. Mit einer nicht zu stillenden Wißbegierde informierte sich Theo über Sitten und Bräuche seines möglichen asiatischen Altersruhesitzes, wann immer er Zeit dazu hatte.

Vor dem Schlafengehen stellte er seinen Wecker, denn er wollte morgen vor der Arbeit noch unbedingt ins Fitneßstudio gehen; um diese Zeit würde er die Geräte und die Sauna für sich alleine haben. Er warf noch einen Blick auf Buffy, die friedlich im Käfig schlummerte. Dann knipste er die Nachttischlampe aus.

„Sie warten hier!" Direktor Schwarz' barscher Kommißton dröhnte Theo noch in den Ohren. Seit zehn Minuten stand er mit dem Wagen im absoluten Halteverbot in der Goethestraße vor einem Herrenausstatter, den der Direktor aufgesucht hatte. Langsam wurde Theo ungeduldig, denn fünfzig Meter weiter vorne verteilten Politessen Strafzettel und bewegten sich langsam aber stetig in seine Richtung. Voller Ingrimm dachte er an Direktor Schwarz, den er als Taxifahrer wegen ungebührlichen Verhaltens schon längst und notfalls mit Gewalt vor die Tür gesetzt hätte. Er schluckte seinen Ärger herunter und startete den Motor. Nun mußte er auch noch eine Ehrenrunde um den Block drehen, um einen Strafzettel zu vermeiden.

„Wo bleiben Sie denn?" empfing ihn der Direktor, als Theo wieder vor dem Bekleidungsgeschäft anhielt. „Glauben Sie, ich hab den ganzen Tag Zeit?"

Mühsam unterdrückte Theo seine Wut. Zwei Pastiktüten segelten in den Fond, bevor Schwarz seinen Mantelsaum raffte und einstieg.

„Einmal zu mir", preßte der Direktor zwischen den Lippen hervor, bevor er sich in den Wirtschaftsteil der FAZ vertiefte.

Schwarz bewohnte mit seiner Frau ein schmuckes Einfamilienhaus in Bad Homburg, vor dem Theo nun stand und auf den Direktor wartete. Soviel er wußte, war Schwarz seit fünfundzwanzig Jahren verheiratet, und Theo fragte sich, wie es jemand so lange mit einer solchen Ausgeburt an Arroganz aushalten konnte. Nicht mein Problem, schob er diesen Gedanken rasch wieder beiseite und versuchte, sich auf die Nachrichten im Radio zu konzentrieren.

Es kam, wie Theo vermutet hatte; eine geschlagene Stunde mußte er auf die Herrschaften warten, und das wegen einer Fahrtstrecke von fünfhundert Metern zum Hannibal, einem Bad Homburger Edel-Bistro.

„Sie können dann Feierabend machen. Zurück nehmen wir ein Taxi", sagte Schwarz gönnerhaft und half seiner Frau beim Aussteigen.

Wie nobel von dir, dachte Theo und bemitleidete aus eigener Erfahrung schon jetzt den Taxifahrer, der die Herrschaften nach

Hause bringen würde. Schwarz war der einzige unter den leitenden Angestellten der KonTrast, der zum letztjährigen Weihnachtsfest der Fahrbereitschaft nicht mal die obligatorische Kiste Wein beigesteuert hatte, rief sich Theo wieder ins Gedächtnis, während er die dunkelblaue Mercedes-Limousine Richtung Autobahn steuerte. Die untergehende Sonne tauchte die Frankfurter Skyline in ein unwirkliches Licht. Lediglich eine von keinem Wind weggewehte Dunstglocke störte den harmonischen Anblick.

Laut Plan hätte Theo diese Woche Frühschicht gehabt, doch als Horst, ein kurz vor der Pensionierung stehender Großvater, mit dem Wunsch an ihn herangetreten war, die Schichten zu tauschen, hatte Theo sofort eingewilligt. Aus verständlichen Gründen war die Spätschicht bei den verheirateten Fahrern unbeliebt. Theo, dem einzigen Junggesellen der Fahrbereitschaft, konnte das nur recht sein, denn er liebte das Ausschlafen über alles. Dem Spruch „Morgenstund hat Gold im Mund" konnte er absolut nichts abgewinnen und so kam er den Wünschen seiner Kollegen nach Schichttausch gerne nach. Er war gerade dabei, den verchromten Kühlergrill des Mercedes auf Hochglanz zu bringen, als Peter zu ihm trat.

„Daß du nicht glaubst, das Leben sei ein einziges Honigschlecken. Blacky braucht für achtzehn Uhr einen Wagen. Rate mal, wer der Fahrer sein wird", forderte Peter ihn auf, an seinem Spiel teilzunehmen.

Bereitwillig ging Theo darauf ein: „Laß mir ein wenig Zeit, die anderen haben schon längst Feierabend, stimmt's?"

„Stimmt."

„Ich bin also der einzige, der noch hier ist, stimmt's?"

„Nochmals richtig." Peter nickte eifrig.

„Da ich gerne Krimis lese und von daher im Schlußfolgern und Mutmaßungen anstellen einiges an Routine mitbringe, wage ich mal einen Tip: Bei der bedauernswerten Kreatur, der die zweifelhafte Ehre zuteilkommt, unseren nicht ganz so ehrenwerten Blacky chauffieren zu dürfen, könnte es sich um mich handeln." Voller gespielter Erwartung blickte Theo seinen Chef an.

„Manchmal frage ich mich ernsthaft, was aus dir alles hätte werden können", sagte Peter und entfernte sich kopfschüttelnd. Theos vormals liebevolles Polieren wechselte bei dem Gedanken an Blacky zu einem wütenden Hin- und Hergschrubbe.

Kurz vor sechs steuerte er den Wagen aus der Tiefgarage. Als hätte der Wettergott Theos Gemütsverfassung erraten, regnete es sintflutartig. Er parkte den Wagen vor der marmorsäulenverzierten Eingangshalle der KonTrast Bank und stieg aus, um dem Portier Bescheid zu geben, daß der Wagen für Herrn Direktor Schwarz bereitstehe. Zu Theos Erstaunen erschien sein Fahrgast pünktlich.

„Zur Filiale in die Schweizer Straße!" raunzte Schwarz in gewohnter Manier.

„Alles klar", entgegnete Theo knapp.

Der Direktor nahm sein Handy aus der Aktentasche und wählte: „Ja, Schatzi, ich bin's. Du, hör mal, es wird heute etwas später werden. Ich muß noch nach Sachsenhausen ... ja, fang ruhig schon ohne mich an ... so gegen halb neun, neun, schätze ich ... ja, okay, bis später. Tschüssi."

„Sie warten hier. Ich bin in einer Stunde zurück", blaffte Schwarz, als sie das Fahrziel erreicht hatten und setzte damit Theo schon wieder in Verblüffung, denn es war sonst nicht die Art des Direktors, seinen Fahrern gegenüber Andeutungen bezüglich des Zeitplans zu machen. Vielleicht hat er ja heute seine Sekretärin vernascht, fuhr es Theo durch den Sinn. Das monotone Prasseln der Regentropfen versetzte ihn in einen melancholischen Zustand. Im Radio suchte er einen seiner Stimmung angemessenen Sender und fand ihn schließlich in HR2, wo gerade die Fünfte von Schostakowitsch lief. Dann schob er den Sitz nach hinten und beobachtete die herabrinnenden Wassermassen auf der Windschutzscheibe.

Wiederum war Direktor Schwarz pünktlich und erneut überquerten sie die Untermainbrücke. Das Ziel war das Wall Street Corner, ein am Rande des berüchtigten Frankfurter Bahnhofsviertels gelegener Treffpunkt, der in der Nähe arbeitender Banker und gutverdienenden Angestellten lag.

Schwarz wies ihn an, auf der gegenüberliegenden Seite zu parken. Nachdem der Direktor ausgestiegen war, nahm Theo seinen Krimi aus dem Handschuhfach und begann zu lesen. Wann Schwarz zurückzukommen gedachte, hatte er nicht gesagt, aber aufgrund des Telefongesprächs, das der Direktor gehührt hatte, richtete sich Theo auf eine Stunde Wartezeit ein. Bald schon überkam ihn das dringende Bedürfnis auszutreten. Es war zwar schon dunkel, doch herrschte noch reger Feierabendverkehr, so daß ein herkömmliches An-den-Baum-stellen nicht in Frage kam. Gegenüber vom Wall Street Corner leuchtete die Reklame der Licher Bierstubb, einer stadtbekannten heruntergekommenen Abfüllstation der im Bahnhofsviertel ansässigen Alkoholiker. Da Theo keine elegantere Wahl blieb, nahm er sich ein Herz und betrat nach kurzem Zögern den Schankraum.

„Guten Abend. Eine Cola, bitte. Und wenn Sie mir sagen könnten, wo die Toiletten ..."

„Hinne links, neberm Flipper", kam die brummige Antwort einer überaus korpulenten Wirtin, die augenscheinlich kurz davor stand, ihrem Idol Bacchus ins Totenreich der Seelen zu folgen.

Theo fühlte einen heftigen Würgreiz, als er an das einzige noch nicht von Erbrochenem verdreckte Urinal trat. Ohne von seinem Getränk auch nur gekostet zu haben, legte er ein Fünfmarkstück auf den Tresen und verließ fluchtartig das Lokal, wobei er fast mit einer weiteren vom Alkohol zerfressenen Gestalt kollidiert wäre. Als er wieder im Regen stand, atmete er befreit auf. Von dem blinkenden Reklameschild einer Peep-Show angezogen, ging er über die Straße, sich die ausgehängten Aktfotos im Schaukasten näher zu betrachten. Theo hegte große Zweifel, daß die abgebildeten Strand-Schönheiten auch tatsächlich hier arbeiteten.

Sein Blick glitt gerade über die Fassade zu den roterleuchteten Fenstern hoch, als hinter ihm ein Mann mit aufgestelltem Mantelkragen vorbeiging, den er aus den Augenwinkeln wahrnahm und dem er nur kurz nachgeschaut hätte, wäre ihm nicht der unverkennbare Mantel aufgefallen. Er stutzte. Es war nicht nur der teure Kamelhaarmantel des Direktors, nein, es waren auch dessen Schuhe und Hose, die sich gemächlichen Schrittes entfernten. Irritiert blickte Theo zu seinem Wagen, als wäre von dort eine Antwort zu erwarten. Von einem inneren Impuls getrieben, ging er dem Mann nach, bis er kurze Zeit später in der Elbestraße das Sexy House betrat. Theo warf einen schnellen Blick in den Eingang und kehrte um. Nein, getäuscht hatte er sich nicht, überlegte er. Keineswegs hätte es ihn überrascht, den Direktor beim Betreten eines Bordells zweifelhaften Ruhms gesehen zu haben, doch die Person, der er nachgegangen war, hatte im Gegensatz zu Schwarz eindeutig eine Halbglatze. Wohl einer der Zufälle, die das Leben so parat hat, sagte er sich, ging zum Wagen und versuchte, sich wieder in seine Lektüre zu vertiefen. So ganz wollte ihm das aber nicht gelingen, immer wieder wanderten seine Gedanken zu Direktor Schwarz. War es vielleicht nicht doch möglich, daß ...

Eine halbe Stunde später stieg Theo wieder aus und lehnte sich gegen eine Litfaßsäule. Der Regen hatte nachgelassen. Beide Eingänge von Blackys Stammkneipe lagen in seinem Blickfeld.

Er wartete noch nicht lange, als die Gestalt im Kamelhaarmantel wieder auftauchte und das Wall Street Corner durch den Seiteneingang betrat. Theo gab seinen Beobachtungsposten auf und ging zum Wagen zurück.

Zehn Minuten später hatte die Kleidung scheinbar den Besitzer gewechselt und Schwarz blaffte beim Einsteigen: „Nach Bad Homburg."

Während der Fahrt beobachtete Theo den Direktor unauffällig durch den Rückspiegel. Er konnte nichts Außergewöhnliches an dessen Verhalten entdecken.

Das Wochenende über hatte sich Theo weiter mit seinen merkwürdigen Beobachtungen bezüglich Direktor Schwarz beschäftigt, ohne daß dabei eine für ihn plausible Erklärung herauskam. Um so mehr war sein Ehrgeiz angestachelt. Für Theo war es ein Spiel. Ein Spiel, das jedem Liebhaber von Kriminalliteratur bekannt war, und in dem man den Fall noch vor dem Kommissar zu lösen versuchte.

Kurz vor der Mittagszeit setzte er sich im Aufenthaltsraum zu drei seiner Kollegen an den Tisch, die sich mit einem Skat die Zeit bis zum nächsten Auftrag vertrieben.

„Sagt mal, weiß einer von euch, was für eine Art von Lokal das Wall Street Corner ist?" fragte er in die Runde.

„Na, eins von denen, wo du als Visitenkarte einen Boss-Anzug tragen mußt, sonst kommst du gar nicht erst rein", sagte derjenige, der rechts von Theo saß.

„Hab ich mir schon gedacht. Und was für ein Publikum verkehrt dort?" bohrte Theo neugierig weiter.

„Woher soll ich das denn wissen? Ich hab keinen Boss-Anzug und damit auch keine Eintrittskarte", lachte sein Tischnachbar und auch Theo fiel in das Gelächter ein. „Aber warum fragst du nicht mal Blacky, der ist da doch Stammgast."

„Gute Idee. Das werde ich bei Gelegenheit auch tun. Danke auch." Es war nicht das, was Theo hatte erfahren wollen, aber er wußte ja auch nicht, nach was er eigentlich suchte. Trotzdem gab er sich nicht damit zufrieden, erhob sich und ging in Peters Büro, der gerade entrückt die Lüneburger Heide in voll entfalteter Blütenpracht auf dem Wandkalender betrachtete.

„Störe ich?" fragte Theo zaghaft.

„Nein. Ich frag mich bloß, wie man die Blumen auf dem Bild dort nennt."

„Vielleicht Erika", schlug Theo vor.

„Mag sein. Den Namen zumindest hab ich schon einmal irgendwo gehört." Peter drehte sich zu ihm um.

„Mach dir nichts draus. Botanik ist meine Stärke auch nicht. Eine Salatgurke kann ich von einer Erdbeere nur anhand der Farbe unterscheiden", scherzte Theo. „Aber sag mal, Blacky ..."

„Was soll mit dem sein?"

„Trägt der vielleicht ein Toupet?" fragte Theo mit kriminalistischer Spürnase. „Ich meine, du bist doch schon viel länger als ich bei der KonTrast und kannst dich vielleicht erinnern ..."

„Soviel ich weiß, läuft Blacky schon seit eh und je mit derselben Frisur herum. Aber warum fragst du?"

„Weiß ich selbst nicht so genau. Ich dachte nur, vielleicht wüßtest du ..."

„Nein, tut mir leid. Aber wenn du mich fragst, sind Blackys Haare echt."

„Ja, sieht so aus. Hast du einen Auftrag für mich?" versuchte Theo vom Thema abzulenken, denn langsam kam er sich mit seiner Fragerei lächerlich vor.

„Im Moment nicht. Aber du weißt ja, nach der Mittagspause kommen die Bestellungen wieder gebündelt bei mir rein", antwortete Peter.

„Ja, gut. Und danke nochmals." Theo verließ das Büro, und Peter schaute ihm mit einem Blick nach, der besagte, daß er an Theos Verstand ernsthaft zweifelte.

Zweieinhalb Wochen später war ihm Schwarz erneut zugeteilt. Von der KonTrast waren es nur drei Minuten zu Fuß zum Wall Street Corner, doch der Direktor war erpicht darauf, seine vermeintliche Wichtigkeit dadurch herauszuheben, daß er sich so oft es ging chauffieren ließ.

Auf Geheiß des Direktors parkte Theo auf der gegenüberliegenden Straßenseite. Er wartete, bis Schwarz in dem Lokal verschwunden war. Dann ging er an den Kofferraum, zog sich eine blaue Trainingsjacke über sein Jackett und versteckte sich hinter der Litfaßsäule.

Eine Viertelstunde später verließ ein Mann mit Halbglatze in des Direktors Kamelhaarmantel das Wall Street Corner. Theo nahm die Verfolgung auf. Zusätzlich hatte er sich mit einer roten Wollmütze und dunkler Sonnenbrille getarnt. Im Vorübergehen erblickte er sein Spiegelbild in einer Schaufensterscheibe. Er kam sich außerordentlich lächerlich vor und überlegte, wie dumm doch Männer sein mußten, die nach Einbruch der Dunkelheit ihres Images wegen eine Sonnenbrille trugen. Kurz vor dem Sexy House verkürzte er den Abstand. Am Ende des Korridors sah Theo die Gestalt im Kamelhaarmantel die Treppe hinaufsteigen. Männer aller Gesellschaftsschichten, zur Hälfte ausländischer Abstammung, kamen ihm entgegen. Es roch abscheulich nach einem Gemisch aus Urin, Bier und Sex. In der zweiten Etage blieb der Herr mit der Halbglatze plötzlich stehen, um den Mantelkragen herunterzuklappen und in seiner Gesäßtasche das Nochvorhandensein der Geldbörse zu überprüfen – eine angesichts der Umgebung verständliche Reaktion. Dann sah ihn Theo an eine hellgraue Metalltür klopfen und kurz darauf, nachdem von innen geöffnet worden war, eintreten. Für den Bruchteil einer Sekunde konnte Theo sein Gesicht von der Seite sehen und glaubte, den Direktor erkannt zu haben, war sich aber nicht sicher. Nachdem er das Schnappen des Schlosses vernommen hatte, schlenderte Theo in Freiermanier, oder das, was er dafür hielt, den Flur entlang. Die meisten Türen waren verschlossen. Berufsverkehr, sinnierte er. Vor dem Zimmer, in dem der Mann verschwunden war, blieb er stehen und suchte vergebens nach einem Namensschild. Lediglich ein altes Messingschild hing neben der Tür und zeigte die Zimmernummer an. Er betrachtete seine Mission als beendet und machte kehrt. Er hatte die Treppe schon fast erreicht, als ihm eine wasserstoffblondierte Dame des Gewerbes den Weg verstellte.

„Na, schöner Mann. Lust auf einen netten Plausch zu viert?" fragte sie anzüglich.

Wer die beiden anderen sein würden, war für Theo unschwer zu erraten, da die momentan arbeitslose Dame ihre üppigen Brüste mit Hilfe ihrer Hände verführerisch auf- und abwippen ließ. Er merkte, wie ihm das Blut in den Kopf stieg und stammelte: „Nein ... nein, keine Zeit. Vielleicht ein anderes Mal."

„Wir heißen dich hier immer willkommen", hauchte sie und klimperte lasziv mit ihren künstlichen Wimpern.

Theo war erleichtert, als er wieder auf dem Bürgersteig stand. Im ersten Augenblick konnte er wegen seiner Sonnernbrille kaum etwas erkennen, zu abrupt kam der Wechsel vom gleißenden Licht im Sexy House zur matten Straßenbeleuchtung. Er hatte das Wall Street Corner schon passiert, als ihm ein Gedanke kam. Er kehrte um und öffnete die schwere, hölzerne und mit dem Kürzel „WSC" verzierte Eingangstür. An der Theke fragte er nach dem Zigarettenautomaten. Die Tische waren recht übersichtlich angeordnet und Direktor Schwarz konnte er erwartungsgemäß nirgendwo entdecken. Theo erinnerte sich an die Auskunft seines Kollegen und schaute sich verstohlen die Gäste an. Nur wenige Frauen waren unter den Anwesenden. Ihm schien es, als stünde den jungen Männern mit ihren teuren Anzügen, von denen vom Alter her fast alle seine Söhne hätten sein können, der Erfolg auf markante Weise ins Gesicht geschrieben. Erst jetzt wurde ihm bewußt, daß er mit seiner blauen Trainingsjacke und der roten Wollmütze an dieser Stätte der aufstrebenden Generation wie ein Fremdkörper wirken mußte. Hastig zog er die Mütze vom Kopf, zuckte bedauernd mit der Schulter, als sei er enttäuscht, daß seine Marke nicht zum Sortiment des Automaten gehörte. Doch niemand schenkte ihm Aufmerksamkeit. Der Narziß ist mal wieder mit sich selbst beschäftigt, dachte er und ging hinaus.

Theo hatte seinen Krimi in Ruhe bis kurz vor Mitternacht zu Ende lesen können, ehe der Direktor reichlich angetrunken wiedergekommen war und sich nach Hause hatte bringen lassen.

Nun saß er in seinem Wohnzimmersessel und durchblätterte einige alte Ausgaben des KonTrast-Reports, bis er fand, wonach er gesucht hatte. Aus einem weißen Blatt Papier schnitt er eine Schablone zurecht, bedeckte damit einen Teil der Haare des auf dem Foto abgebildeten Direktors und erkannte mühelos die Person, der er ins Sexy House gefolgt war. Keineswegs war Theo darüber erstaunt, denn es entsprach seiner Erwartung. Und was soll ich mit dem Wissen darum, daß Schwarz nur dem Schein nach eine harmonische Ehe führt, jetzt anfangen, fragte er sich voller Sarkasmus. Er überlegte. Von seinem Chef Peter wußte er, daß im Juli ein neuer Vorstandsvorsitzender gewählt werden sollte und daß sich die Direktoren Krauther und Schwarz berechtigte Hoffnungen auf einen durch Pensionierung frei werdenden Posten machten. Hätte Theo für Schwarz' Doppelleben irgendeinen handfesten Beweis gehabt, könnte er dessen Karriere ernsthaft gefährden. Diese Vorstellung gefiel ihm. Aber warum sollte er so etwas tun, da er doch insgeheim hoffte, Schwarz würde in den Vorstand aufrücken, womit ihm automatisch ein Privatchauffeur zustehen und er aus Theos unmittelbarem Wirkungskreis verschwunden wäre. Nur in Ausnahmefällen bekamen es die Bediensteten der Fahrbereitschaft, der auch er angehörte, mit der obersten Hierachie-Ebene zu tun.

Theo legte den kleinen Stapel des KonTrast-Reports wieder ins Regal zurück und warf die Schablone in den Papierkorb. Er würde am nächsten Montag seinen Kollegen gegenüber nichts von Blackys Bordellbesuchen erzählen, obwohl er mit dieser Neuigkeit für kurze Zeit im Mittelpunkt des allgemeinen Interesses stehen würde. Es gehörte nicht zu seiner Art, anderen Menschen übel nachzureden, auch wenn er Direktor Schwarz abgrundtief verachtete. Trotzdem fand er den Gedanken daran verführerisch. Er putzte sich die Zähne und legte sich schlafen.

Da Schwarz diese Woche bei einem Fortbildungsseminar für Führungskräfte in Düsseldorf weilte, glaubte Theo, einige geruhsame Tage vor sich zu haben. Er hatte Frühschicht und als letzten Auftrag für heute sollte er noch Direktor Krauther nach Hause fahren.

Theo wartete vor dem imposanten Portal der KonTrast und schmökerte ein wenig in Noah Gordons „Medicus", den er sich tags zuvor gekauft hatte und der als nette Abwechslung zu seiner Leidenschaft, der Kriminalliteratur, gedacht war.

Pünktlich wie immer sah Theo den Direktor in Begleitung eines etwas untersetzten Herrn die Freitreppe herabgehen. Er vermeinte, ein für einen Außenstehenden kaum merkliches, überschwängliches Wippen in Krauthers Gangart zu erkennen. Als Chauffeur hatte er ein feines Gespür für die Stimmungen seiner Fahrgäste entwickelt. Höflich hielt er dem Direktor die Tür auf. Krauthers Umgangston seinen Untergebenen gegenüber unterschied sich wohltuend von dem seiner Direktoren-Kollegen, weswegen er zweifelsohne zu Theos Lieblingspassagieren gehörte.

Tatsächlich war Krauther bester Stimmung. Dieser Umstand

war auf eine Unterredung zurückzuführen, die am Nachmittag zwischen ihm und Eugen Vandenberg, seinem Mentor, stattgefunden hatte, in der ihm vertraulich mitgeteilt worden war, daß seiner Wahl in den Vorstand so gut wie nichts mehr im Wege stehe. Krauther, der dies als die Krönung seiner Karriere betrachten würde, liebäugelte zwar schon lange mit einer Beförderung, doch war er nicht ganz frei von Skepsis, was seine Fähigkeiten anging. Diese Art von Selbstkritik, die den meisten seiner Kollegen fremd war, äußerte sich in dem Gefühl, sich in seiner bisherigen Laufbahn mehr schlecht als recht durchgemogelt zu haben. Gewiß, in seinem Bereich führte er ein strenges Regiment, doch er zweifelte daran, ob das für einen Vorstandsposten ausreiche. Um so freudiger hatte er die Nachricht Vandenbergs zur Kenntnis genommen.

Euphorisch stieg er in den bereitstehenden Wagen. Bevor sie sich in den Verkehr einfädelten, glitt sein Blick an der Fassade der KonTrast empor, bis er versonnen auf dem von einer runden, weißen Neonleuchte eingerahmten T hängenblieb, das sich zwischen all den anderen im Frankfurter Abendhimmel leuchtenden Insignien eher bescheiden ausnahm. Aber was macht das schon, dachte er, sich glücklich zurücklehnend. Er sehnte sich danach, seine Freude mit seiner Frau zu teilen, die aber leider ausgerechnet diese Woche mit den beiden erwachsenen Töchtern einen Kurzurlaub auf Sylt verbrachte.

Mittlerweile standen sie schon die vierte Rotphase am Platz der Republik, als Krauther ein Gedanke kam, den er auch sogleich in die Tat umzusetzen gedachte. „Sagen Sie mal, Herr Keck, sind Sie eigentlich verheiratet?" fragte er rundheraus.

Theo, der verträumt Mussorgskis Bildern einer Ausstellung gelauscht hatte, vernahm zwar die Worte, konnte aber keinen Sinn darin erkennen. „Äh, nein, Herr Direktor. Ich bin seit drei Jahren geschieden", antwortete er unsicher, denn er mochte das Thema nicht sonderlich. Seine Ehe betrachtete er im Nachhinein als einen, wenn auch langandauernden Betriebsunfall, denn im Grunde seines Wesens war er seit jeher ein Einzelgänger. Diese Erkenntnis war ihm schon kurz nach der Hochzeit gekommen, doch hatte es noch Jahre gebraucht, bis er sich endlich zur Trennung durchgerungen hatte. Glücklicherweise hatte diese Mesalliance keine Kinder zur Folge gehabt.

„Gut. Es besteht nämlich die Möglichkeit, daß ich demnächst

in den Vorstand gewählt werde. Wie Sie wissen, würde mir dann auch ein Privatchauffeur zur Verfügung stehen", versuchte Krauther einen gelungenen Einstieg. Es war das erste Mal, daß er sich mit einem Fahrer über etwas unterhielt, das über den sonst üblichen Austausch von Höflichkeitsfloskeln hinausging.

„Natürlich. Alle die vom Vorstand haben einen ...", bestätigte Theo.

„Ja. Und ich muß zugeben, daß man sich bei Ihnen im Wagen sehr gut aufgehoben fühlt. Sie können Autofahren, das merkt man", schmeichelte Krauther.

„Danke. Danke, Herr Direktor." Theo verschlug es vor Rührung fast die Sprache.

„Worauf ich hinausmöchte ist, ich würde Ihnen die Stelle unter der Prämisse anbieten, daß die Entscheidung tatsächlich zu meinen Gunsten ausfällt. Sie bekämen dann ein deutlich verbessertes Gehalt. Allerdings wäre Ihr neues Tätigkeitsfeld auch mit etwas größeren Unannehmlichkeiten verbunden. Aber das wissen Sie ja alles selbst."

„Ja, natürlich. Ich weiß ..." Theo versuchte, sich auf den Verkehr zu konzentrieren.

Krauther befreite ihn davon, noch etwas hinzufügen zu müssen. „Sie brauchen selbstverständlich heute noch keine Entscheidung zu treffen. Es war nur eine hypothetische Frage meinerseits, denken Sie in aller Ruhe darüber nach. Ich werde Sie dann nochmals ansprechen, wenn das Thema konkretere Formen angenommen hat."

„Ja, danke. Natürlich werde ich darüber nachdenken. Es ist schließlich ein ..." Theo wußte nicht weiter. Da auch Krauther nichts mehr sagte, verbrachten sie die restliche Fahrt schweigend. Beide träumten von einer rosigeren Zukunft.

Entgegen seinen sonstigen Gepflogenheiten kaufte sich Theo nach Feierabend an einem Kiosk eine Flasche Bier, ging in den Holzhausenpark und setzte sich auf eine Bank, die er vorher mit seinem Taschentuch gesäubert hatte. Er war innerlich aufgewühlt. Die Worte Krauthers – „Man fühlt sich bei Ihnen sehr gut aufgehoben" – erfüllten ihn mit Stolz. Zufrieden nahm er einen großen Schluck. Er versuchte, sich die Arbeit als Privatchauffeur vorzustellen. Jede Menge Zeit würde er haben, während er Stunde um Stunde damit verbringen würde, auf Vorstandsmitglied Krauther zu warten. Auch würden reichlich Überstunden anfallen, die entweder entlohnt oder in freien Tagen abgegolten wurden. Nun gut, sein Leben würde sich nach Krauthers Terminplan richten, aber Theo war ja schließlich Junggeselle. Wieviel er wohl mehr verdienen würde? Zumindest eine neue Stereoanlage könnte er sich dann leisten, und sein Traum von Ko Samui würde wieder ein Stückchen näherrücken. Überlegen Sie es sich in Ruhe, hatte der Direktor gesagt. Für Theo waren die Überlegungen abgeschlossen. Zufrieden trank er das restliche Bier und machte sich auf den Heimweg.

Völlig benommen saß Direktor Krauther in seinem Büro. „Sehen Sie zu, daß so etwas nicht wieder vorkommt." Mit diesen Worten hatte ihn Dr. Schmitz-Warenberg, ein Mitglied des Vorstandes, vor einer halben Stunde entlassen. Diesem unterkühlten Abschied war ein äußerst unangenehmes Gespräch vorausgegangen, bei dem sein Vorgesetzter ihm grobe Schlamperei und Schlimmeres vorgeworfen hatte. Folgendes war passiert: Ein Sachbearbeiter in der Wertpapierabteilung, ein gewisser Dumas, hatte vor vier Monaten festgestellt, daß in der Couponkasse Provisionen, die der Kunde im Normalfall zu zahlen hatte, nicht einbehalten worden waren, was wiederum bedeutete, daß der Bank im Laufe der Jahre eine Summe von mehreren Hunderttausend Mark an Provisionen, Versicherungs- und Portogebühren entgangen war. Dumas hatte, nachdem er sich nach den Zahlungsmodalitäten bei anderen Banken erkundigt und seine Vermutungen bestätigt bekommen hatte, seinen Vorgesetzten, den Prokuristen Gerhard Dregger, schriftlich über diesen Fehler in Kenntnis gesetzt. Nachdem dieser den Inhalt des Schreibens sowie mehrere Nachfragen des Herrn Dumas, ob sich denn nun etwas ändern würde, ignoriert hatte, hatte sich Dumas mit einem Schreiben gleichen Inhalts direkt an Herrn Krauther gewandt.
Der Direktor, der dem Brief, wie er sich eingestehen mußte, wenig Bedeutung beigemessen hatte, hatte nicht damit gerechnet, daß ein unbedeutender Sachbearbeiter seine Beschwerde dem Vorstand vortragen würde. Doch genau das hatte Dumas getan, wobei er natürlich auch darauf hingewiesen hatte, daß die Herren Dregger und Krauther seit geraumer Zeit über die Sache informiert waren. Dr. Schmitz-Warenberg war über den Vorfall sehr aufgebracht gewesen und hatte die erste Gelegenheit wahrgenom-

men, den Direktor zur Rede zu stellen.

Nun saß Krauther wieder in seinem Büro und ließ das Gespräch Revue passieren. Schmitz-Warenberg hatte ihn nicht nur zum Hauptverantwortlichen für die ganze Geschichte gemacht, sondern ihm sogar zu verstehen gegeben, daß sich dieses Fehlverhalten sehr ungünstig auf die bevorstehende Wahl zum Vorstand auswirken würde.

Krauther sah aus dem Fenster und ließ seinen Blick über die Frankfurter Skyline schweifen. Er konnte sich jedoch nicht wie sonst an der Aussicht erfreuen. Der sicher geglaubte Vorstandsposten war in Gefahr. Wahrscheinlich würde Schwarz nun gewählt werden, schlußfolgerte er. Wütend hieb Krauther auf seinen Schreibtisch. Dieser Dumas sollte ihn kennenlernen, so ging man nicht mit einem zukünftigen Vorsta ... Erneut traf ihn die Erkenntnis, daß all seine Träume sich vielleicht in Luft auflösen würden, es war wie ein Schlag ins Gesicht und seine plötzlich aufgekeimte Wut wich einer tiefen Verzweiflung. Er nahm den Telefonhörer ab, wählte die Nummer seiner Sekretärin und sagte sämtliche Termine für heute ab. Schwer atmend lehnte er sich zurück. Ganz ruhig, Max, versuchte er sich selbst zu beschwichtigen, noch ist nicht aller Tage Abend, das kriegen wir schon wieder hin.

Knapp zwei Wochen waren vergangen, seit Theo dem Direktor mitgeteilt hatte, daß er sehr gerne als dessen Privatchauffeur arbeiten würde. Krauther hatte daraufhin seine Sekretärin beauftragt, stets nach einem Herrn Keck als Fahrer zu verlangen, falls er einen Wagen von der Fahrbereitschaft benötigte. Peter, den Theo als einzigen in seine Beförderungsaussichten eingeweiht hatte, berücksichtigte die Wünsche des Direktors so gut, wie es die Auftragslage zuließ.

Als Theo am Vorabend seinen voraussichtlich zukünftigen Chef nach Hause gefahren hatte, hatte er zwar dessen außergewöhnliche Gereiztheit bemerkt, dem aber keine übermäßige Bedeutung beigemessen.

Den Ernst der Situation erkannte Theo, als er am folgenden Tag Peters Büro betrat. „Servus Peter, hat mein Chef in spe schon nach mir verlangt?"

„Nein, aber setz dich doch mal einen Moment."

„Aha, schlechte Nachrichten", mutmaßte Theo.

„Wie man's nimmt. Aber wer sitzt, kann nicht umfallen."
Theo schob einen der beiden Stühle an den Tisch und machte es sich bequem. „Na dann schieß mal los, ich bin ganz Ohr."
„Okay, du weißt ja, wie das in einer großen Firma so ist ... der kennt den ... und der plaudert hin und wieder mit dem. Na, auf jeden Fall ist es bis zu mir vorgedrungen, daß der Krauther ganz schön in der Patsche sitzt."
„Inwiefern?" fragte Theo besorgt.
„So genau weiß ich es auch nicht, aber er muß verdammt viel Geld in den Sand gesetzt haben. Sehr viel Geld."
„Mit anderen Worten: die Beförderung kann sich Krauther abschminken und ich mir die ruhige Kugel, die ich in absehbarer Zeit zu schieben gedachte, stimmt's?"
„Mag sein, aber wie gesagt, nichts Genaues weiß man nicht. Ich wollte es dir nur gesagt haben."
„Wie gewonnen so zerronnen, hat jedenfalls mal so ein schlaues Bürschchen gesagt", versuchte sich Theo in Galgenhumor.
„Vielleicht ist ja auch alles nur halb so dramatisch, wie es sich momentan darstellt."
„Vielleicht", sagte Theo ohne Überzeugung und nahm Peter den Fahrauftrag aus den Händen, den dieser ihm entgegenhielt. Herr Baumann vom Flugplatz in Egelsbach zur Zentrale in der Mainzer Landstraße, las Theo geistesabwesend und ging zu seinem Wagen.

Wann immer Direktor Krauther an den darauffolgenden Tagen in Theos Wagen saß, war von dem Druck, der auf ihm lastete, kaum etwas zu spüren; zumindest litt seine ausgesprochene Höflichkeit nicht darunter. Theo, dem gegenüber der Direktor bislang keinerlei Andeutungen gemacht hatte, blieb dessen Niedergeschlagenheit jedoch nicht verborgen.
Als ob das nicht schon gereicht hätte, war er von Peter gestern dazu eingeteilt worden, Direktor Schwarz nach Trier ins Waldhotel zu fahren, in dem der alljährliche Filialleiterkongreß der KonTrast Bank stattfinden sollte. Nach dem geschäftlichen Teil war noch ein Festessen angesetzt.
Das Abendessen hatte Theo gemeinsam mit einem halben Dutzend weiterer Chauffeure in einem neben dem Kongreßsaal liegenden separaten Speiseraum eingenommen.
Stunden später saß er in seinem Wagen und betrachtete das

Treiben der Kongreßteilnehmer durch die Gardinen des Tagungsraumes. Fast alle anderen Fahrer waren mit den ihnen anvertrauten Führungspersönlichkeiten schon längst auf dem Nachhauseweg. Blacky wird garantiert erst auftauchen, wenn die letzten Lichter hier ausgehen, dachte Theo mißmutig.

In diesem Punkte allerdings sollte er sich täuschen. Hinter der Glasfront konnte er noch gut zwei Dutzend sich zuprostender Silhouetten ausmachen, als er Direktor Schwarz, begleitet von einer stark schwankenden Gestalt, auf den Wagen zukommen sah. Angewidert stieg er aus, um den beiden Herrschaften die Tür aufzuhalten.

„So, Kläuschen, du mußt jetzt dirigieren. Wir fahren nämlich noch wohin, Herr Chauffeur", meinte Direktor Schwarz leutselig und klopfte seinem Kollegen dabei kräftig auf den Oberschenkel.

O Gott, womit hab ich das bloß wieder verdient? fragte sich Theo mißgelaunt.

„Esst ma' ... esst ma' auf Auto ... die Autobahn."

Theo hatte ernsthafte Schwierigkeiten, die Wegbeschreibungen von Kläuschen zu entschlüsseln. Einmal mußte er sogar wieder wenden, als sie vor der Umzäunung eines abgelegenen Bauernhofes standen. Schließlich erreichte man das Ziel, und wie Theo schon befürchtet hatte, war es frivoler Natur. Moulin Rouge stand großspurig über der Eingangstür. Den Nobelkarossen nach zu urteilen, die davor parkten, handelte es sich um ein Etablissement der gehobeneren Ansprüche. Es lag etwas abseits von der kleinen Ortschaft, die sie zuletzt durchfahren hatten und wurde von einer Bar und einem kleinen Hotel flankiert. Direktor Schwarz, eindeutig der Nüchternere von beiden, wandte sich an Theo: „Wir sind gleich wieder da."

Du glaubst doch nicht allen Ernstes daran, daß dein Kumpel überhaupt noch zu einem Fick fähig ist, dachte Theo stinkwütend, sagte aber: „Entschuldigen Sie, Herr Direktor, aber ich bin morgen früh um halb neun für einen Fahrauftrag eingeteilt und Sie wissen, daß uns Fahrern aus Sicherheitsgründen sechs Stunden Schlaf vorgeschrieben sind." Das entsprach nicht ganz der Wahrheit, denn weder hatte Theo morgen Frühschicht, noch hatte er sich jemals über gesetzliche Ruhepausen informiert. Doch sah er es nicht ein, wegen Blackys anrüchigem Privatvergnügen um seinen Schlaf gebracht zu werden.

„Ich habe doch gesagt, daß wir gleich wieder zurück sind",

erwiderte Schwarz ungehalten, und in seiner Stimme schwang unleugbar ein Ton mit, der hinterfragte, wie ein Nichts von einem Chauffeur sich erdreisten konnte, einen Direktor zu belehren. Da Theo keine Anstalten machte, den beiden die Tür aufzuhalten, bemerkte der Direktor beim Aussteigen zu seinem Kollegen in einer Lautstärke, die keinen Zweifel daran ließ, daß es eigentlich für Theos Ohren bestimmt war: „Das Fahrpersonal wird heutzutage auch immer unverschämter."

Nachdem die beiden an der Eingangstür um Einlaß gebeten und bekommen hatten, schlug Theo mit solcher Wucht auf das Lenkrad, daß er schon fast befürchtete, etwas beschädigt zu haben. Okay, du Wichser, wir haben jetzt zwanzig nach zehn und wenn du um Mitternacht nicht zurück bist, fahre ich alleine nach Hause und morgen werden wir dann sehen, wer von uns beiden in diesem Fall die besseren Karten hat, schwor sich Theo und stieg in der Hoffnung aus dem Wagen, seine Wut würde an der frischen Landluft verrauchen. Er haßte es, sich nicht unter Kontrolle zu haben.

Die Uhr des Armaturenbrettes stand auf zwanzig nach zwölf und Theo war gerade im Begriff auszusteigen, um im Moulin Rouge Bescheid zu sagen, daß er sich nun auf den Heimweg zu machen gedenke, als Direktor Schwarz herauskam und auf den Wagen zuschwankte.

Na endlich, dachte Theo und stellte sich schlafend. Erst beim zweiten Klopfen an der Seitenscheibe reagierte er und tat so, als sei er gerade aus dem Tiefschlaf gerissen worden. Mit dem automatischen Fensterheber ließ er surrend die Scheibe herab. „Ja?!"

„Hören Sie, ich habe hier im Hotel nebenan ein Zimmer für Sie reservieren lassen", bemerkte der Direktor sachlich und holte aus seiner Brieftasche umständlich einen Hundertmarkschein heraus. „Der ist für Sie. Wir fahren morgen früh pünktlich um halb sieben von hier ab."

Theo war zu überrascht um etwas zu erwidern, und ohne sich dessen bewußt zu sein, nahm er den Geldschein entgegen und steckte ihn mechanisch in die rechte Tasche seiner Dienstjacke. „Ja danke, klar ... um halb sieben", murmelte er noch, als Schwarz längst wieder die Türklingel des Nobelbordells betätigte.

Nur mit einer Unterhose bekleidet lag Theo auf dem Bett des gemütlich eingerichteten Hotelzimmers. Er starrte auf die Blümchentapete der gegenüberliegenden Wand und war wütend auf sich. Wütend, weil er den Hundertmarkschein von dem, den er abgrundtief verachtete, angenommen hatte. Immer und immer wieder spielte er in Gedanken die Situation durch und wünschte sich, er hätte den Geldschein abgelehnt und wäre schon auf der Autobahn Richtung Frankfurt. Selbstverständlich ohne Direktor Schwarz, sollte der doch zusehen, wie er zurückkam. Leider spiegelten seine Gedankenspiele die Wirklichkeit nicht wider. Tatsache war, und daran konnte auch seine Phantasie nichts ändern, er hatte sich bestechen lassen, hatte Schweigegeld angenommen. Voller Groll auf sich selbst nahm er den Hunderter vom Nachttisch, knüllte ihn zusammen, warf ihn quer durchs Zimmer und schwor Rache. Für diese Erniedrigung, die der Direktor ihm beigefügt hatte, sollte Schwarz noch büßen. Nachträglich, denn die Chance, dieses Scheusal in seine Schranken zu weisen, hatte Theo jämmerlich verpaßt.

Als er am nächsten Morgen aufstand, hatte er nur wenig mehr als zwei Stunden geschlafen.

Es war der erste Tag seit Wochen, an dem die Sonne ein Einsehen mit den leidgeplagten Seelen Frankfurts hatte. Als Theo am Vormittag den Vorhang beiseite geschoben hatte, mußte er erst einmal blinzeln, so sehr hatten sich seine Augen an das bedrückende Grau der letzten Zeit gewöhnt. Spontan hatte er einen ausgedehnten Spaziergang beschlossen.

Jetzt saß er auf einer Parkbank am nördlichen Mainufer gleich neben der Anlegestelle der Ausflugsdampfer und beobachtete die sonntäglichen Spaziergänger. Die letzten Tage hatte er viel nachgedacht und nach und nach war in ihm ein Plan gereift, wie er Blacky von seinem hohen Roß stürzen konnte. Abends, wenn er im Bett lag und alles überdachte, schien ihm sein Vorhaben genial und durchführbar. Jetzt allerdings, da ihn die wärmende Sonne gütig stimmte, kamen ihm ernsthafte Zweifel. Warum lebe ich nicht einfach in Frieden weiter so wie bisher? Warum schere ich mich nicht einen Dreck um Blacky? Soll er doch mit seiner grenzenlosen Menschenverachtung glücklich werden. Was um alles in der Welt geht's mich an? versuchte er sich zu beruhigen und wußte es doch besser. Hätte er damals den Hundertmarkschein nicht angenommen, ihn vielleicht sogar dem Direktor vor die Füße geworfen, könnte er die ganze Angelegenheit als persönliche Konfrontation mit jemandem, der mit bedeutend mehr Macht ausgestattet war, als er es je sein würde, betrachten. Aber er hatte geschworen, sich für die erlittene Schmach zu rächen. Und davon wirst auch du mich nicht abbringen, sagte er mit einem Kopfnicken Richtung Sonne und mußte plötzlich so laut lachen, daß sich die Tippelbrüder, die es sich hinter ihm auf einem ausgebreiteten Schlafsack bequem gemacht hatten, erstaunt umdrehten. Als kurz darauf die Johann Wolfgang von Goethe anlegte und eine Gruppe asiatischer Touristen von Bord ging, stand Theo auf und setzte seinen Spaziergang fort.

Erst am frühen Abend kehrte er, mit einer Pizza und einem Tomatensalat beladen, in seine Wohnung zurück. Noch während er aß, holte er die Fotografie aus der Schreibtischschublade und legte sie neben den Pizzakarton. Du siehst gut aus, bemerkte er süffisant und gab dem darauf abgebildeten Direktor Schwarz einen Kuß.

Theo konnte es kaum glauben, daß es erst letzten Montag gewesen sein sollte, als er das Foto mit Blackys Konterfei aus der Betriebszeitschrift der KonTrast Bank ausgeschnitten und die Haarpracht des Direktors in akribischer Filigranarbeit mit hellgrauer Farbe – es war eine Schwarzweißfotografie – übermalt hatte. Die Schwierigkeit hatte darin bestanden, dem Schädelumriß, der unter dem Toupet ja nicht sichtbar gewesen war, die passende Form zu geben. Als er endlich mit seiner Arbeit zufrieden gewesen war, hatte er sein Werk auf den Schreibtisch gelegt, von drei Seiten beleuchtet und anschließend mehrfach aus verschiedenen Entfernungen fotografiert. Am Dienstag hatte er den Film in einem Express-Fotolabor entwickeln lassen und erstaunt festgestellt, daß auf den Abzügen von seinen Nachbesserungen so gut wie nichts zu erkennen war. Direktor Schwarz war gut zu erkennen. Die beiden besten Fotos hatte er nochmals vergrößern lassen und sie dann so zurechtgeschnitten, daß sie in die Plastikhülle seines Portemonnaies paßten.

Theo schluckte den letzten Bissen Pizza herunter und legte die übriggebliebenen Teigränder in den Meerschweinchenkäfig. Quiekend machte sich Buffy über diesen unerwarteten Leckerbissen her. Dann schloß er die Augen, um sich nochmals den kurzen Augenblick ins Gedächnis zu rufen, als er Direktor Schwarz das einzige Mal ohne Toupet gesehen hatte, damals im Sexy House. Als ihm das gelungen war, öffnete er langsam die Augen und betrachtete die Fotografie. Vielleicht habe ich ihm zuviel Haare übermalt, aber es könnte hinhauen, sinnierte er und legte sich aufs Sofa. Für sein Vorhaben hatte er einen Sonntag gewählt; da würde er vermutlich am wenigsten unter Zeitdruck stehen.

Zwei Stunden später, es war kurz vor acht, stand Theo wieder auf, steckte das Foto und fünfhundert Mark in sein Portemonnaie und bestellte sich ein Taxi. Letzteres tat er nicht, um damit Eindruck zu schinden, sondern es diente lediglich der Stärkung seines Selbstbewußtseins.

Bevor er das Fahrtziel nannte, gab er dem Fahrer fünfzehn Mark. Während der Fahrt schaute er aus dem Fenster und betrachtete die Stadt mit ganz anderen Augen. Es schien ihm, als hätten die vorübergleitenden Hausfassaden schärfere Konturen als sonst. Auch sah er Reklameschilder, deren Existenz ihm vorher nie aufgefallen war.

Als das Taxi vor dem Sexy House anhielt, wünschte er dem Fahrer noch gute Geschäfte und stieg aus. Als hätte er Angst, etwas von seinem Selbstbewußtsein zu verlieren, ging er sofort hinein und stieg die Treppe zwei Stufen auf einmal nehmend hinauf. Erst in der zweiten Etage verlangsamte Theo seinen Schritt wieder und versuchte gleichmäßig zu atmen. Wie er vermutet hatte, waren nur wenige Freier unterwegs. Vor der geschlossenen Tür des Zimmers 207 blieb er stehen. Vielleicht ist sie gerade beschäftigt, sagte er sich und wußte nicht so recht, was er tun sollte.

„Kannst ruhig anklopfen, Manuela ißt nur gerade was", fordert ihn eine schwarze Schönheit von Zimmer 214 auf. Theo fuhr erschrocken herum. Er war so auf sein Vorhaben fixiert gewesen, daß er gar nicht registriert hatte, daß die gegenüberliegende Tür geöffnet worden war.

„Ja ... äh, danke", flüsterte er, gab sich einen Ruck und klopfte zaghaft.

„Gern geschehen", sagte die dunkelhäutige Dame und musterte Theo professionell von oben bis unten.

Er fühlte sich ein wenig unbehaglich, und es schien ihm eine Ewigkeit zu dauern, bis die Tür endlich geöffnet wurde. Doch dann staunte er nicht schlecht. Vor ihm stand eine schwarzhaarige, wohlproportionierte junge Dame, die so groß war wie er selbst. Mit seinen Einsachtzig war Theo es gewohnt, auf Frauen herabzublicken.

Nachdem auch sie die Musterung abgeschlossen hatte, sagt sie: „Komm doch erst mal rein. Sorry, aber ich bin grade beim Essen, es dauert nicht mehr lange, dann bin ich für dich da."

„Ja, danke", murmelte Theo und trat ein. Manuela beschäftigte sich wieder mit ihrem Essen – einem indischen Take-Away-Imbiss. Er hängte seine Lederjacke über die Stuhllehne und setzte sich.

„Ich habe dich hier noch nie gesehen, wenn du möchtest, kannst du dich schon mal freimachen. Eine einfache Nummer kostet siebzig Mark, Sonderwünsche extra", erklärte Manuela routiniert.

Theo nickte nur und betrachtete den höchstens sechzehn Quadratmeter großen Raum. Ein doppeltüriger Schrank, ein Waschbecken, ein Tisch, zwei Stühle und zwei Puppen auf dem mit rosa Bettwäsche bezogenen Doppelbett. Ein Poster vom Königspalast in Bangkok schmückte die karge Wand. „Warst du mal da?"

Manuela folgte Theos Blick und erst nachdem sie ihre Mahlzeit zwei Minuten später beendet hatte, antwortete sie: „Nein, aber ich würde gerne. Vielleicht, wenn ich mit dem Studium fertig bin."

„Bitte?" fragte Theo erstaunt, denn das hatte er nicht erwartet.

„Du denkst, ich bin Deutsche ... bin ich aber nicht. Meine Eltern stammen von hier, ich bin Argentinierin."

„Ach so", meinte Theo nur, der sich nicht anmerken lassen wollte, daß sich sein Erstaunen eigentlich auf das Studium bezogen hatte.

Während Manuela aufstand, um sich an dem winzigen Waschbecken die Hände zu waschen, sagte sie: „Aber wir sind ja nicht zum Plaudern hier. Also, Bezahlung im voraus, und wenn dir nachher danach ist ... Trinkgeld nach Belieben."

Seitdem Theo das Zimmer betreten hatte, war die Anspannung, unter der er die ganze Zeit gestanden hatte, nach und nach von ihm gewichen. Er wußte zwar, daß Prostituierte die Kunst beherrschen, ihren Freiern das Gefühl zu geben, man kenne sich schon ewig, doch das hier ist eindeutig was anderes, dachte er, zog drei Hundertmarkscheine aus seinem Portemonnaie und legte sie auf den Tisch.

„Doch", sagte Theo. „Ich würde sehr gerne plaudern, das andere ist, äh, nicht so mein Fall. Sag einfach Bescheid, wenn die

Zeit um ist." Er schob das Geld in ihre Richtung. Erst jetzt fiel ihm auf, daß Manuela mit enger Blue Jeans und weißem T-Shirt für diese Umgebung geradezu züchtig gekleidet war.

Sie nahm das Geld und betrachtete es nachdenklich. „Du siehst nicht so aus, als wärst du meschugge. Wie heißt du?"

„Theo."

„Und ich Manuela."

„Ich weiß." Irgendwie hatte Theo das Gefühl, daß dies ihr richtiger Name war.

„Ich bin dir also empfohlen worden. Von wem?" fragte sie skeptisch.

„Nein, die kaffeebraune Königin von gegenüber hat mir deinen Namen genannt, als ich vorhin vor deiner Tür stand", erklärte Theo.

„Aber warum hast du vor meiner Tür gestanden? Du willst dich also mit mir unterhalten." Manuela sah ihn herausfordernd an.

Theo ließ die Geschichte, die er sich die Woche über ausgedacht hatte, fallen. Manuela war alles andere als auf den Kopf gefallen und würde ihm sowieso nicht glauben, gestand er sich ein und kam zu dem Schluß, daß er mit der Wahrheit die größeren Chancen haben würde: „Ja, ich wollte zu dir. Vor ein paar Wochen habe ich jemanden bis vor deine Tür verfolgt und diesen Jemand mag ich nicht sonderlich. Ich habe mir geschworen, ihm beruflich ... na ja, sagen wir mal so, ein paar Steine in den Weg zu werfen." Theo war überrascht, wie leicht ihm die Worte über die Lippen kamen. Er holte die präparierte Fotografie von Schwarz heraus und legte sie auf den Tisch. „Das ist der Mann."

Manuela besah sich kurz das Foto und nickte. „Ja, den kenne ich. Aber ich würde gerne die ganze Geschichte hören", sagte sie, stand auf und füllte zwei Gläser mit Mineralwasser. „Alkohol darf ich hier leider nicht ausschenken."

„Trink ich sowieso fast nie."

Danach schwiegen beide eine Weile, und Theo überlegte sich, wo er mit seiner Erzählung am besten beginnen sollte.

„Okay, dann fange ich mal an", sagte er endlich und redete fast zehn Minuten ununterbrochen. Einige Passagen schmückte er ein bißchen aus, bei anderen, insbesondere bei denen, die von Blackys Bösartigkeiten handelten, übertrieb er leicht. Als Theo fertig war, trank er sein Mineralwasser in einem Zug aus. Er schaute

Manuela an, die mit vor der Brust verschränkten Armen zugehört hatte und ihn ihrerseits musterte.

Schließlich sagte sie: „Ich glaube dir deine Geschichte, auch wenn sich Blacky, wie du ihn nennst, bei mir anders verhalten hat. Etwas Böses hat er aber an sich, für so etwas entwickelt man in meinem Beruf ein Gespür. Nur verstehe ich nicht, was das alles mit mir zu tun hat?"

Das war der heikle Moment, dem Theo einige Bedeutung zumaß. Er wollte jetzt, da er schon soweit gekommen zu sein glaubte, nichts mehr durch eine unbedachte Äußerung gefährden. „Nun, ich dachte, wenn ich ein paar, äh, Fotos von Blacky in verfänglicher Situation hätte, könnte ich ihn vielleicht ein wenig nervös machen", sagte er eine Spur leiser und fügte schnell hinzu: „Keine Erpressung, natürlich nicht, könnte ich auch gar nicht. Ich würde auch dafür bezahlen."

„Und wie würdest du die Aufnahmen machen wollen, dich vielleicht hier im Schrank verstecken?" Der sarkastische Unterton in ihrer Stimme war nicht zu überhören. Theo, der seine Hoffnungen dahinschwinden sah, nickte nur.

„Und du willst ... du willst tatsächlich Sexfotos von Blacky, so wie er es mit mir ...?" fragte Manuela mit einem breiten Grinsen. Und dann mußte sie so heftig lachen, daß ihr ein paar Tränen die Wangen herunterliefen.

Theo betrachtete sie wie einen exotischen Vogel. C'est la vie, dann habe ich eben Pech gehabt, es kann ja nicht alles im Leben gelingen, schade, dachte er resigniert und wollte schon aufstehen, als Manuela sich endlich wieder unter Kontrolle hatte und ihre Augen mit einem Taschentuch trocknete. „Das geht nicht."

„Was geht nicht?", fragte er leicht gereizt.

„Sexaufnahmen von Blacky. Er ist ... Blacky ist impotent."

Theo starrte sie mit weit aufgerissenen Augen an und als er nichts sagte, half ihm Manuela weiter: „Du mußt mich jetzt fragen, was er dann überhaupt im Bordell zu suchen hat."

„Ja, klar ... Was?" Verzweifelt versuchte er, seine Gedanken zu ordnen.

Manuela trommelte indes mit ihren Fingernägeln auf der Tischplatte. Dann öffnete sie plötzlich die Schublade, holte einen großen Briefumschlag heraus und legte ihn auf den Tisch. „Wirf mal einen Blick hinein", forderte sie ihn auf.

Theo tat wie ihm geheißen und betrachtete die Fotos, auf denen Direktor Schwarz in infantiler Pose, nackt und mit dem Daumen im Mund, an die ebenfalls nackte Manuela gekuschelt, abgebildet war. Zwei oder drei Aufnahmen zeigten Manuela mit einer Puppe auf dem Schoß. „Ich kann's nicht glauben. Und wer ... wer hat die gemacht?"

„Blacky selbst, mit Stativ und Selbstauslöser."

„Wozu?"

„Du kannst Fragen stellen. Zur Erinnerung, wozu sonst." Theo zog die Stirn in Falten. „Gut, dann erzähle ich dir auch mal eine kleine Geschichte. Vor fünf Monaten bin ich nach Frankfurt gekommen, direkt aus Buenos Aires, wohin ich auch wieder gehen werde und zwar fast genau in einem Monat. Dann habe ich nämlich genug Geld gespart, um mein Studium zu Ende zu führen. ... Und da Blacky das weiß, wollte er zur Erinnerung an mich ein paar Fotos haben. Fünfhundert Mark hat er mir dafür gegeben und ich habe sie entwickeln lassen, da er sich nicht getraut hat, sie selbst wegzubringen. Du kannst mir jetzt glauben oder es sein lassen, aber genau so ist es. Na ja, auf jeden Fall kommt er Ende nächster Woche hier vorbei. Und da ich dich sympathisch finde, ganz ehrlich, werde ich dir jetzt einen Vorschlag machen."

„Und wie sieht der aus?" fragte Theo, dessen Puls jetzt heftig schlug.

„Blacky hat fünfhundert für die Bilder gezahlt, also gibst du mir dasselbe nochmal. Ich laß' die Negative – die will Blacky selbstverständlich haben – einfach nochmals entwickeln. Ich würde sie dir an dem Tag geben, an dem ich abreise. Und du gibst mir dann das Geld. Da ich nicht vorhabe, je wieder freiwillig nach Frankfurt zu kommen, kann es mir also egal sein, was danach passiert. Und meinen richtigen Namen kennt hier sowieso niemand. Na, was hältst du davon?"

„Ich kann's nicht glauben", konnte Theo seine Freude kaum verhehlen.

„Das hast du heute schon einmal gesagt."

„Ja, natürlich. Weißt du, dein Vorschlag ist ... ist einfach klasse. Ich hätte dir auch noch mehr bezahlt, wenn ..." In diesem Moment klopfte es an der Tür. Manuela stand auf und öffnete sie einen Spalt.

„Ja, alles in Ordnung, danke", hörte Theo sie sagen.

„So, langsam muß ich mich zur Arbeit zurechtmachen. Du läßt

mir am besten deine Telefonnummer da. Vergiß nicht aufzuschreiben, ab wann du abends zu erreichen bist. Du kannst auch in vier Wochen hier vorbeikommen und dir die Bilder abholen, wenn dir das lieber ist."

Fünf Minuten später stand Theo vor dem Sexy House, stellte sich auf die Zehenspitzen und streckte beide Arme seitlich von sich. Dann begann er, wie einst Alexis Sorbas zu tanzen. Die Blicke, die er damit auf sich zog, störten ihn nicht im geringsten.

Ein paar Monate später. Die heiße Augustsonne hatte den Schatten fast vollständig von der Baustelle verdrängt, als Georg Dumas im vierten Stockwerk des altehrwürdigen KonTrast Gebäudes ans Fenster trat, um sich die Vorbereitungen zur festlichen Grundsteinlegung von Phoenix, dem neuen Bankenturm, auf dem Nachbargelände anzusehen. Kaffeetasse und Aschenbecher stellte er auf den von Taubenmist verunreinigten rötlichen Sandsteinsims. Seine Kollegen aus dem Währungsbereich waren zur Frühstückspause in die Kantine gegangen. Dumas zündete sich die zweite Gauloises dieses Tages an und behielt den Rauch lange in der Lunge, bevor er ihn wieder ausblies. Seit Sylvester hielt er sich penibel an seinen Schwur, während der Arbeitszeit nur alle Stunde eine Zigarette zu rauchen. Mittlerweile hatte er sich an die deutlich verringerte Nikotinzufuhr gewöhnt und griff auch automatisch in seiner Freizeit seltener zur Zigarette. Zur endgültigen Aufgabe seines Lasters konnte sich Dumas aber nicht überwinden, auch wenn er insgeheim wußte, daß er mit seinen zweiundfünfzig Jahren besser ganz aufhören sollte. Trotzdem war er stolz auf sich.

Auf der Baustelle, die Dumas im Blickfeld hatte, wurden gerade zwei Blumenkübel mit prachtvollen Thujas von einem hellbauen VW Pritschenwagen abgeladen und vor dem Eingang des Festzeltes arrangiert. Dutzende von froschgrünen T – dem Logo der KonTrast Bank – zierten die strahlendweißen Zeltwände. Für dreizehn Uhr war der Beginn der Festlichkeiten angesetzt. Abgeordnete des Stadtparlaments hatten ihr Erscheinen zugesagt. Herr Vandenberg, seit Juli Vorstandssprecher, sollte die Eröffnungsrede halten. Etwa dreihundert Angestellte waren abkommandiert, um als Claqueure einen dem Anlaß angemessenen Rahmen zu bilden. Georg Dumas gehörte nicht zu diesen Auserwählten, womit auch nicht zu rechnen gewesen war, waren doch seine Vorgesetzten –

allen voran Prokurist Gerhard Dregger – wegen des Vorfalls mit den nicht einbehaltenen Provisionen im Frühjahr dieses Jahres nicht gut auf ihn zu sprechen. Jener besagte Vorfall, der Krauther fast den schon sicher geglaubten Vorstandsposten gekostet hatte.

Gerade als Dumas seine Zigarette im Aschenbecher ausdrückte, entdeckte er seinen Vorgesetzten Gerhard Dregger in einer Gruppe leitender Angestellter, die damit beschäftigt war, das Rednerpult vor dem Festzelt auszurichten. Einer der Herren peilte im Abstand von etwa zehn Metern am ausgestreckten Arm über den Daumen und gab mit der freien Hand Anweisungen, nach welcher Seite das Pult noch zu verrücken sei. Zehn Minuten dauerte die Prozedur, bis man mit dem Ergebnis zufrieden war und sich den Blumenkübeln zuwandte. Nach fünfminütiger Beratung, in der wild mit den Händen gestikuliert wurde, war man sich offensichtlich einig, und vier Bauarbeiter wurden angewiesen, die kniehohen hölzernen Kübel mit den Thujas jeweils eine Handbreit nach hinten zu rücken.

„Das ist ja besser als im Kino", sagte Dumas amüsiert zu seiner Kollegin Silke Büdinger, die gerade zur Tür hereinkam und noch am letzten Rest ihres Frühstücksbrötchens kaute.

„Was ist besser als im Kino?" fragte Silke und spülte mit einem Schluck aus ihrer Cola Dose den letzten Bissen hinunter.

„Na, die Vorbereitungen für die Selbstdarstellungszeremonie heute nachmittag."

Silke gesellte sich zu Dumas, der ihr eine Kurzfassung der bisherigen Geschehnisse gab. Ihr gemeinsamer Vorgesetzter, Prokurist Dregger, war ja bekanntlich mit den Festvorbereitungen beschäftigt, und da auch sonst wenig Dringliches vorlag, konnte man es sich leisten, die Arbeit ein wenig schleifen zu lassen, was die beiden älteren Kollegen der Abteilung, die Herren Kryptar und Heintze, aber nicht davon abhielt, nach der Frühstückspause sofort an ihre Computer zurückzukehren.

Nach einiger Zeit ging auch Silke wieder an ihren Arbeitsplatz; nur Dumas konnte sich nicht von den Abläufen auf der Baustelle losreißen. Ein Herr im grauen Anzug und mit gelbem Schutzhelm diskutierte gerade aufgeregt mit der Gruppe leitender Angestellter. Er deutete auf die beiden Baukräne, die etwas abseits standen und zwischen denen ein Band mit dem weißblauen Logo der Baufirma hing. Als die Diskussion beendet war, ließ man sechs Arbeiter kommen, denen Dregger das soeben Besprochene nochmals erläuterte. Daraufhin verschwanden sie aus Dumas' Blickfeld und kehrten kurz darauf mit Schubkarren voller Sand zurück. Diesen verstreuten sie dann mit Schaufeln auf dem schlammigen Boden rechts von der sandigen Fläche, auf dem momentan das Rednerpult stand. Nachdem der Sand gleichmäßig verteilt war, schleppten sie das Pult auf das neu entstandene Sandquadrat und erneut begann die Prozedur des Ausrichtens, die den Bankern nun schon routinierter von der Hand ging. Als Ausrichtungspunkt dienten die beiden Baukräne etwa fünfzehn Meter hinter dem Pult. Kaum war man damit fertig, betrat Krauther – Ex-Direktor und jetziges Vorstandsmitglied – die Szenerie und betrachtete diese. Sein Blick wechselte ständig zwischen Rednerpult, Festzelt und Kränen hin und her und als er befand, alles ausgiebigst begutachtet zu haben, ging er forsch und kopfschüttelnd auf den Herrn mit dem gelben Schutzhelm zu. Nach einer halben Minute waren beide von Arbeitern und Angestellten umringt. Zweifelsohne schien ein größeres Problem aufgetaucht zu sein, denn tatsächlich kratzten sich einige der Herren hinter dem Ohr, intensives Nachdenken demonstrierend.

„Und wie gefällt dir der Film von der Baustelle?" unterbrach Silke seine Beobachtungen.

„Gut, nur wenn du es auf einer Leinwand sehen könntest, wärst du nicht überrascht, wenn plötzlich Charlie Chaplin auftauchen würde, so clownesk ist das alles."

„Spinner", erwiderte Silke und ihr breites Grinsen zeigte ein makellos weißes Gebiß.

„Natürlich bin ich einer. Wie könnte ich sonst hier arbeiten?" fragte Dumas und grinste ebenso.

Als er wieder ans Fenster trat, standen die Protagonisten in kleinen Gruppen herum. Es tat sich nicht viel, außer daß zwei Männer in weißen Kitteln aus dem Lieferwagen eines Party Services mit Aluminiumfolie bedeckte silberne Tabletts entluden. Dumas ging zu seinem Schreibtisch und gab einige Daten in den Computer ein. Hin und wieder stand er auf, um sich über den Stand der Dinge bezüglich der Festvorbereitungen auf dem Laufenden zu halten. Um elf Uhr waren die Terminsachen, mit denen Dregger ihn heute morgen beauftragt hatte, erledigt und ihn gelüstete es nach Nikotin. Ein Blick auf die große Uhr über der Eingangstür bestätigte ihm, daß bereits eine Stunde seit seiner letzten Zigarette vergangen war. Auch Silke stand auf und gesellte sich abermals zu ihm ans Fenster.

Die Baustelle hatte sich mit weiteren wichtig aussehenden Persönlichkeiten gefüllt. Eine Kamera wurde aufgebaut und am Rednerpult wurden mehrere Mikrophone installiert. Das Partyzelt war vollständig abgebaut worden und sein Gerüst stand jetzt an dem strategisch günstigeren Platz zwischen den Kränen, so daß sich der werbewirksame Schriftzug der beauftragten Baufirma genau im Aufnahmebereich der Kamera befand, die auf das Rednerpult ausgerichtet war. Das einzige Problem waren mal wieder die zwei Blumenkübel, um die sich einige Herren in modischen oder weniger zeitgemäßen Anzügen scharten. Zu guter Letzt einigte man sich darauf, die Kübel links und rechts am Eingang zum Festzelt, dessen Gerüst gerade mit den Planen abgedeckt wurde, zu plazieren.

Diese Lösung, die alle Beteiligten zufriedenzustellen schien – Dumas konnte von seinem Platz aus ein zustimmendes Kopfnicken erkennen – währte genauso lange, bis Krauther wieder auftauchte und anderslautende Anweisungen gab, woraufhin den schmucken Kübelsträuchern ein erneuter Ortswechsel widerfuhr, der die 20 cm Marke allerdings kaum merklich überschritten zu haben schien. Ein Getränkewagen der Henninger Brauerei fuhr rückwärts in die Einfahrt und blieb beim rechten Baukran stehen. Zwei Männer in kurzärmeligen weißen Hemden und braunen Lederschürzen stiegen aus und begannen Bierfässer und Getränkekisten zu entladen. An der Stelle, an der das Zelt zuerst gestanden hatte, wurde ein riesiger Grill aufgebaut. Eine große Tafel mit allen am Bau beteiligten Firmen wurde am Rednerpult befestigt.

„Wenn die so weitermachen, sieht's bald aus wie bei einem Staatsempfang", meinte Dumas verächtlich.

„Muß es auch, schließlich haben wir eine ganze Menge zu repräsentieren", lachte Silke, die ihre helle Freude an dem hektischen Treiben auf der Baustelle hatte.

„Ja, ja, ich weiß. Die heilige Dreieinigkeit: Geld, Kohle und Moneten."

„Du hast die Macht vergessen, immerhin wird unser neuer Büroturm höher und eindrucksvoller als ‚Soll und Haben' unserer Nachbarn."

„Unser Büroturm? Du meinst, meiner auch?"

„Klar. Wir sind doch eine große Familie, oder hast du die Worte unseres großen Vorsitzenden bei der letzten Betriebsversammlung schon wieder vergessen?" fragte Silke.

„Vorstandssprecher!" verbesserte Dumas.

„Bitte?"

„Vorstandssprecher! Nicht Vorstandsvorsitzender! Unser Herr Vandenberg ist nicht so einer, der Wert auf Titel legt ... Nein, nein, der Mann ist die Bescheidenheit in Person", dozierte Dumas mit erhobenem Zeigefinger.

„Wo du gerade von ihm sprichst ...", sagte Silke und deutete aus dem Fenster.

Vandenberg – im dunkelblauen Nadelstreifenanzug – trat gerade in Begleitung Krauthers aus dem Partyzelt und begab sich mit einigen Direktoren auf einen Inspektionsrundgang. Die Direktoren trotteten den beiden Vorstandsmitgliedern in einer Reihe hinterher, was Dumas unwillkürlich an eine Entenfamilie auf Wanderschaft denken ließ. Hin und wieder blieben sie stehen und erklärten dem Vorstandssprecher dies und jenes, bis sie wieder am Ausgangspunkt angekommen waren. Dort, am Eingang des Festzeltes, schüttelte Vandenberg mißbilligend den Kopf und die Direktoren rückten näher an ihn heran. Dann betrachteten sie ungläubig die Blumenkübel und nickten zustimmend.

„Ich wette mit dir um einen Kaffee, daß einer von ihnen gleich ein paar Arbeiter damit beauftragt, die Kübel erneut umzustellen", sagte Dumas und schaute seine Kollegin herausfordernd an.

„Abgemacht, mit Milch und Zucker. Wie immer."

„Falsch! Langsam müßtest du doch wissen, daß ich ihn schwarz trinke."

Neugierig beobachteten beide das Szenario, und tatsächlich ließ Krauther die Blumenkübel etwa einen halben Meter nach vorne versetzen.

„Okay, für dieses Amüsement würde ich dir sogar eine ganze Kanne kochen", lachte Silke und ging zur Kaffeemaschine.

Eine Viertelstunde später sahen sie Dregger auf das Gebäude zugehen. Silke ging wieder an ihren Schreibtisch und setzte sich. Dumas blieb am Fenster stehen. Kurz darauf betrat ihr Vorgesetzter das Büro und beorderte Kryptar und Heintze nach unten zur Baustelle.

„Und Sie kommen zurecht", sagte er, mehr Floskel denn Frage, zu Silke und Dumas gewandt.

„Aber natürlich, Herr Dregger", sagte Silke leichthin. Dumas nickte nur leicht mit dem Kopf.

Als der Prokurist wieder verschwunden war, sagte Dumas zur geschlossenen Tür: „Ohne Sie läuft hier alles wie am Schnürchen."

„Na, na, na. Soll man so böse zu seinem Vorgesetzten sein", tadelte Silke ihn.

„Der soll froh sein, daß er nicht weiß, was ich von ihm denke."

„Ich glaube, du lernst es nie." Dann trat sie wieder zu Dumas ans Fenster, wo sie sogar die Mittagspause verbrachten, anstatt wie sonst in die Kantine zu gehen.

Pünktlich um dreizehn Uhr begann Vandenberg mit seiner Eröffnungsrede, der die dreihundert vom Dienst befreiten Angestellten der KonTrast Bank beiwohnten. Er sprach vom großen Zusammenhalt der Belegschaft – vom Portier bis zum Vorstand – verwies stolz auf das bislang Erreichte und auf die Tatsache, daß man sich in den vergangenen zwei Jahrzehnten endgültig unter den Top Ten der deutschen Privatbanken etablieren konnte. Dann betonte er die große Verantwortung, die man der Gesellschaft gegenüber innehabe, und daß es in diesen schweren Zeiten mehr denn je darauf ankomme, den Standort Deutschland als solchen zu sichern, man hätte die Zeichen der Zeit erkannt und könne mit der heutigen Grundsteinlegung einen kleinen Teil dazu beitragen. Dann lobte er ausführlich die im Römer regierenden Parteien, die mit ihrer Politik maßgeblich am Aufschwung der Finanzmetropole Frankfurt beteiligt gewesen seien.

In diesem Stil ging es noch zehn Minuten weiter, bis die Rede beendet war und die Zuhörer frenetisch Beifall klatschten. Als nächster war der Oberbürgermeister an der Reihe und sagte mit anderen Worten das gleiche, setzte die Akzente jedoch mehr auf die beispielhafte Zusammenarbeit zwischen Wirtschaft und Politik und deren Verantwortung für die Beschäftigten dieser Region. Der ihm gezollte Applaus fiel nur unwesentlich leiser aus. Als dritter und letzter Redner trat der Bauleiter ans Mikrophon und man konnte sich des Eindrucks nicht erwehren, alle drei Redemanuskripte seien von ein und derselben Person geschrieben worden.

Nachdem Oberbürgermeister, Vorstandssprecher und Bauleiter einen überdimensionalen dreistiligen Spaten in einem gemeinsamen Kraftakt unter lang anhaltendem Beifall in den sandigen Untergrund getreten hatten, stürmten die Angestellten den

Würstchengrill, wohingegen die Honoratioren sich standesgemäß zum Schlemmen ins Partyzelt begaben.

Als Dumas nach Feierabend an der Baustelle vorbeiging, sah er, wie etliche Limousinen mit dunkelgetönten Scheiben aus der Ausfahrt fuhren.

Als Theo Waigel im November 1991 das Zinsabschlagsgesetz angekündigt hatte, setzte bei fast allen deutschen Banken eine hektische Betriebsamkeit ein. Man erwartete einen breiten Kapitalstrom in sogenannte Steuerparadiese wie Luxemburg, Schweiz, Liechtenstein und das Fürstentum Monaco, um nur einige zu nennen. Da die Banken dieser Länder schon seit geraumer Zeit mit ihrer Steuerfreiheit auf Kapitalerträge und mit der Anonymität ihrer Nummernkonten warben, die deutschen Geldinstitute ihre vermögende Kundschaft aber nicht gänzlich an die Konkurrenz verlieren wollten, beschloß man, Dependancen in diesen Ländern zu errichten, bzw. das Personal in diesen aufzustocken und seinerseits aggressiv dafür Werbung zu betreiben. Mit Slogans wie „Je weiter Sie denken – desto näher liegt Luxemburg" oder „Reisen bildet – zum Beispiel Kapital" versuchte man die eigene Klientel davon zu überzeugen, daß ein Wechsel des Bankhauses nicht erforderlich sei, um einer Besteuerung der Kapitalerträge aus dem Wege zu gehen. An Otto Normalverbraucher war man allerdings nicht interessiert und so mußten es schon sechsstellige Geldbeträge sein, für die die Bank anonyme Konten zur Verfügung stellte und den Geldtransport übernahm. Für die Geldinstitute ein lukratives Geschäft, kostete doch allein die Einrichtung eines Nummernkontos zwischen 400 und 600 DM. Desweiteren wurden den Kunden Gesamtkosten von 1,5% des Depotwerts in Rechnung gestellt – bei einer Einlage von einer Million DM belief sich dies auf eine Summe von 15.000 DM, die alljährlich für die Kontoführung berechnet wurden. Es erstaunt daher nicht, daß allein 1992 die etwa fünfzig Luxemburger Niederlassungen deutscher Banken mit ihrer halben Million Konten bundesdeutscher Steuerinländer ihre Gewinne um nahezu 19% auf 1,3 Millarden DM steigern konnten.

Daß zwischen der Zustimmung des Bundestages und -rates in der zweiten Septemberhälfte und dem Inkrafttreten des Zinsabschlagsteuergesetzes zum 1.1.93 noch über drei Monate, anstatt der sonst üblichen maximal zwei Wochen, ins Land gehen sollten, wurde von vielen Kennern der Szene dahingehend interpretiert, daß die Bundesregierung ihrer vermögenden Wählerschaft die Möglichkeit der Kapitalflucht offenhalten wollte.

Lange Zeit galt der Posten des Vorstandsvorsitzenden bei der KonTrast Bank als der sicherste von allen großen deutschen Geldinstituten. Um so überraschender kam für die interessierte Öffentlichkeit der Rücktritt von Fridolin Aust nach nur vierjähriger Amtszeit. Obwohl erst neunundfünfzig Jahre alt, war Aust diesen Schritt aus gesundheitlichen Erwägungen gegangen – so lautete zumindest die offizielle Pressemitteilung. Der wirkliche Grund resultierte jedoch aus betriebsinternen Auseinandersetzungen um den zukünftigen Weg des Bankhauses. Während Fridolin Aust und eine Handvoll konservativer Vorstandsmitglieder sich strikt weigerten, aufgrund Theo Waigels Ankündigungen zur Zinsabschlagsteuer die ConT Lux, die Luxemburger Tochtergesellschaft der KonTrast, einer Umstrukturierung zu unterziehen, forderte die Gruppe um Eugen Vandenberg eine Neuorientierung am Markt. Fast alle anderen deutschen Banken hatten sich längst auf die neue Situation eingestellt und ermöglichten ihrer vermögenden Kundschaft den Geldtransfer in nahegelegene Steuerparadiese – vornehmlich Luxemburg und die Schweiz.

Anfang April 1992 wurde der Vorstand der KonTrast durch die Bilanz des ersten Quartals aufgeschreckt. Annähernd 5% der Klientel mit Bargeldeinlagen von mehr als 500.000 Mark hatten ihre Konten in den letzten vier Monaten aufgelöst und waren zur Konkurrenz, die weniger Skrupel hatte, übergewechselt. Da man in Bankkreisen Geldverluste oft als persönliche Niederlage betrachtete, war es nicht verwunderlich, daß sich Fridolin Aust immer mehr in die Enge getrieben sah; um so mehr, als sich seine Fürsprecher in Erwartung noch größerer Kapitalverluste von seiner auf Tradition bedachten Politik abwandten und sich auf die Seite Vandenbergs schlugen.

Sieben Wochen vor der Bestellung Vandenbergs zum neuen Vorsitzenden versuchte man mit einer großangelegten Werbekampagne verlorengegangenes Terrain zurückzuerobern. Fortan zierte der Werbeslogan „Braucht Ihr Geld Erholung? – Die reine Luft Luxemburgs verspricht Linderung" die Schaufenster der bundesdeutschen KonTrast-Filialen. Ganzseitige Anzeigen erschienen in überregionalen Tageszeitungen. 15 Millionen DM wurden in den Ausbau der Luxemburger Dependance investiert und der Personalbestand um dreiundvierzig Mitarbeiter erweitert. Die Kundschaft verstand den Wink. Seit Beginn der Werbekampagne belief sich die Zahl der Kontoauflösungen im branchenüblichen Rahmen; neue Kunden wurden dazugewonnen.

Fridolin Aust, eine Führungspersönlichkeit aus altem Schrot und Korn, war von derlei halblegalen Machenschaften – wie er sich ausdrückte – derart angewidert, daß er von sich aus seinen Rücktritt anbot. Seine Erziehung gebot ihm jedoch Loyalität der Bank gegenüber, und so wurde in einem Kommuniqué der interne Machtwechsel mit seinem labilen Gesundheitszustand begründet. Verbittert zog er sich daraufhin ins Privatleben zurück; einen gutdotierten Aufsichtsratsposten innerhalb der KonTrast lehnte er ab. Am 1. Juli 1992 wurde Eugen Vandenberg einstimmig zum neuen Vorstandssprecher gewählt. Sein Zögling, Maximilian Krauther, wurde ebenso einstimmig in den Vorstand gewählt.

In Bankenkreisen galt es als sicher, daß der Bundestag im September das Zinsabschlagsteuergesetz verabschieden würde. Die Anfragen von Kunden, die ihr Kapital ins steuergünstigere Ausland transferiert haben wollten, hatten in den letzten Wochen wieder zugenommen. Mehrfach wurden Filialleiter angesprochen, ob die Bank auch größere Summen Bargeld bei ihnen zu Hause abholen würde – andere Kreditinstitute würden diesen Service auch anbieten. Die Filialleiter fragten daraufhin bei der Zentrale an, und als Vandenberg davon Kenntnis erhielt, zögerte er nicht. Schon einmal hatte man durch zu langes Warten Verluste in Millionenhöhe hinnehmen müssen. Es wurde eine Sondersitzung einberufen, in der er auf dringenden Handlungsbedarf hinwies, man habe schließlich Verpflichtungen. Maximilian Krauther wurde mit der Logistik des streng vertraulichen Unterfangens des Geldtransfers betraut, als Bewährungsaufgabe, wie ihm Vandenberg unter vier Augen eröffnete. Unverzüglich begab er sich an die ihm gestellte Aufgabe.

Theo saß im Aufenthaltsraum und war gerade mit der Arbeitszeitabrechnung der ersten vier Wochentage beschäftigt, als sein Handy klingelte. Ein wenig stolz war er schon, denn das von seinem Arbeitgeber finanzierte Mobiltelefon und seine neue Uniform hoben ihn von den Chauffeuren der Fahrbereitschaft, der er bis vor kurzem selbst noch angehört hatte, deutlich ab.

„Keck. Guten Tag", meldete sich Theo dienstbeflissen, denn es konnte nur sein Chef sein. „Ja, klar. Ich komme sofort."

Da er noch nie zuvor bis zur Marmoretage – so die treffende Bezeichnung der Angestellten für die im obersten Stockwerk gelegenen Vorstandsbüros – vorgedrungen war, ging er zunächst in Peters Büro.

„Servus, Chef. Krauther hat mich eben abgerufen. Ich soll zu ihm in sein Allerheiligstes kommen."

„Na und. Wo ist das Problem? Muß ich dir dabei Händchen halten, oder soll ich dich vielleicht hochtragen?"

„Nein, das gerade nicht, aber ... ich weiß nicht, wie ich da hinkomme", bemerkte Theo ratlos, spreizte die Arme und hob die Schulter, woraufhin Peter freundlich grinste.

„Na, dann will ich's dir mal erklären. Wo der Pförtner sitzt, weißt du?"

Als Antwort tippte Theo mit der Schuhspitze ungeduldig auf den Boden.

„Okay. Du weißt also, wo der Pförtner sitzt. Gut. Dann weißt du auch, wo die Aufzüge sind. Du nimmst am besten den ganz linken. Das ist der für die Marmoretage. Und wenn du erst mal oben bist, steht an jeder Tür ein Namensschild so groß wie ein Briefumschlag. Außerdem sitzt da noch eine Dame, die dir schon weiterhelfen wird", erklärte Peter geduldig.

„Vielen herzlichen Dank der Herr, Sie waren mir eine unschätzbare Hilfe", sagte Theo und verbeugte sich mit nach thailändischer Sitte gefalteten Händen ganz tief.

„Gern geschehen."

Im Aufzug staunte er nicht schlecht, teakholzgetäfelte Wände, blitzsaubere Spiegel und ein Fußboden, von dem man essen könnte, so blankgewienert war er. Ehrfurchtsvoll drückte er den obersten Knopf, und fast geräuschlos setzte sich der Aufzug in Bewegung. Nach wenigen Sekunden schon hielt er wieder an und die Tür öffnete sich. Unsicher trat Theo heraus und blickte sich in einer großen Halle um.

„Ja bitte, Sie wünschen?" Die weibliche Stimme kam von rechts, wohin er noch nicht geschaut hatte. Er hatte eine junge hübsche Sekretärin erwartet und war enttäuscht, als er stattdessen mit einer altmodisch gekleideten Endfünfzigerin konfrontiert wurde.

„Ja, äh ... Mein Chef, also, ich soll mich bei Herrn Krauther melden. Ich bin sein Chauffeur", stotterte Theo.

„Den Flur entlang und die vorletzte Tür links."

„Danke ... äh, vielen Dank."

Zaghaft klopfte Theo an die Tür. Als keine Reaktion kam, wiederholte er den Vorgang, diesmal etwas kräftiger. Als er ein leises „Herein" vernahm, drückte er die reich verzierte Türklinke herunter und trat ein.

„Sie sind sicherlich Herr Keck. Herr Krauther erwartet Sie schon." Diesmal entsprach die Sekretärin schon eher Theos Vorstellung, lange blonde Haare, hellgraues Designerkostüm und den Lippenstift eine Spur zu dick aufgetragen. Die Tür zu Krauthers Büro stand offen und Theo ging hinein.

„Schließen Sie bitte die Tür!" Theo gehorchte. Unsicher sah er sich um und war beeindruckt von dem Ehrfurcht einflößenden antiken Mobiliar. Krauther, der tief in seinem Sessel versunken war, ließ ihn gewähren. Dann wies er auf die beiden Stühle vor dem wuchtigen Schreibtisch.

„Was möchten Sie trinken, Herr Keck?"

„Einen Tomatensaft, bitte", flüsterte Theo und setzte sich. Obwohl er fast einen Kopf größer als sein Chef war, überragte dieser ihn im Sitzen um einige Zentimeter, da er gemäß eherner deutscher Bürotradition etwas höher als sein Gegenüber saß. Krauther betätigte die Taste der Gegensprechanlage: „Frau Osbach, seien Sie bitte so nett und bringen uns einen Tomatensaft."

„So, Herr Keck, dann wollen wir mal. Sie werden sich sicher fragen, warum ich Sie heraufkommen ließ. Nun, wir haben da ein kleines Problem ..." Krauther, der mit tiefer Stimme gesprochen hatte, machte eine Pause, um seinen Worten die gewünschte Wirkung zu verleihen. Theos Minenspiel drückte Verwunderung aus, denn was sollte er schon zur Lösung eines Problems, mit dem sich sein Chef herumschlug, beitragen können. Krauther fuhr fort: „In den nächsten Wochen und Monaten werden wir bei einigen unserer besseren Kunden Wertpapiere und Ähnliches von zu Hause abholen und zu uns in die Zentrale bringen. Es wird sich dabei um größere Beträge handeln. Ein darauf spezialisiertes Transportunternehmen kommt dafür nicht in Frage ... Was sollen denn die Nachbarn denken, wenn plötzlich ein Geldtransporter vor dem Haus unserer Kunden auftaucht."

In diesem Moment klopfte es leise an der Tür und Frau Osbach kam mit dem Tomatensaft herein und stellte ihn auf den Beistelltisch.

„Danke, Frau Osbach", sagte Krauther und faltete die Hände so, daß sie sich nur an den Fingerspitzen berührten. Erst als die Sekretärin den Raum wieder verlassen hatte, wandte er sich wieder an Theo. „Gut, Sie werden zugeben, ein reichlich absurder Gedanke, plötzlich einen Geldtransporter vor der eigenen Haustür stehen zu haben. Wir haben deshalb beschlossen, selbst aktiv zu werden. Einer von uns Direktoren wird derjenige sein, der diese Aufgabe übernimmt – möglicherweise ich selbst. Desweiteren wird eine Person mitfahren, die der mit dem Personenschutz in unserem Hause beauftragten Firma angehört. Wie gesagt, es wird sich um größere Summen handeln."

An dieser Stelle legte Krauther eine Pause ein und betrachtete Theo nachdenklich. „Nun, Herr Keck, die einzige Position, die noch zu besetzen ist, ist die des Fahrers. Auch hier müssen wir nach dem Prinzip der Zuverlässigkeit verfahren. An der Tatsache, daß ich Sie heraufgebeten habe, können Sie schon erkennen, an wen ich dabei dachte." Theo glaubte, ein kumpelhaftes Augenzwinkern in Krauthers Gesicht entdeckt zu haben. Oder täuschte er sich? „Doch zuvor möchte ich Ihnen kurz erläutern, wie die Arbeit im einzelnen aussieht. Aus organisatorischen Gründen werden wir gezwungen sein, am Wochenende zu arbeiten. Da in absehbarer Zeit mit einem größeren Auftragsvolumen zu rechnen ist, werden wir kaum einen freien Tag haben. Die dabei geleistete Arbeitszeit würde in Ihrer normalen Lohnabrechnung nicht auftauchen. Sie würden Ihre Überstunden wöchentlich ausbezahlt bekommen, und zwar von mir persönlich. Der Stundenlohn beträgt dreißig Mark und, wie gesagt, all das basiert auf absoluter Vertrauensbasis. Ach ja, Arbeitsbeginn wäre morgen früh. Nun, Herr Keck, was halten Sie davon?" fragte Krauther und wußte bereits die Antwort.

Theo tat als überlege er, allerdings waren seine Überlegungen mit der Nennung des Stundenlohns schon abgeschlossen. Um seiner Begeisterung nicht allzu großen Ausdruck zu verleihen, fragte er: „Und die dreißig Mark sind wirklich netto?"

„Natürlich, das sagte ich bereits", erklärte Krauther keineswegs ungeduldig.

„Na dann, stets zu Ihren Diensten."

Krauther erhob sich hinter seinem Schreibtisch, als Zeichen, daß damit die Unterredung für ihn beendet war.

Als Theo gegangen war, rieb er sich sichtlich zufrieden die Hände. Schwungvoll ließ er sich in den Sessel fallen, fest davon überzeugt, daß ihm in Sachen Mitarbeiterführung so schnell keiner etwas vormachte.

Seitdem Theo Vorstandschauffeur war, besaß er einen Schlüssel, der ihm gestattete, jederzeit die Parkebene der Kon-Trast Bank zu betreten. Er steckte ihn ins Schloß und gab einen vierstelligen Code auf der daneben installierten Tastatur ein. Als Zeichen, daß er alles richtig gemacht hatte, hob sich surrend das Rollgitter. Gemäß den Anweisungen, die er am Vorabend von Krauther erhalten hatte, fuhr Theo den Wagen auf den Kundenparkplatz und wartete. Das Wetter machte Anstalten, sich nach der Vorhersage zu richten, die Tageshöchsttemperaturen um die dreiunddreißig Grad versprochen hatte. Seine Uniformsmütze lag im Kofferraum und würde heute dort auch bleiben, denn er war angewiesen worden, Zivil zu tragen.

Pünktlich um sieben Uhr überquerte ein großer, breitschultriger Mann mit jugendlichen Gesichtszügen das Gelände. Er trug schwarze Collegeschuhe, Blue Jeans und eine beige Leinenjacke über dem blauen T-Shirt. Theo schätzte sein Alter auf Ende Zwanzig.

„Einen wunderschönen ... Sie sind Geck, wenn mich nicht alles täuscht."

„Keck. Mit K wie Knallkopp", erklärte Theo.

„Sag ich doch. Mein Name ist übrigens Sammy, aber so nennen mich nur Freunde und davon hab ich keine, hahaha." Es klang wie das Wiehern eines Pferdes.

O Gott, dachte Theo, genau die Art von Humor, die ich liebe.

„Na dann steig mal ein, mein Freund, wir haben noch'n bißchen was zu tun, wenn mich nicht alles täuscht, hahaha", imitierte er den Bodyguard und war ein wenig irritiert, als dieser auf der Rückbank Platz nahm. Beim Einsteigen konnte er unter Sammys Leinenjacke einen Pistolenhalfter mit dazugehörigem Inhalt ausmachen. Vielleicht, überlegte Theo daraufhin, sollte ich heute mal nicht ganz so frech sein.

Eine halbe Stunde später hatten sie Krauther in Königstein abgeholt und fuhren auf der A5 Richtung Kassel. Die Autobahn war erfreulich leer und Krauther, der neben Sammy saß, hatte Theo schon zu Beginn der Fahrt gebeten, eine Klassikkassette einzulegen. Eine gute Idee, wie Theo konstatierte, denn über was hätte man sich auch unterhalten sollen.

Mozart als Wegbegleiter, der strahlend blaue Himmel als Kulisse und einen Luxus-Mercedes als Gefährt. Theo wäre bis Hamburg gefahren, hätte Krauther ihn nicht kurz vor Kassel mit dem Hinweis auf die nächste Ausfahrt aus seinen Träumereien gerissen. Nach den Aufzeichnungen, die Krauthers Sekretärin für ihn angefertigt hatte, dirigierte er Theo, bis sie sich schließlich in einem Villenviertel befanden.

„Birkenweg zweiundzwanzig. Wir müßten eigentlich bald da sein", meinte Krauther und suchte nach einem Straßenschild. Desgleichen taten Theo und Sammy.

„Holunderweg. Wir sind im Holunderweg. Aber wo Holunder blüht, können Birken nicht weit sein, hahaha", scherzte Sammy lauthals und Krauther, eher ein Freund feinen Humors, fuhr bei Sammys penetranter Lachsalve erschrocken zusammen.

Die nächste Querstraße erwies sich als die gesuchte. Theo parkte den Wagen vor einem schmiedeeisernen Tor, stieg aus und klingelte. Das Grundstück war von einer weißgetünchten zwei Meter fünfzig hohen Backsteinmauer umgeben. Auf Klingelbrett und Briefkasten prangten lediglich die Initialen S. L.. Nachdem Theo sich durch die Gegensprechanlage als Mitarbeiter der Kon-Trast zu erkennen gegeben hatte, öffneten sich beide Torflügel. Er stieg wieder in den Wagen und fuhr einen von Pappeln gesäumten Kiesweg entlang, bis zu einer zweigeschossigen Villa im Tudorstil.

„Herr Keck, Sie warten bitte im Wagen", sagte Krauther entschieden und stieg zusammen mit Sammy aus.

Der Hausherr im blauweißen Trainingsanzug trat, von einem ausgewachsenen Dobermann begleitet, vor die Eingangstür und reichte Krauther die Hand. Sammy hielt sich dezent im Hintergrund. Dann gingen sie gemeinsam hinein, wobei der Dobermann das Schlußlicht bildete und argwöhnisch an Sammys Hosenbein schnüffelte.

Theo machte es sich derweil im Wagen bequem und überlegte, was für Geschäfte im Hause wohl vor sich gehen mochten. Da in Geldangelegenheiten reichlich unbewandert, konnte Theo sich beim besten Willen nicht vorstellen, daß es auch bei anderen Banken üblich war, daß ein Vorstandsmitglied oder sonst ein hoher Angestellter bei den Kunden Geld oder Wertpapiere persönlich zu

Hause abholt. Vielleicht ein neuer Service im Zeitalter zunehmenden Konkurrenzdrucks, dachte Theo und widmete sich der Betrachtung einer grauen Perserkatze, die auf dem Balkongeländer balancierte und ihrerseits wiederum ihn beobachtete. Theo versuchte ihre Aufmerksamkeit auf sich zu lenken, indem er in verschiedenen Variationen miaute. Sein einziger Erfolg war ein gelangweilter Blick, bevor die Katze sich mit Hingabe die Pfoten leckte als wäre es das Wichtigste auf der Welt. Blödes Vieh, bemerkte Theo halblaut und streckte ihr die Zunge raus.

Zwanzig Minuten hatte er mit der Beobachtung seines Studienobjektes verbracht, als plötzlich die Haustür aufging und nacheinander Sammy, Krauther, der Hausherr und seine Gemahlin heraustraten. Letztere war für Theo unschwer als solche einzuordnen, da sie in einem ebenfalls blauweißen Trainingsanzug gleicher Machart innige Zusammengehörigkeit zu ihrem Mann demonstrierte. Nachdem man sich herzlich voneinander verabschiedet hatte, deponierte Krauther eine größere grüne Stahlkassette mit den silberfarbenen Buchstaben KTB, dem Kürzel der Kon-Trast Bank, im Kofferraum.

„So. Das hätten wir. Jetzt müssen wir nach Hungen", sagte Krauther, nachdem er eingestiegen war und entfaltete einen Notizzettel. „Wir fahren die A5 zurück zum Gambacher Kreuz und weiter auf die A45 Richtung Hanau. Abfahrt Hungen."

„Wie die Alten sungen, so fahren wir nach Hungen, hahaha", dichtete Sammy spontan und als Theo im Rückspiegel erkennen konnte, wie Krauther die Augen nach oben verdrehte, grinste er in sich hinein.

In Hungen hielten sie vor einer Arztpraxis, die im Erdgeschoß eines Zweifamilienhauses untergebracht war. Theo, der schon immer der Meinung war, daß Ärzte hierzulande viel zu viel verdienen, war dennoch erstaunt, daß sich sogar Vorstandsmitglieder um deren finanzielle Belange kümmerten. Wie in Kassel, beanspruchten auch hier die geschäftlichen Aktivitäten kaum eine halbe Stunde.

Nachdem sie noch einen Bauunternehmer aus Gedern bedient hatten, verkündete Krauther, daß nun der letzte Kunde für heute in Bad Homburg auf dem Plan stehe. Theo nickte zustimmend, als wäre er Teil einer Verschwörung. Sammy gab sich seit geraumer Zeit wortkarg; er hatte sich scheinbar geschworen, seinen Humor nicht an Banausen zu verschwenden.

In Bad Homburg hielt Theo in einer Gegend, die er kannte. Nachdem Krauther und Sammy in einem modernen Appartementhaus verschwunden waren, stieg er aus und lief zur Parallelstraße, in der Ex-Direktor Schwarz wohnte, oder zumindest gewohnt hatte, denn als Theo vor dem Haus stand, stellte er fest, daß das Namensschild auf dem Briefkasten ausgewechselt worden war. Gerne hätte er gewußt, was aus dem ehemaligen Direktor der KonTrast geworden war. Seit er Krauther damals die verfänglichen Fotos von Schwarz und Manuela ausgehändigt hatte, war er ihm nicht mehr begegnet. Er wußte zwar, daß Schwarz von sich aus gekündigt hatte, konnte jedoch über die genauen Zusammenhänge nur spekulieren. Aber daß er – Theo – der Auslöser für des Direktors Karriereende war, erfüllte ihn mit Genugtuung. Krauther nach Details zu fragen, wagte er allerdings nicht. Gemächlich schlenderte er zum Wagen zurück.

Zwei Stunden später erreichte das ungleiche Trio die KonTrast. Krauther verabschiedete sich von Theo, und erst als er das menschenleere Gebäude betreten hatte, entließ er auch Sammy in den Feierabend. Er selbst hielt Sammy bei der ganzen Aktion für überflüssig, doch Vandenberg persönlich hatte auf diese Sicherheitsmaßnahme bestanden. Bevor Krauther das Geld im Wandsafe verstaute, stapelte er die 1,9 Millionen, die man heute zusammengetragen hatte und die demnächst nach Luxemburg transferiert werden sollten, fein säuberlich auf seinen Schreibtisch und zählte es noch einmal nach. Dann legte er Bündel für Bündel in den Safe und überlegte, wieviel davon wohl Schwarzgeld sein mochte.

„Kartoffelbrei?"

„Hm?"

„Ob das Kartoffelbrei sein soll?" fragte Georg Dumas sichtlich angeekelt und deutete mit der Gabel auf den mit einem dünnflüssigen gelben Brei gefüllten Teil seines Tellers.

„Steht so zumindest auf dem Menüplan, Gulasch mit Kartoffelbrei und Salatbeilage", antwortete Silke unbeeindruckt und schob sich ein Stück Fleisch auf die Gabel. „Aber vielleicht solltest du Kartoffeln sowieso nicht essen."

„Wie? Willst du damit sagen, ich wäre zu dick?" fragte Dumas irritiert und klopfte auf seinen Bauch, der sich ein wenig über der Gürtelschnalle wölbte.

„Na ja, schaden kann's nicht", murmelte er, als er merkte, daß

Silke seine nicht ernst gemeinte Frage ignorierte. Schweigend beendeten sie ihr Mittagessen.

Nachdem Dumas sein Tablett mit dem restlichen Kartoffelbrei auf ein dafür vorgesehenes Wägelchen gestellt hatte, zündete er sich ein Zigarette an. Silke tat ihm gleich und blies graublaue Rauchringe in die Luft, denen Dumas nachschaute, bis sie sich verflüchtigten.

„Morgen soll Jones wiederkommen", erklärte Silke unvermittelt.

„Was hat er denn gehabt?" fragte Dumas neugierig.

„Grippe, chronische Unlust oder sonstwas Gravierendes, ich weiß es nicht genau."

„Na, dann können wir ja ab morgen wieder effizient arbeiten." Silke suchte in Dumas' Gesichtsausdruck nach Anzeichen von Spott, fand aber keine. Schweigend rauchten sie ihre Zigaretten zu Ende.

„Dann wollen wir mal wieder das Bruttosozialprodukt steigern helfen", sagte Dumas. Beide erhoben sich von ihrem Stuhl, und gemeinsam gingen sie zum Fahrstuhl.

Gerhard Dregger, 32 Jahre, einen Meter fünfundsiebzig groß, seitengescheitelte blonde Haare, kleine Warze neben dem linken Nasenflügel, war vor gut einem Jahr von der in Bankkreisen sogenannten Champagner-Bank zur KonTrast gekommen. Als Prokurist leitete er die Wertpapierabteilung, die aus DM- und Währungsbereich bestand. Damit war er direkter Vorgesetzter von Silke Büdinger und Georg Dumas, doch nicht nur diese beiden fragten sich in letzter Zeit verstärkt, welche Beweggründe die Personalabteilung veranlaßt haben könnten, Dregger auf diesen Posten zu setzen. Konnte man anfangs seiner Tätigkeit seine Defizite noch mit Einarbeitungsschwierigkeiten begründen, so fiel dies im Laufe der Zeit zunehmend schwerer, traten doch seine fachlichen Mängel allzu offensichtlich zu Tage. So kam es, daß Kollegen aus dem DM-Bereich sich mit Fragen und Problemen immer öfter direkt an Silke und Dumas wandten, die beide vor ihrer Versetzung in den Währungsbereich jahrelang dort gearbeitet hatten und erheblich mehr Fachkompetenz aufwiesen als ihr derzeitiger Vorgesetzter.

Diese Lage der Dinge war einigen leitenden Führungskräften der KonTrast durchaus bekannt, allerdings sahen sie keinen

Handlungsbedarf, brillierte Dregger doch auf anderem Gebiet; die Abteilung präsentierte gute Ergebnisse, und die Fehlzeiten seiner Mitarbeiter lagen weit unter dem Durchschnitt.

Silke hatte das Büro schon um vierzehn Uhr verlassen, um noch einige Einkäufe zu erledigen. Da Greg Jones erst am nächsten Tag die Arbeit wiederaufnehmen würde, war Dumas mit seinen Kollegen Heintze und Kryptar, den beiden ältesten Mitarbeitern des Währungsbereiches, die mehr schlecht als recht ihr Arbeitspensum verrichteten und voller Freude ihrer Pensionierung entgegensahen, alleine im Büro, als ein junger Kollege des DM-Bereiches hereinkam, um von ihm eine Auskunft zu erbitten. Dumas war mit seinen Erklärungen noch nicht fertig, als Dregger mit einer Akte unter dem Arm das Büro betrat. Der Prokurist, dem es nicht verborgen geblieben war, daß seine Mitarbeiter es in letzter Zeit vorzogen, Probleme ohne ihn zu lösen, setzte eine verdrießliche Miene auf. Der junge Kollege ging daraufhin eiligst aus dem Zimmer, ohne die letzten Sätze Dumas' richtig verstanden zu haben.

" Haben Sie es ihm auch richtig erklärt?" versuchte Dregger zu scherzen, was gründlich mißlang.

Dumas verkniff sich eine passende Entgegnung und antwortete kurz: „Ja, habe ich."

Heintze und Kryptar, deren Schreibtische sich etwas abseits von den anderen befanden, schmunzelten, wirkten jedoch sofort wieder ernst, als Dregger zu ihnen herübersah. Als niemand Anstalten machte, sich mit ihm zu unterhalten, ging er wieder in sein Büro. Dumas fuhr sich mit der linken Hand über die wenigen verbliebenen Haare und schüttelte den Kopf. Das könnte hier noch ungemütlich werden, dachte er und schaltete den Computer zum Feierabend aus.

Eine heitere Melodie pfeifend, löste Dumas den Knoten seiner Krawatte, die er eigentlich heute hatte anziehen wollen, bevor er den unscheinbaren Fleck entdeckte. Er überlegte, wo er sie wohl bekleckert haben könnte. Wäre der Fleck gestern schon da gewesen, hätte Silke mit Sicherheit irgendeine Bemerkung bezüglich der Ordnungsliebe alleinlebender Junggesellen gemacht, schlußfolgerte Dumas und holte die hellgraue Krawatte mit den weißen Punkten aus dem Schrank. Was die modische Zusammenstellung seiner Kleidung betraf, war er etwas unsicher.

Ein Blick auf seine Armbanduhr verriet ihm, daß er gut in der Zeit lag. Als er sich angekleidet hatte, liefen gerade die letzten Tropfen Wasser durch die Kaffeemaschine. Er schenkte sich eine Tasse ein, begab sich ins Wohnzimmer, das mit seiner ausziehbaren Couch gleichzeitig als Schlafzimmer diente, und zündete sich die erste Zigarette des Tages an.

Kurz vor sieben verließ er seine Wohnung in der Kelsterbacher Straße in Niederrad und ging hinunter zum Main. Von hier aus konnte er schon die Zwillingstürme der Deutschen Bank, dem Nachbargebäude der KonTrast, erkennen, allerdings würde er noch eine halbe Stunde zu Fuß bis dorthin unterwegs sein. Seit Dumas sich vor fünf Jahren den Ellenbogen beim Squash so unglücklich verstaucht hatte, daß er drei Wochen Gips hatte tragen müssen, waren seine einzigen sportlichen Aktivitäten die alltäglichen Spaziergänge von seiner Wohnung zur Arbeitsstätte und zurück. Lediglich heftige Regenschauer konnten ihn davon abhalten. An solchen Tagen nahm er dann die Straßenbahn Linie 15, die fast vor seiner Haustür hielt. Erpicht darauf war er allerdings nicht, da ihm die mürrischen und unausgeschlafenen Menschen auf die Nerven gingen. Mit vorgehaltener Tageszeitung oder einem Buch schotteten sich die meisten von ihrer Umgebung ab. War er zu Fuß unterwegs, erreichte er die KonTrast kurz vor halb acht. Die Flexibilität, die ihm die Gleitzeitregelung bot, nutzte er selten.

Dumas betrat das Büro, und wie fast jeden Morgen bot sich ihm das gleiche Bild. Silke und die beiden „Grufties", wie Heintze und Kryptar in Anspielung auf ihr Alter von ihren Kollegen auch genannt wurden, saßen schon vor ihren Computern. Dregger hielt sich vermutlich in seinem Büro auf, und Greg Jones, der heute wiederkommen sollte, war noch nicht anwesend. Dumas grüßte die Kollegen, zog seine Jacke aus und setzte sich an seinen Schreibtisch. Fünf Minuten später kam Greg Jones herein und murmelte ein leises, kaum verständliches „Guten Morgen" in die Runde. Dann ging er in Dreggers Büro, um sich als genesen zurückzumelden.

„Als enthusiastisch würde ich Gregs Auftritt eben nicht gerade bezeichnen", bemerkte Dumas, zu Silke gewandt.

„Vielleicht hat er ja gestern zu tief ins Glas geschaut", bot Silke eine Erklärung an und schaute kurz von ihrem Bildschirm auf.

„Hmm. Vielleicht."

Einige Minuten später kam Greg Jones wieder herein und begab sich an seinen Arbeitsplatz. Aus seiner alten abgewetzten Ledertasche, die ihm einst schon als Schulranzen gedient hatte, zog er die Bild-Zeitung und legte sie neben den Computer. Soweit Dumas es beurteilen konnte, war Greg Jones der einzige im Haus, der diese Zeitung las. Bei den meisten Kollegen gehörte die FAZ zum Erscheinungsbild wie die grauen Anzüge, die sie trugen.

Dann überprüfte Greg Jones sämtliche Bleistifte und Kugelschreiber seiner Schublade auf ihre Funktionstüchtigkeit. Bei einem Bleistift schien die Spitze abgebrochen zu sein, woraufhin er eine gute Minute lang nach einem Spitzer suchte. Nachdem er den Schaden behoben hatte, hielt er den nun spitzen Bleistift zur Qualitätskontrolle gegen das Neonlicht der Deckenbeleuchtung. Sichtlich zufrieden legte er ihn wieder zu den anderen. Schließlich schaltete er den Computer ein, mußte jedoch einige Zeit überlegen, bis ihm sein persönliches Password der letzten Wochen wieder einfiel, das ihm Zugang zum Netz gewährte. Dann drehte er mit dem rechten Zeigefinger noch einige seiner spärlichen blonden Löckchen zurecht und begab sich voller Verdruß an die Arbeit.

Unglaublich, dachte Dumas, der Greg Jones bei seiner Arbeitsvorbereitung beobachtet hatte. Selbst durch Auferbietung seiner ganzen Phantasie wollte ihm kein Beruf einfallen, zu dem sein Kollege Talent gehabt hätte. Na ja, wenigstens ist er ein feiner Kerl, schloß Dumas seine Überlegungen ab.

Es war kurz nach der Mittagspause, als Dumas, Silke, Kryptar und Heintze durch einen panischen Schreckensruf von Greg Jones von ihrer Arbeit aufgeschreckt wurden. Kryptar und Heintze schauten unsicher zu Dreggers Bürotür, aus dieser Richtung weiteres Ungemach erwartend. Dumas sah Silke stirnrunzelnd an, stand auf und ging zu Greg Jones' Schreibtisch.

„Aber Gregi, was hast du denn, stimmt ein Konto mal wieder nicht?" fragte Dumas, für den die Schusseligkeit seines Kollegen zum Arbeitsalltag gehörte.

„Was heißt hier stimmt nicht? Mir fehlt fast eine Million", jammerte Greg Jones kaum hörbar.

„Wo und seit wann?" fragte Dumas beunruhigt über die unerwartete Dimension des Fehlbetrages.

„Seit wann, kann ich dir nicht sagen. Ich hätte gerade 30.000 Mark an die Bayrische Hypo überweisen sollen ... Und da stelle ich fest ... Na ja ..., ich bin genau 900.000 Mark in den Miesen und ..." Greg Jones versagte die Stimme. Hilfesuchend blickte er Dumas an.

„Außerdem war ich ja fast eine Woche krank", fügte er noch rasch hinzu, als wäre es eine Erklärung.

„Jetzt mach mal keine Panik und beruhig dich wieder. Das Schlimmste, was passieren kann ist, daß du für den Schaden persönlich haften mußt", versuchte Dumas ihn aufzuheitern.

„Haha, sehr witzig", preßte Greg Jones zwischen den Lippen hervor.

„Paß Obacht, Gregi, du gehst jetzt systematisch alle Buchungen der letzten drei Wochen an die Hypo durch, und zwar bis zum ersten Tag, an dem du krank warst. Ich könnte mir vorstellen, daß du irgendwann mal eine Null zuviel überwiesen hast."

„Ja. Ja, gut, das mach ich. Der Fehler liegt bestimmt da, wo du sagst", bemerkte Greg Jones erleichtert und lächelte treuherzig. Dumas wartete hinter ihm und beobachtete den Bildschirm.

„Juchhu, ich hab's", jubilierte Greg Jones fünf Minuten später und deutete auf den Bildschirm, auf dem eine um 900.000 Mark überhöhte Überweisung zu sehen war.

„Die stornierst du jetzt sofort und machst eine neue Buchung", erklärte Dumas.

„Fällt das denn nicht auf?" fragte Greg Jones unsicher.

„Wenn du Glück hast, dann nicht", meinte Dumas. „Dregger merkt es bestimmt nicht. Dem fehlt doch hier sowieso der Durchblick", fügte er so leise hinzu, daß die anderen Kollegen es nicht verstehen konnten.

„Danke. Du hast einen Riesen-Schoppen bei mir gut", sagte Greg Jones überschwenglich. Für ihn war die Welt wieder in Ordnung.

An diesem Abend ging Dumas ins APO, seine Stammkneipe in Sachsenhausen, um sich außerplanmäßig – seine traditionellen Abende waren Dienstag und Freitag – ein paar Pils zu genehmigen. Sein Spezi Zapatoblanco kreuzte erwartungsgemäß nicht auf, so daß er sich gezwungen sah, mit der in die Jahre gekommenen dicken und rothaarigen Wirtin Sonrisa ein paar Würfelpartien zu spielen, die er bis auf eine allesamt verlor.

Daß es mindestens ein Köpi zuviel gewesen sein mußte, merkte er am nächsten Morgen an seinen Kopfschmerzen.

Am selben Abend. Es war schon spät und Gerhard Dregger wußte, daß er eigentlich mit dem Trinken aufhören müßte, wollte er morgen einigermaßen ausgeruht im Büro erscheinen. Seine derzeitige Freundin Julia war auf dem alle zwei Wochen stattfindenden Kegelabend des ortsansässigen Karnevalvereins und würde erfahrungsgemäß erst weit nach Mitternacht nach Hause kommen.

Du bist so nachdenklich in letzter Zeit, hatte sie zu ihm gesagt, bevor sie das Haus verließ. Sein Haus, um es präziser auszudrücken, auch wenn noch fünfzehn Jahre vergehen würden, bis die letzte Rate dafür abgestottert war.

„Ja, Julia, ich bin nachdenklich, aber selbst wenn ich dir erklären würde, warum ich so nachdenklich bin, würdest du es nicht verstehen", sprach Dregger zu dem Rotweinglas, das er in der Hand hielt. Dann kniff er die Augen zu und leerte es in einem Zuge. Als er nachgießen wollte, kamen nur noch ein paar Tropfen aus der Flasche. Er stand auf und ging in die Küche, um sich am Vorratsschrank erneut zu bedienen. Als er merkte, wie stark er beim Gehen schon schwankte, sagte er sich, daß dies sein letztes Glas für heute sein würde. Er setzte sich wieder in den tiefen Ohrensessel, ein Weihnachtsgeschenk seiner Eltern, legte die Füße auf den Schemel und starrte in den Kamin, den er wegen zu starker Rußentwicklung vor fünf Jahren das letzte Mal benutzt hatte.

Als Dregger sich vor dreizehn Jahren für die Laufbahn als Bankkaufmann entschieden hatte, stand es für ihn außer Frage, daß er Karriere machen wollte. Doch schon bald mußte er erkennen, daß es immer irgendwelche Kollegen gab, die besser waren als er selbst und ihm bei schon sicher geglaubten Beförderungen zuvorkamen.

Bei den Frauen hatte er mehr Glück, die konnte er täuschen, da fühlte er sich überlegen. Zumindest so lange, bis die Mauer, die er zum Selbstschutz um sich herum aufgebaut hatte, zu bröckeln anfing. Dann wußte Dregger, daß es an der Zeit war, die Beziehung zu beenden. Die Liaison mit Julia stand kurz vor dieser kritischen Phase, die auch gleichzeitig immer das Ende bedeutete. Ein Grund zum Schlußmachen ließ sich immer finden. Ein Ersatz für Julia auch. Dregger war sich seiner Wirkung auf das weibliche Geschlecht durchaus bewußt.

Beruflich war diese Methode nicht anzuwenden, schließlich

konnte er nicht jedes Jahr den Arbeitgeber wechseln. Eine Tatsache, die er zutiefst bedauert hatte, bis er vor zwei Jahren seinen alten Schulkameraden Samuel Kleinschmidt im Urlaub auf Mallorca getroffen hatte. Man war nie eng miteinander befreundet gewesen, doch wenn man sich nach über einem Jahrzehnt wiedertraf, zumal in der Fremde, kam oft zwangsläufig ein Zusammengehörigkeitsgefühl auf. Es fand also ein Treffen statt, das, wäre man sich zufällig in Frankfurt begegnet, einen anderen Verlauf genommen hätte. Hinzu kam, daß sich die beiden Frauen auf Anhieb gut miteinander verstanden. Ein weiterer gemeinsamer Nenner wurde festgestellt, als man auf den Beruf zu sprechen kam. Beide hatten die Laufbahn des Bankkaufmanns eingeschlagen, und ihre Arbeitsplätze lagen keine fünfhundert Meter Luftlinie voneinander entfernt. Daß man sich da nie über den Weg gelaufen war, schwadronierten beide damals in der mallorquinischen Bodega, wo man das Wiedersehen feuchtfröhlich begossen hatte.

Tja, und hätte ich damals nicht so großspurig daher geredet ... Von wegen meine Beförderung stünde kurz bevor und ... Dregger unterbrach seine Gedankengänge, um sich sein Glas erneut mit Rotwein zu füllen. Und Samuel Kleinschmidt, der Angeber, mußte natürlich ins gleiche Horn blasen. Eine Stelle als Abteilungsleiter bei der KonTrast stünde zur Disposition. Er, Samuel, könne da seine Beziehungen spielen lassen. „Gerhard, ich wäre dann zwar dein Vorgesetzter, aber das dürfte für uns doch kein Problem sein, wo wir uns doch schon immer prächtig verstanden haben", hatte Kleinschmidt damals gesagt und eine weitere Karaffe Sangria bestellt. Und er selbst hatte damit geprahlt, in welchen Bereichen er schon gearbeitet hatte und daß er so gut wie überall einsetzbar sei. Als Kleinschmidts drei Tage später abreisten, tauschte man die Telefonnummern und versprach, sich gegenseitig anzurufen. Auch waren die gemeinsam geschossenen Urlaubsfotos ein guter Grund, sich so bald wie möglich wiederzusehen, befand man unisono.

Gerhard Dregger und seine damalige Freundin kehrten zwei Wochen später nach Frankfurt zurück. Er hatte gehofft, nie mehr von Samuel Kleinschmidt zu hören, aber genau das Gegenteil trat schon nach wenigen Tagen ein. Man müßte sich sofort treffen, die Stelle als Leiter der Abteilung Wertpapiere und Tresore wäre frei und ihm, Dregger, so gut wie sicher, wenn er Interesse daran hätte. Ihm blieb nichts anderes übrig, als die Rolle des Allroundkönners weiterzuspielen. Eine Rolle, die er Zeit seines Lebens gespielt hatte, die aber immer nur über einen kurzen Zeitraum wirkungsvoll war.

Kurze Zeit später war Dregger zu seiner eigenen Überraschung Abteilungsleiter bei der KonTrast Bank. Er hatte sich geschworen, den Anforderungen, die in ihn gesetzt wurden, gerecht zu werden. Das Computersystem seines neuen Arbeitgebers hatte er sich kurzfristig in Abendkursen, so gut es eben ging, aneignen können. Doch nach und nach fielen den neuen Mitarbeitern seine fachlichen Mängel und seine Führungsschwäche auf. Seine anfängliche Autorität, die er sich durch resolutes Auftreten erworben hatte, schwand immer mehr dahin. Wenig besser erging es seinem Selbstvertrauen.

In einem Anflug von Jähzorn ergriff Dregger das leere Weinglas und schleuderte es in den Kamin. Ich muß in meiner Abteilung aufräumen. Keiner wird mir mehr auf der Nase herumtanzen. Auch die Büdinger und der Dumas nicht. Mit diesen Gedanken stand Dregger auf und wankte ins Schlafzimmer. Er schaffte es gerade noch, seine Hose auszuziehen. Dann kippte er um und schlief auch schon.

„Hallo Schatzi, du mußt aufstehen." Irgendwie paßte diese Aufforderung nicht in Dreggers Traum, in dem er in einer Kirche auf einen Altar geflüchtet war und von einem Parolen skandierenden Mob zum Abdanken aufgefordert wurde. Wovon er zurücktreten sollte, war ihm nicht ganz klar, doch konnte er in der zornigen Menge einige seiner Mitarbeiter ausmachen, darunter Silke und Dumas, seltsamerweise auch seinen Freund und Vorgesetzten Kleinschmidt.

„Wenn du jetzt nicht aufstehst, kommst du noch zu spät zur Arbeit." Jemand rüttelte an seiner Schulter und ihm wurde klar, daß hier etwas nicht mit rechten Dingen zuging. Widerwillig öffnete er ein Auge. Schlagartig kam ihm zu Bewußtsein, daß die Wirklichkeit kaum weniger erschreckend war als sein Traum.

„Na endlich, es wurde ja auch Zeit." Es war Julia, die mit ihrer hohen Fistelstimme gesprochen hatte und sich nun über ihn beugte, um ihn auf die Wange zu küssen. Ohne große Begeisterung ließ er die allmorgendliche Prozedur von Zärtlichkeiten über sich ergehen. Dann stand er abrupt auf, was er sofort bereute. Ihm war schwindelig und er setzte sich auf den Bettrand. Seine Zunge fühlte sich pelzig an, aber als geübter Trinker hatte er keine Kopfschmerzen. „Geht's dir nicht gut, mein Schatz? Bleib doch heute mal zu Hause. Du schuftest dich noch zu Tode in deiner blöden Bank", sagte Julia besorgt.

Grimmig hob Dregger den Kopf und schaute Julia an. Nichts verabscheute er mehr als diese fürsorglichen Blicke. Als ob er nicht auf sich selbst aufpassen könnte. Wie meine Mutter, dachte er. Wird Zeit, die Tussi rauszuschmeißen und mal wieder eine Zeit lang alleine zu leben. Dann ging er ins Badezimmer und ließ eiskaltes Wasser über seinen Kopf laufen.

Hin und wieder konnte man Dreggers hysterisch-laute Stimme durch die geschlossene Tür hören. Heintze und Kryptar ließen sich wie immer nichts anmerken. Silke Büdinger und Georg Dumas wechselten bedeutungsvolle Blicke, sobald sich ein neuer Wutausbruch ihres Vorgesetzten vernehmen ließ. Greg Jones widmete sich dem Sportteil in der Bild-Zeitung.

Vor etwa einer Viertelstunde hatte Gerhard Dregger einen jungen Mitarbeiter des DM-Bereiches zu sich ins Büro zitiert. Es war derselbe, der Dumas vor einigen Tagen um eine Auskunft gebeten hatte und dann, nachdem Dregger auf der Bildfläche erschienen war, etwas überstürzt den Raum verlassen hatte.

„Weil ich das so sage." Diesmal waren die Worte, die durch die Tür drangen, deutlich zu vernehmen.

„Na, was hat er denn gesagt?" murmelte Greg Jones vor sich hin, ohne von der Zeitung aufzusehen.

„Aller Wahrscheinlichkeit nach nichts Wichtiges", antwortete Dumas.

„Aber ... um alles in der Welt ... Warum schreit er denn so laut? Weiß er nicht, daß ich noch nicht zu Ende gelesen habe?" Greg Jones stemmte in gespielter Entrüstung die Hände in die Hüften.

„Möglicherweise ist er momentan in Rage und hat es einfach vergessen", schlug Dumas vor und kratzte sich dabei am Kinn, als würde er ernsthaft darüber nachdenken.

„Wenn er etwas weniger laut schreien würde, wär's mir auch recht."

„Ihr beide tickt doch nicht ganz richtig", bemerkte Silke, die ihren beiden Kollegen aufmerksam zugehört hatte.

„Ich, für meinen Teil, tick natürlich nicht richtig", erklärte Dumas entschieden.

„Und ich möchte mich der Meinung meines Kollegen anschließen, man will ja schließlich nicht auffallen und ..." Weiter kam Greg Jones nicht, denn die Tür zu Dreggers Büro ging auf, und der junge Kollege kam heraus. Darauf bedacht, daß niemand seinen hochroten Kopf bemerkte, schlich er gesenkten Hauptes zu seinem Arbeitsplatz in das angrenzende Großraumbüro zurück.

Es folgten einige Minuten bedrückender Stille, in der nur die Geräusche der Computertastaturen zu hören waren. „Der Müller kann einem echt leid tun", sagte Silke endlich.

„Es würde mich nicht wundern, wenn der Dregger in absehbarer Zeit ein Fall für den Betriebsrat werden sollte", erwiderte Dumas.

„Jetzt übertreib mal nicht", beschwichtigte Silke, die seit gut zwei Jahren Betriebsratsmitglied war und von ihren Kollegen auf Grund ihrer Ehrlichkeit und ihres Mutes, unangenehme Dinge anzusprechen, geschätzt wurde. „Der ist zwar manchmal etwas cholerisch, aber im Grunde genommen doch total harmlos." Wie sehr sie mit dieser Einschätzung irrte, sollte sie später am eigenen Leibe erfahren.

Dregger stand am Fenster, beobachtete den Verkehr und wartete darauf, daß sich sein Pulsschlag normalisierte. Erneut zündete er sich eine Zigarette an dem glühenden Stummel der letzten an. Er war sehr mit sich zufrieden. In letzter Zeit hatte er diesen Tobias Müller des öfteren dabei beobachten können, wie er sich von Silke Büdinger und Georg Dumas Informationen und Ratschläge erbat. Und das trotz seiner Weisung, sich bei aufkommenden Problemen direkt an ihn persönlich zu wenden; schließlich führte er die Abteilung. Mit Bedacht hatte er sich mit diesem Herrn Müller ein leichtes Opfer ausgewählt, um seine Entschlossenheit zu demonstrieren. Samuel Kleinschmidt hatte vorige Woche einige Zweifel an seinen Führungsqualitäten geäußert und diese Bemerkung seines ehemaligen Klassenkameraden hatte ihn tiefer getroffen, als er sich eingestand. Doch damit sollte ab heute Schluß sein. Die Abteilung würde ihm nicht aus den Fugen geraten. Respekt würde er sich verschaffen. Dregger wußte, daß es bis dahin noch ein weiter Weg war, doch glaubte er, mit der lautstarken Maßregelung seines Mitarbeiters einen ersten Schritt in diese

Richtung getan zu haben. Aber da waren ja noch die Büdinger, die ihm mit ihrer freundlichen und scheinheiligen Art oft den Wind aus den Segeln nahm, und dieser Dumas, der sich rein gar nichts gefallen ließ. Er ballte die Fäuste in den Hosentaschen zusammen, als er an diese zwei Mitarbeiter dachte.

Am Abend saß Dumas auf seiner Couch im kombinierten Wohn-Schlafzimmer und las nochmals den Brief, den er im Frühjahr an Dreggers damaligen Vorgesetzten Krauther, der mittlerweile in den Vorstand aufgerückt war, geschrieben hatte.

„Frankfurt, den 9.3.1992. Sehr geehrter Herr Krauther, vor etwa vier Wochen entdeckte ich per Zufall, daß bei endfälligen Wertpapieren, die wir unseren Kunden ausbezahlen, keine Provisionen einbehalten werden. Da dies nicht mit der Gebührenverordnung übereinstimmt, erkundigte ich mich bei der Konkurrenz über deren Zahlungsmodalitäten. Daraufhin informierte ich mündlich meinen Vorgesetzten, den Prokuristen Herrn Dregger, darüber und sagte, daß es sich möglicherweise um einen Fehler im Computerprogramm handle und dieser sicherlich leicht zu beheben sei. Ein paar Tage später – es hatte sich bislang in dieser Richtung nichts getan – sprach ich Herrn Dregger erneut an, und er antwortete mir vage, daß man dem nachgehe. Wiederum ein paar Tage später, in denen der Fehler nicht behoben wurde, schrieb ich einen Brief an Herrn Kleinschmidt. Da sich bis heute nichts geändert hat und der KonTrast Bank, deren Wohlergehen uns allen am Herzen liegen dürfte, alljährlich Beträge (es kommen noch die nicht in Rechnung gestellten Porto- und Versicherungsgebühren hinzu) von einigen tausend Mark verlorengehen, halte ich es für meine Pflicht, Sie über diese Mißstände zu informieren. Mit freundlichen Grüßen, Georg Dumas."

Dumas faltete das Schreiben zusammen und legte es auf den Tisch. Er nahm sich vor, bei nächster Gelegenheit den von Dregger heute gemaßregelten Kollegen Müller nach dem Grund der Auseinandersetzung zu fragen.

Die Gelegenheit bot sich ihm schon am ersten Tag der neuen Woche auf dem Weg zur Arbeit. Dumas wartete an der Fußgängerampel am Theaterplatz, als er Tobias Müller aus der U-Bahn-Station heraufkommen sah. Ohne auf Grün zu warten, überquerte Dumas die Kreuzung und hatte seinen Kollegen schon nach wenigen Metern eingeholt.

„Guten Morgen, Herr Müller." Dumas bemerkte, daß es seinem Kollegen unangenehm war, von ihm angesprochen zu werden.

„Oh, guten Morgen. Scheint ein sonniger Tag zu werden. Den werde ich heute wohl nicht brauchen," sagte Müller und deutete auf seinen Regenschirm.

„Nein, wohl kaum. Aber, sagen Sie mal, der Ärger neulich mit Dregger ...", versuchte Dumas ein Gespräch zu beginnen.

„Ja?" Müller hob die Augenbrauen, als verstünde er nicht recht.

„Hat sich so angehört, als wär's ziemlich heftig gewesen."

„Na ja, wie man's nimmt", versuchte Müller zu relativieren.

Dumas spürte den Unwillen seines Kollegen, über das Thema zu sprechen, gab aber nicht auf. „Wie wär's, ich würde Sie heute abend gerne zu einem Bier einladen. So für ein Stündchen nach Feierabend."

Müller gehörte zu jener Sorte Mensch, die von sich aus zu schüchtern sind, um auf andere Menschen zuzugehen, die aber erfreut reagieren, wenn andere auf sie zukommen.

„Bis heute abend", verabschiedete er sich dann auch lächelnd und gutgelaunt von Dumas und begab sich an seinen Arbeitsplatz.

Den größten Teil des Tages war Gerhard Dregger in einer Besprechung, was für die Mitarbeiter des Währungsbereiches meist einen störungsfreien Arbeitsablauf bedeutete. Gegen sechzehn Uhr ging Dumas in das angrenzende Großraumbüro und nickte Tobias Müller kurz zu. An der Stechuhr mußte Dumas noch fünf Minuten auf seinen Kollegen warten, bis dieser aus dem Fahrstuhl stieg. Mittlerweile hatte es angefangen zu regnen, und Dumas war dankbar, daß sein Kollege einen Regenschirm dabeihatte. Vor dem Zürich-Hochhaus mußten sie noch einige Minuten auf ein Taxi warten. Dumas nannte dem arabisch aussehenden Fahrer das Fahrtziel und war erstaunt, als dieser ihm auf frankfurterisch antwortete. Am Zielort gab er ihm ein großzügig bemessenes Trinkgeld. Im APO setzten sie sich an einen Tisch weitab vom Tresen. Außer einem sich verliebt in die Augen schauenden Pärchen waren sie die einzigen Gäste. Sonrisa, die Wirtin, kam an den Tisch und klopfte Dumas so herzhaft auf die Schulter, daß dieser sich fragte, ob Sonrisa früher mal auf dem Bau gearbeitet habe. Zugetraut hätte er es ihr.

„Na, guden Abend die Herrschafde. Was darf's sein?"

„Für mich ein Köpi und für meinen Kollegen ..." Dumas blickte Tobias Müller fragend an.

„Auch eins", beendete Müller den Satz, obwohl er mit der Bezeichnung Köpi überhaupt nichts anzufangen wußte, doch wollte er nicht unhöflich erscheinen.

Dumas, der vor etlichen Jahren selbst eine Gastwirtschaft in der Nähe des Frankfurter Doms betrieben hatte und wegen des täglichen Umgangs mit fremden Menschen ein Talent für Konversation entwickelt hatte, fragte seinen Kollegen: „Wie lange sind Sie eigentlich schon bei unserem Verein?"

„Sie meinen bei der KonTrast?"

„Ja."

„Noch nicht so lange. Vier Monate und ein paar Tage", erklärte Tobias Müller.

„Und haben Sie gleich in unserer Abteilung angefangen, oder haben Sie vorher noch was anderes gemacht?" fragte Dumas, obwohl er die Antwort bereits kannte.

„Ja. Zuerst war ich zwei Monate im Posteingang, um erst einmal die einzelnen Bereiche kennenzulernen. So wurde es mir jedenfalls damals gesagt." Tobias Müller zog seine braune Cordjacke aus.

„Ja, da mußte ich auch durch. Im Posteingang zu arbeiten dürfte so ungefähr dasselbe bedeuten wie Besen und Kehrblech für einen Lehrling," scherzte Dumas und zündete sich eine Zigarette an. Da sein Kollege Nichtraucher war, blies er den Rauch höflich zur Seite. Sonrisa kam mit zwei kleinen Gläsern Bier und stellte sie auf den Tisch.

„Zum Wohl", sagte sie und machte zwei Striche auf Dumas' Bierdeckel.

Tobias Müller war erleichtert, daß es sich bei den Köpis um Bier handelte. Er nahm das Glas in die Hand und studierte das Etikett. Dann lachte er. „Ach so. Köpi bedeutet König-Pilsener. Und ich habe schon befürchtet, einen hochprozentigen Schnaps serviert zu bekommen."

Dumas brauchte einige Sekunden, um die Aussage seines Kollegen zu verstehen. Dann mußte auch er lachen. „Ich gehe mal davon aus, daß Sie nicht aus dieser Gegend kommen. Bei uns in Hessen ist Köpi nämlich ein Begriff."

„Nein, ich komme aus Dresden, besser gesagt, aus einem kleinen Ort in der Nähe davon. Bin extra des Berufs wegen nach Frankfurt gezogen. Na ja, um ehrlich zu sein, nach Offenbach. Aber, wie ich schon mehrfach gehört habe, sollte man diese Tatsache besser verschweigen."

„Ach, so schlimm ist es nun auch wieder nicht. Seit die Offenbacher Kickers nicht mehr in der Bundesliga spielen, ist die Rivalität zwischen diesen beiden Städten nicht mehr ganz so groß, obwohl ich persönlich nie nach Offenbach ziehen würde. Man hat schließlich einen Ruf zu verlieren. Aber jetzt erst mal Prost."

„Prost."

Dumas hatte sein Glas gut zur Hälfte geleert und kehrte wieder zum Thema zurück. „Ich möchte Ihnen mal ein bißchen was über unsere Abteilung erzählen. Aber verstehen Sie mich bitte nicht falsch. Es soll auf keinen Fall schulmeisterlich wirken, eher zum besseren Verständnis." Nach einer kurzen Pause fügte er hinzu: „Haben Sie was dagegen?"

„Nein, nur zu. Ich bin von Natur aus neugierig", sagte Tobias Müller.

„Wie Sie vielleicht wissen, kam Dregger vor einem Jahr zu uns. Die Stelle war neu zu besetzen, und von unseren Kollegen hielt man niemanden dafür geeignet. Also mußte ein Externer her. Und genau an dieser Stelle wird es interessant." Theatralisch legte Dumas eine Pause ein, trank sein Glas aus und bestellte ein neues. Dann fuhr er fort: „Bevor die Stelle in der Zeitung inseriert wurde, trat der Kleinschmidt auf den Plan und präsentierte Dregger. An sich nichts Außergewöhnliches, doch wenn man weiß, daß die beiden Schulkameraden waren, erscheint die ganze Geschichte schon in einem anderen Licht, zumal ja Dregger, wie sich inzwischen wohl rausgestellt haben dürfte, nicht ganz der richtige Mann dafür ist. Ich könnte Ihnen auf der Stelle ein halbes Dutzend Kollegen nennen, die qualifizierter wären."

„Woher wissen Sie denn das alles? Ich meine, daß die beiden die gleiche Schule besucht haben. Das werden die doch kaum rumerzählt haben", wollte Tobias Müller wissen.

„Na ja, wir alle mußten doch einen Lebenslauf schreiben, bevor wir hier anfingen. Und ich kenne da jemanden, der wiederum kennt jemand aus dem Personalbüro und so weiter", erklärte Dumas.

„Ach so. Nur, ich verstehe nicht ganz, wie man einen

Prokuristen einstellen kann, ohne ihn vorher auf Herz und Nieren geprüft zu haben. Immerhin trägt der Dregger doch Verantwortung."

„Verantwortung. Pah ..." Dumas machte eine verächtliche Handbewegung. „Eine Bank in dieser Größenordnung ist im Prinzip nichts anderes als ein Staatsbetrieb. Jede Menge Beamte, die nichts weiter wollen, als in Ruhe gelassen zu werden und jeden Monat pünktlich ihr Gehalt zu bekommen." Bei dieser Bemerkung errötete Tobias Müller, denn Dumas hatte exakt, wenn auch unbeabsichtigt, Müllers eigene Arbeitseinstellung beschrieben. „Vor Verantwortung wird sich gedrückt, wo es nur geht. Entweder wird sie an die Untergebenen weitergeleitet oder man erklärt sich einfach für nicht zuständig. Sie brauchen bloß bei irgendeiner Behörde anzurufen und ein Anliegen vorbringen, das in kein Schema paßt, schon haben sie ein Problem. Die KonTrast ist da keine Ausnahme. Und was den Dregger betrifft, Kleinschmidt wird da schon seine Beziehungen zu nutzen gewußt haben. Aber das eigentliche Problem kommt erst noch." Dumas nahm einen tiefen Schluck aus seinem Glas.

„Und was wäre das?" fragte Tobias Müller neugierig.

„Na ja. So langsam kommt der Dregger dahinter, was seine Mitarbeiter von ihm denken und das verheißt nichts Gutes. Es sollte mich wundern, wenn er nicht merkt, wie ihm tagtäglich immer mehr Autorität abhanden kommt. Also ist er zum Handeln gezwungen."

„Ja, das stimmt." Nachdenklich betrachtete Tobias Müller eine gerahmte Fotografie an der gegenüberliegenden Wand, auf der die Innenansicht einer Gaststätte aus den fünfziger Jahren abgebildet war. Dumas schwieg und betrachtete sein Gegenüber. Tobias Müller versuchte, seine Gedanken zu ordnen. Einerseits – in diesem Punkt war er ehrlich zu sich selbst – gehörte er zu denen, die jedem Ärger möglichst aus dem Weg gingen, andererseits machte Dumas einen vertrauenserweckenden Eindruck auf ihn und er war von der Richtigkeit dessen überzeugt, was sein Kollege gesagt hatte. Es dauerte noch eine Weile, dann räusperte sich Müller und begann, erst zaghaft, dann immer flüssiger, zu erzählen. „Das, was Sie gerade gesagt haben ... ich meine, was Dregger betrifft, damit haben Sie wahrscheinlich recht, ich habe mir, ehrlich gesagt, darüber noch keine Gedanken gemacht. Aber, vielleicht erinnern Sie sich an letzte Woche, als er mich in sein Büro bestellte ..."

Dumas nickte aufmunternd, denn genau dafür interessierte er sich besonders. „Nun, um es kurz zu machen: Dregger hat mir klargemacht, daß ich damit aufhören soll, Sie und Frau Büdinger mit irgendwelchen Fragen zu behelligen. Er sagte, Sie beide hätten sich bei ihm beschwert, daß Sie in letzter Zeit häufig gestört würden und gar nicht mehr vernünftig arbeiten könnten. Das hat er mir ges-tern übrigens nicht zum ersten Mal erzählt. So vor zwei oder drei Wochen hat er das auch schon gesagt ... auch zu einigen anderen Kollegen. Er sagte, wenn wir Probleme hätten, sollten wir direkt zu ihm kommen. Leider ist das leichter gesagt als getan, denn meistens fehlt ihm ja selbst der Überblick." Tobias Müller verstummte. Hörbar atmete er aus und seinen Gesichtszügen war die Erleichterung anzusehen.

Ungläubig starrte Dumas seinen Kollegen an. „Nur, damit ich sicher sein kann, nichts falsch verstanden zu haben: Dregger hat also behauptet, Frau Büdinger und ich hätten uns bei ihm beschwert, weil wir uns von der ständigen Fragerei unserer Kollegen belästigt fühlen." Dumas schüttelte den Kopf, als könne er es noch immer nicht glauben.

„Ja, genau so hat er es gesagt. Als ich ihm dann vorsichtig gesagt habe, ich hätte den Eindruck, daß Sie und Frau Büdinger das gerne täten, ich meine, uns bei der Arbeit behilflich zu sein, da ist er total ausgerastet."

„Ja, das war nicht zu überhören. Ich war neugierig darauf zu erfahren, was sich da genau zugetragen hat. Doch ..." Dumas unterbrach sich, um sich zu räuspern. „Ich hätte nie gedacht, daß Dregger so ein linkes Spiel spielt." Dann stand er auf, um zur Toilette zu gehen.

Danach unterhielten sich die beiden Kollegen über allgemeinen Bürotratsch. Dumas wollte erst mal in aller Ruhe über das nachdenken, was er heute erfahren hatte. Gegen einundzwanzig Uhr verabschiedete sich Tobias Müller sichtlich schwankend, denn er war Alkohol nicht gewohnt. Dumas entschied sich für's Bleiben und setzte sich auf einen Barhocker am Tresen. Die Tische waren inzwischen fast alle von Leuten besetzt, die er nicht oder nur vom Sehen her kannte. Kein Stammpublikum.

„Liebste Sonrisa, könnte ich vielleicht noch ein Köpi bekommen. Aber diesmal ein großes, ich muß jetzt nicht mehr auf mein Image Rücksicht nehmen."

„Liebster Schorch, wärste um daan Imitsch besorscht, hättste von vonnerein große Köpis bestellt. Aber saach ema, daan Kumpel da ebbe, der tut net so viel vertraache, oddä?"

„Keine Ahnung, ich war heute das erste Mal mit ihm weg. Ein Kollege von mir, ganz netter Kerl", sagte Dumas und schaute zur Eingangstür, als sein alter Freund Zapatoblanco hereinkam. Er erinnerte sich noch sehr gut an ihr erstes Zusammentreffen in seinem damaligen Lokal. Es mußte so gegen Mitternacht gewesen sein, als Zapatoblanco in Begleitung einer hochaufgeschossenen Blondine hereinkam und die Gäste zu Dumas' Verwunderung namentlich begrüßte. Durch Zapatoblancos Art sich zu kleiden fiel er schon von weitem auf. Alles, was der Frankfurter Flohmarkt an Extravaganzen hergab, schien Einlaß in seinen Kleiderschrank zu finden. Auf die Schuhe legte er besonderen Wert. Niemand konnte sich erinnern, ihn jemals in etwas anderem als weißen Cowboystiefeln gesehen zu haben. Sein Name, Zapatoblanco, kam aus dem Spanischen und bedeutete „Weißer Schuh". Irgend jemand hatte ihm diesen Namen vor Urzeiten gegeben. Dumas war ihm zunächst mit Mißtrauen begegnet, doch als sie sich dann im Morgengrauen sturztrunken voneinander verabschiedeten, hegten beide große Sympathien füreinander.

In den darauffolgenden Wochen erschien Zapatoblanco fast täglich in Dumas' Kneipe und wurde zum Stammgast. Es kam nicht selten vor, daß Dumas nach der Sperrstunde mit Freunden und Stammgästen weiterfeierte. Da sich oft auch einige dienstfreie Polizisten des nahen Polizeireviers unter den Gästen befanden, hatte er diesbezüglich keinen Ärger mit der Obrigkeit.

Dumas war beeindruckt von Zapatoblancos Allgemeinbildung – er sprach beispielsweise sechs Fremdsprachen mehr oder weniger fließend - seinem Humor und seiner Hilfsbereitschaft. Als Dumas einmal nebenbei bemerkt hatte, daß ihm manchmal ganz schön mulmig zumute war, wenn er frühmorgens mit den Tageseinnahmen das Lokal verließ, überreichte ihm Zapatoblanco am nächsten Tag ein Päckchen. Es enthielt eine Schreckschußpistole von beeindruckender Größe. Auf dem beigefügten Zettel standen die Worte: Damit Du keine Angst mehr vor bösen Räubern zu haben brauchst.

Mit der Zeit stellte sich heraus, daß Zapatoblanco über beste Kontakte zur Frankfurter Unterwelt verfügte. Aber er hatte seine Prinzipien. Mit Drogen wollte er nichts zu tun haben, und er ließ die Finger von Geschäften, die seinen eigenen, für andere Leute merkwürdig anmutenden Moralvorstellungen widersprachen, mochten Sie auch noch soviel Gewinn versprechen.

Ihre sich schnell entwickelnde Freundschaft war von sonderbarer Natur. Nachdem Dumas aus gesundheitlichen Gründen – wie die meisten Wirte trank er zuviel – sein Lokal aufgegeben hatte, trafen sie sich ausschließlich in Kneipen; nie war einer in der Wohnung des anderen gewesen. Dumas wußte von Zapatoblanco nur, daß er eine Eigentumswohnung im Westend besaß, einer der teuersten Wohngegenden Frankfurts. An Wochenenden trafen sie sich oft zu einem Kneipenbummel durch Alt-Sachsenhausen, der meist in einem großen Besäufnis endete. Mit der Zeit wurden diese aus Altersgründen zwar seltener, aber nicht weniger heftig. Ihr Stammlokal wurde das APO, etwas abseits vom Touristentrubel gelegen. Oft spielten sie Schach, wobei Dumas meist heillos unterlegen war. Selten, daß eine Partie mehr als zwanzig Züge dauerte.

An diesem Abend war Zapatoblanco für seine Verhältnisse geradezu spießbürgerlich gekleidet. Zu seinen weißen Cowboystiefeln trug er eine schwarze Stoffhose, ein weißes Hemd und ein rotes Jackett. Kaum jemand hätte ihn auf dreiundfünfzig Jahre geschätzt. Er sah aus wie Ende Dreißig, von seinen langen grauen Haaren mal abgesehen.

„Servus Schorsch, buenos dias Sonrisa. Man kredenze mir bitte ein dunkles Hefe." Zapatoblanco hielt sich an Dumas' Schulter fest, als er ungelenk den Barhocker erklomm. Dumas amüsierte sich über Gäste, die Zapatoblanco das erste Mal zu Gesicht bekamen und sich unweigerlich fragten, was denn das für ein schräger Vogel sei. Genau das war Zapatoblancos Absicht. Er wollte provozieren. Die weißen Cowboystiefel hatten mit seiner Lebensphilosophie nicht das Geringste zu tun. Er strich sich seine schulterlangen grauen Haare aus dem Gesicht und wandte sich an Sonrisa, die ihm das Weizenbier auf den Tresen stellte.

„Sag mal Sonrisa, was ist eigentlich mit deinem Boss. Hab ihn lang nicht mehr gesehen."

„Saach ma, biste blind? Der steht schon seit ner Stund neber mer un zappt Bier."

„Schorsch, verstehst du die Dame?" Zapatoblanco sah Dumas fragend an, denn es war kein Chris zu sehen.

„Nein. Ganz eindeutig, nein."

„Chris hat gesaacht, er mäscht ma korz en Gang dorsch die

Gemeinde. Vor ner Stund wollt er widder hier sein. Hoch un heilisch versproche hat er's mer. Abbä wie de siehst, weit un breit kaan Chris. Wahrscheinlich werd er bald hier uffkreuze, dibbe-dabbe-zu nadierlisch, un erzähle, wen er uff seim Streifzuch alles gedroffe hat un daß em ibberhaapt kaa anner Wahl geblibbe is, als die Schnäps zu drinke, die wo em ausgegebbe worn sin. Un ich Dabbes muß die Kneip allaans mache. See-la-wie, saacht de Franzmann wohl dazu." Sonrisa zuckte die Schulter, stellte einige frischgezapfte Köpis auf ein Tablett und ging servieren. Zapatoblanco und Dumas grinsten und stellten die Schachfiguren auf.

Dumas war gerade dabei, im zweiten Zug den Königsbauern zwei Felder vorzuziehen, als Chris mit auf dem Rücken verschränkten Händen eintrat. Sonrisa spülte Biergläser und tat, als bemerke sie ihn nicht. Auch als Chris schon neben ihr stand, zeigte sie keinerlei Reaktion und spülte unverdrossen weiter. Zapatoblanco und Dumas beobachteten die Szene aus den Augenwinkeln.

„Ähem", startete Chris einen Versuch.

Nichts.

„Ähem, ähem. Ei, mei Herzgebobbel. Ich versteh ja, daß de e bissi sauer uff misch bist, abbä ich hab da im Eichkatzerl en paar ahle Kumpels gedroffe un mer habbe da gebabbelt un gebabbelt, un als ich widder uff die Uhr geguckt hab, war's spät ... Ähem, ich hab der aach was mitgebracht, des wo daan Zorn vielleischt a bissi besänfdische dut."

Chris holte eine einzelne rote Rose hinter seinem Rücken hervor und tippelte nervös von einem Fuß auf den anderen. Sonrisa wandte ihm den Rücken zu und trocknete sich die Hände ab. Um ihre Mundwinkel konnte man die Andeutung eines Lächelns erkennen. Zapatoblanco und Dumas mußten sich beherrschen, um nicht unvermittelt loszuprusten. Dann drehte sich Sonrisa zu Chris um und stemmte ihre Hände in die Hüften.

„Wenn de net so treuherzisch gucke dätst, dät ich uff de Stell kündische. All Nas lang muß ich de Lade alaans schmeiße, nur weil de Herr ma widder aaner pischeln geht, du Labbeduddel, du damischer. Un jetzt geb mer endlich des Blümsche, sonst verdärt's oddä werd ganz grün von daaner Alkoholfahn." Resolut riß Sonrisa ihm die Rose aus der Hand und verschwand in der Küche, um eine Vase zu holen.

„Jetzt abbä ma unner Männer, die Sonrisa tut doch grad so, als ob mer verheirat wärn", wandte sich Chris an die beiden Schachspieler.

„Wenn ich mit dir Labbeduddel verheirat wär, dät ich misch gleich erschieße", sagte Sonrisa, die mit einem Bembel als Vasenersatz im Türrahmen stand.

„Un da de jetzt zufällisch ma da bist, könnst de en Zapatoblanco ma fraache, ob er noch en Weize habbe will, oddä glaabste vielleicht, ich kümmer mich weiderhin um alles?"

Fragend sah Chris Zapatoblanco an.

„Ja, und zapf dem Schorsch gleich noch en Köpi an", drängte Sonrisa.

Mürrisch holte Chris eine Flasche Weizenbier aus dem Kühlschrank und stellte sie geräuschvoll vor Zapatoblanco auf den Tresen.

„Einschenke werst de wohl noch selber könne." Ohne eine Antwort abzuwarten, schlurfte Chris zur Zapfanlage. Schmunzelnd sah Zapatoblanco dem vierundsiebzigjährigen Wirt hinterher, und ihm wurde ganz warm ums Herz.

Nach der Schachpartie verlangte Dumas die Rechnung. Da sie auch die Getränke seines Kollegen Tobias Müller enthielt, fiel sie etwas höher aus als sonst. Dann verabschiedete er sich von Zapatoblanco und mußte sich sputen, um die Straßenbahn noch zu erreichen.

Kryptar kniete vor der Kaffeemaschine, wischte den Boden und grinste. Er hatte Kaffee verschüttet. Heintze saß vor seinem Computer und schüttelte seit einer Minute ununterbrochen den Kopf. Dumas starrte auf die Tür zu Dreggers Büro. Er kniff sich in die rechte Backe, denn er wollte einfach nicht glauben, was er soeben gesehen hatte. Silke preßte eine Faust in den Mund. Ihr Kopf war hochrot und Tränen rannen ihr über die Wangen und vermischten sich mit Speichel. Vergebens versuchte sie, sich wieder unter Kontrolle zu bringen. Greg Jones tippte sich an die Stirn.

Was war passiert? Gerhard Dregger hatte vor etwa zwei Minuten mit neuer Frisur feierlich das Büro durchschritten. Das Besondere an seinem neuen Haarschnitt war seine fast vollkommene Übereinstimmung mit der Frisur seines Vorgesetzten Kleinschmidt. Seitenscheitel, die Ohren frei, ausrasierter Nacken und ein paar akkurat abgeschnittene, in die Stirn fallende Haarsträhnen waren die besonderen Merkmale dieser Kreation.

„Peinlich. O Gott, wie peinlich." Es war Silke, die ihre Stimme nach einem Lach-Hustenanfall wiedergefunden hatte.

„Und ich habe bis zuletzt gedacht, es wäre Kleinschmidt höchstpersönlich gewesen, der sich da in unser Büro verirrt hat", sagte Greg Jones heiter.

„Hoffentlich wird diese Frisur jetzt nicht zur Pflicht für alle KonTrast-Mitarbeiter. Dann könnte ich mit meiner Glatze ja gleich einpacken", räsonierte Dumas und strich sich über die fast kahle Schädeldecke.

„Ich finde, er sieht damit jünger aus." Dumas sah erstaunt zu Silke und war sich mal wieder nicht im klaren darüber, ob sie es ernst meinte. Silke seufzte. „Aber leider bin ich schon glücklich liiert. Rassige Männer trifft man eben immer zum falschen Zeitpunkt."

„Du übertreibst", befand Dumas.

„Nein, bevor ich meinen Freund kennengelernt habe, war ich länger als zwei Jahre solo. Dann hatte ich plötzlich zwei Verehrer. Konny war der hartnäckigere von beiden."

„Und jetzt bist du bis über beide Ohren in den Dregger verknallt. Und wenn du ehrlich bist, ist nur seine adrette Popperfrisur daran schuld. Gib es wenigstens zu."

Silke hob beide Hände in die Höhe. „Okay, ich geb's zu."

Nach und nach hatten sich die Wogen der Belustigung, die Dreggers neuer Haarschnitt ausgelöst hatte, geglättet und man begab sich wieder an die Arbeit.

Turnusgemäß war es an Dumas, die zweite Runde Kaffee am Frühstücksbuffet der Cafeteria zu holen. Als er wiederkam, zündete er sich eine Zigarette an und gab Silke Feuer.

„Danke."

„Ich war gestern mit Tobias Müller nach Feierabend einen trinken."

„Mit wem?" fragte Greg Jones.

„Mit dem Kollegen Müller vom DM-Bereich. Das ist der, der gestern in Dreggers Büro war, als es sozusagen etwas ruppiger zuging."

„Ach so, der Grünschnabel."

„Genau der." Dumas schlürfte an seinem Kaffee.

„Jetzt spann' uns doch nicht auf die Folter. Du willst uns doch irgendetwas mitteilen", drängte Silke ungeduldig.

Dumas sah sich um und als er sicher war, daß niemand zuhörte, sagte er: „Nun ja, er hat mir gestern einiges mitgeteilt. So zum Beispiel, daß Dregger seine Mitarbeiter angewiesen hat, nicht mehr mit Fragen zu uns zu kommen, da wir uns angeblich dadurch gestört fühlen. Da staunt Ihr, nicht wahr."

„Er hat was?" fragte Silke stirnrunzelnd.

„Du hast schon richtig gehört", gab Dumas zurück. Er erzählte den Kollegen ausführlich von dem Gespräch, das er am Vorabend mit Tobias Müller geführt hatte. Seufzend lehnte er sich anschließend zurück. „Was haltet Ihr davon?"

" Also ich finde das, ehrlich gesagt, eine ganz schöne Sauerei", empörte sich Silke. „Was müssen die anderen denn jetzt von uns denken? Ich zumindest habe ihnen immer gerne geholfen, und du doch wohl auch, Schorsch, oder?"

„Klar", bestätigte dieser.

„Mich hat sowieso noch nie jemand irgendwas gefragt", schmollte Greg Jones spielerisch. Silke und Dumas sahen ihn lächelnd an.

„Jetzt aber mal ernsthaft, was könnte das wohl bedeuten?" fragte Dumas.

„Ich weiß es nicht", antwortete Silke kopfschüttelnd.

„Ich auch nicht, aber ich glaube nicht, daß Dregger das aus lauter Rücksichtnahme uns gegenüber getan hat. Irgendwas verspricht er sich davon, die Frage ist nur, was?". Nachdenklich sah Dumas seine Kollegen an. Alle drei schwiegen.

Eine Weile später hellte sich Silkes Gesicht auf. „Ach, wißt Ihr was? Ich werde morgen einfach direkt mit den Kollegen aus dem DM-Bereich reden. Ich sage ihnen, was ich gehörte habe, und daß sie natürlich jederzeit mit Fragen zu uns kommen können. Damit wäre das Thema aus der Welt." Zufrieden lächelnd stand sie auf und räumte das Geschirr zusammen.

Leider sollte es bei dem Vorsatz bleiben.

Eine Woche später wunderte Dumas sich über Kryptar und Heintze, die sonst immer beizeiten Feierabend machten, aber diesmal beharrlich vor ihrem Computer sitzen blieben, bis er und Silke sich verabschiedetet hatten. Von Greg Jones, der gerne lang schlief, war man es gewohnt, daß er als letzter kam und oft noch arbeitete, wenn längst alle gegangen waren.

Gerhard Dregger hörte von seinem Büro aus, wie sich Dumas und seine Kollegin verabschiedeten. Er wartete noch fünf Minuten, um sicherzugehen, daß keiner von beiden wegen irgendeines vergessenen Gegenstandes zurückkehrte. Dann ging er federnden Schrittes hinaus, darauf bedacht, einen feierlichen Gesichtsausdruck zur Schau zu stellen. Im Büro des DM-Bereiches forderte er die fünf noch anwesenden Mitarbeiter – unter ihnen Tobias Müller – auf, ihm zu folgen. Dregger hatte sie in der Mittagspause gebeten, nach getaner Arbeit doch bitteschön noch ein Stündchen zu bleiben, es gäbe noch einiges zu besprechen. An Kryptar, Heintze und Greg Jones hatte er sich mit derselben Bitte gewandt. Als alle acht Mitarbeiter in seinem Büro versammelt waren, schloß er die Tür. Auf dem Tisch standen drei Flaschen Champagner, etliche Gläser und ein Tablett mit Kanapees. Seine Kollegen standen etwas unsicher herum, und er bat sie sich zu setzen. Die meisten waren froh, dieselbe Verlegenheit, die sie selbst empfanden, auch bei einigen ihrer Kollegen entdeckt zu haben. Dregger sah prüfend einen nach dem anderen an. Er hatte lange überlegt, wer von ihnen für sein Vorhaben wohl in Betracht kommen könnte. Viel später sollte ihm klar werden, daß er einige falsch eingeschätzt hatte.

Dregger füllte die Gläser. Dann reichte er das Tablett herum. Kryptar bediente sich als erster und da er sich mit nur einem Schnittchen begnügte, taten es ihm die Kollegen trotz ihres großen Appetits gleich. Als sie aufgegessen hatten, lobten sie das Dargebotene gebührend. Lediglich Greg Jones griff ein weiteres Mal zu. Kurz darauf hielt Dregger es für angebracht, aufzustehen und den Grund für dieses Zusammensein zu erläutern. Mit fester Stimme fing er an zu sprechen. Er sei glücklich darüber, daß er sich endlich einmal für die hervorragende Arbeit seiner, insbesondere der hier anwesenden, Mitarbeiter erkenntlich zeigen könne. Greg Jones war der einzige, der an dieser Stelle stutzig wurde, alle anderen fanden dies in Bezug auf ihre Person gerechtfertigt. Als Dregger ihnen dann als besondere Anerkennung in seiner Eigenschaft als Abteilungsleiter je einen Tag Sonderurlaub zusprach, hatte sich die Anspannung gelockert. Erneut wurden die Gläser gefüllt. Dann teilte Dregger der Gruppe mit, daß er vorhabe, künftig weitere derartige Zusammenkünfte zu arrangieren, die ja auch dem Betriebsklima zugute kämen.

Eine Stunde später verabschiedeten sie sich voneinander. Kryptar und Heintze war das Ganze einfach nur lästig gewesen. Die Mitarbeiter des DM-Bereiches freuten sich über den unerwarteten Sonderurlaub, lediglich Tobias Müller wurde von zwiespältigen Gefühlen heimgesucht. Greg Jones hatte die restlichen Kanapees gegessen und war glücklich darüber, daß er heute abend nicht kochen mußte.

Dregger lehnte an seinem Schreibtisch und war mit sich und der Welt zufrieden. Er trank den übriggebliebenen Champagner und dachte für einen kurzen Moment an Julia, der er letzte Woche den Laufpaß gegeben hatte. Er lächelte.

Mit einem immensen Mitteilungsbedürfnis ausgestattet, war es Greg Jones am nächsten Morgen unmöglich, den vorangegangenen Abend unerwähnt zu lassen. So erzählte er unaufgefordert, kurz nachdem er das Büro betreten hatte, Silke und Dumas von dem seltsamen Treffen, das Dregger initiiert hatte. Er zählte die Namen aller beteiligten Kollegen auf und vergaß auch nicht, den Tag Sonderurlaub zu erwähnen. „Na, wie findet ihr das?" schloß er seinen Bericht ab.

„Toll finde ich das, einfach sagenhaft. Und so gerecht", höhnte Dumas. Wütend sah er Silke an. „Sowas hab ich wahrlich gern, Schampus trinken, Geschenke verteilen und die Leistungsträger außen vor lassen. Glückwunsch, Herr Dregger, das nenne ich Motivation!"

Silke mußte unwillkürlich lächeln über Dumas' Ausbruch, verstand jedoch seine Gefühle. Während Greg Jones sich erfolglos bemühte, seinen Kollegen zu beruhigen, dachte sie nach. Auch sie verspürte Ärger über die Aberkennung ihrer Leistung, darüber hinaus aber beschlich sie ein nicht zu definierendes Unbehagen. Warum tat Dregger so etwas? Was bezweckte er damit? Hatte es überhaupt eine Bedeutung? Energisch riß sie sich aus ihren Gedanken.

„Vergiß es, Schorschi. Jetzt mal ehrlich, würdest du mit unserem Chef wirklich einen trinken wollen? Wenn du mich fragst, ich kann ganz gut darauf verzichten." Ruhig lächelte sie ihn an.

Dumas atmete tief durch. „Du hast recht", sagte er schließlich, „Der Arsch soll sich doch mit Champagner totsaufen, ich würde bei seinem Anblick sowieso nichts 'runterkriegen."

Silke und Dumas grinsten einander an und wendeten sich, da

dem nichts hinzuzufügen war, wieder ihrer Arbeit zu. Trotzdem beschlossen sie, jeder für sich, in Zukunft etwas aufmerksamer ihre Umgebung zu beobachten.

Es dauerte etwas mehr als eine Woche, bis ein anderes Ereignis die Alltagsroutine der Sachbearbeiter des Währungsbereiches durchbrach. Irgendwann im Laufe des Nachmittages erschienen zwei Männer im Blaumann und mit roter Schirmmütze. Sie trugen eine Holztür, in deren oberer Hälfte eine Glasscheibe eingesetzt war. Auf ihr Klopfen hin öffnete Dregger die Tür zu seinem Büro. Der ältere der beiden nahm seine Mütze ab und sagte: „Moin, hier wären wir ... Schaun wir mal, ob das gute Stück auch paßt."

„Ja, äh, sehr gut ... das ging ja schnell", sagte Dregger.

Dumas konnte sich nicht erinnern, einen Defekt an der alten Tür wahrgenommen zu haben, doch hatte er es sich fast abgewöhnt, sich über wundersame Geschehnisse in Dreggers Umfeld zu wundern.

Zwanzig Minuten später hing die Tür in der Angel. Silke begutachtete das Werk und erst dann kam ihr schlagartig die Erkenntnis, daß die alte gar kein Fenster gehabt hatte und daß Dregger von nun an seine Mitarbeiter von seinem Büro aus beobachten konnte. Sie fühlte sich unbehaglich. Dumas hatte ähnliche Gedankengänge. Da sich sein Arbeitsplatz jedoch nicht im unmittelbaren Blickfeld von Dreggers neuer Glastür befand und außerdem eine hochgewachsene Zimmerpflanze vor seinem Schreibtisch zusätzlichen Schutz bot, waren die Überwachungsmöglichkeiten seiner Person eingeschränkt.

„Komisch, irgendwas ist hier faul. Nebenan ziehen sie unseren neuen Turm hoch und hier werden noch funktionstüchtige Türen ausgewechselt", bemerkte Greg Jones.

Silke und Dumas waren Scharfsinniges von ihrem Kollegen nicht gewohnt und schauten ihn an, als käme er von einem anderen Stern.

„Was glotzt ihr denn so blöde?" fragte Greg Jones und schüttelte den Kopf.

In den letzten zweieinhalb Wochen hatte es sich Gerhard Dregger zur Angewohnheit gemacht, jede halbe Stunde an seine neue Bürotür zu treten und durch die Glasscheibe hindurch seine

Mitarbeiter zu kontrollieren. War alles zu seiner Zufriedenheit, was so gut wie immer der Fall war, nickte er kurz und begab sich wieder an seinen Schreibtisch. Diese ritualisierte Kontrollmöglichkeit und der Sichtkontakt zu seinen Untergebenen gaben ihm das Gefühl, alles im Griff zu haben. Silke Büdinger und Greg Jones hatten sich der neuen Situation angepaßt und lehnten ihre geschickt gefaltete Morgenzeitung dergestalt an den Bildschirm, daß es von Dreggers neuem Ausguck so aussehen mußte, als würden sie an ihren Computern arbeiten.

Nur sein Kollege Heintze war anwesend, als Dumas kurz nach halb acht das Büro betrat. Die Abwesenheit Kryptars fiel ihm auf, da sein Kollege sonst immer vor ihm da war. „Guten Morgen."

„Guten Morgen, Herr Kollege", brummelte Heintze.

„Der Herr Kryptar ist wohl krank?" erkundigte sich Dumas.

„Ich weiß es nicht. Urlaub hat er jedenfalls keinen."

Dumas setzte sich an seinen Platz, ohne der Sache größere Bedeutung beizumessen und fing an zu arbeiten.

Nach der Frühstückspause, das Team war bis auf Kryptar vollzählig, trat Dregger aus seinem Büro und verkündete: „Herrn Kryptars Frau hat eben angerufen. Er liegt mit Beckenbruch im Krankenhaus und wird wohl längere Zeit ausfallen. Herr Dumas, Sie übernehmen bitte seinen Arbeitsplatz. Ich werde zusehen, daß ich so schnell wie möglich Ersatz für Herrn Kryptar bekommen werde."

„Sofort?" fragte Dumas.

„Sofort!"

Dumas war stinksauer. Es war Anfang des Quartals, und endfällige Wertpapiere mußten ausbezahlt werden, was für die Angestellten des Währungsbereiches einen erhöhten Arbeitsaufwand bedeutete. Nicht selten wurden Überstunden angeordnet. Mißmutig beendete Dumas den Überweisungsvorgang, mit dem er gerade beschäftigt war. Danach begab er sich zu Kryptars Schreibtisch.

Dort war er zwanzig Minuten mit der Durchsicht der Buchungsbelege beschäftigt, bevor er sich völlig entrüstet an Silke wandte: „Das darf doch nicht wahr sein. Von den sechzehn Konten, die ich bis jetzt überprüft habe, stimmen zehn hinten und vorne nicht."

„Dann geh doch zu unserem Herrn Prokuristen und sag es ihm", meinte Silke süffisant.

„Genau das werde ich auch tun, worauf du dich verlassen kannst. Ich möchte Kryptar zwar nicht verpfeifen, aber andererseits könnte es sonst hinterher heißen, ich ... " Dumas stand auf, rückte die graue Stoffhose über seinem kleinen Bauch zurecht und holte tief Luft. Seine Augen verengten sich, und als er glaubte, genug Mut gesammelt zu haben, marschierte er los, begleitet von den neugierigen Blicken seiner Kollegen.

Dregger sah erstaunt auf, als sein Mitarbeiter ohne anzuklopfen eintrat. „Äh, ja ... Sie wünschen?"

Dumas versuchte, sich zusammenzureißen. Er wußte, daß er Schwierigkeiten hatte, sich klar und deutlich zu artikulieren, wenn er erregt war. Als er glaubte, sich unter Kontrolle zu haben, sagte er: „Der Arbeitsplatz von Kryptar, den ich übernehmen sollte ... Auf jeden Fall stimmen da einige Konten nicht. Wenn Sie so freundlich wären, bitte selbst mal nachzusehen."

Kommentarlos stand Dregger auf und ging in das Büro seiner Mitarbeiter. Dumas folgte ihm.

„Was genau stimmt denn nicht?" fragte Dregger, nachdem er sich vor den Computer gesetzt hatte.

„Zum Beispiel das Konto der Landeszentralbank."

Um seinem Chef nicht unschicklich bei der Arbeit über die Schulter sehen zu müssen, ging Dumas an seinen alten Arbeitsplatz zurück. Sein Blick streifte Silke, die ein breites Grinsen zur Schau trug. Greg Jones rückte unruhig auf seinem Stuhl hin und her.

Dumas sah aus dem Fenster in den für diese Jahreszeit typisch grauen Frankfurter Morgenhimmel. Regentropfen klatschten gegen die Scheibe, ein Baukran schwenkte seine Last am Fenster vorbei und ein Martinshorn übertönte den Straßenlärm. Dumas wußte genau, daß sein Vorgesetzter nicht in der Lage war, die Konten abzustimmen. Um Kryptars chaotische Buchführung zu korrigieren und auf den neuesten Stand zu bringen, hätte es mehrerer Stunden und etwas mehr Sachverstand als Dregger je besitzen würde bedurft, dachte Dumas und überlegte, was er tun sollte, wenn Dregger ihn wieder an Kryptars Arbeitsplatz schickte.

„So, Herr Dumas, Sie können ihre Arbeit wieder aufnehmen", sagte Dregger fünfundzwanzig Minuten später und vermied es, seinen Mitarbeiter dabei anzusehen. Dann ging er wieder in sein Büro. Genüßlich schlenderte Dumas an seinen neuen Arbeitsplatz. Einige Mausklicks später hatte er die Bestätigung seiner

Vermutungen. Trotz der von Dregger durchgeführten Änderungen waren einige Konten unstimmig. Dumas druckte die Vorgänge aus und ging zu Dreggers Büro. Ohne anzuklopfen öffnete er die Tür und blieb an der Schwelle stehen, so daß seine Kollegen die Szene beobachten konnten. So hatte er das Gefühl, von ihnen Rückendeckung zu bekommen.

„Was gibt's denn jetzt schon wieder?" Dreggers Stimme klang mehr als gereizt.

"Entschuldigen Sie bitte vielmals, ich will ja nichts sagen, aber einige Konten stimmen immer noch nicht", sagte Dumas mühsam beherrscht.

„Ich habe doch eben selbst dafür gesorgt, daß sie stimmig sind. Gehen Sie bitte zurück an ihren Arbeitsplatz."

„Oh, wenn das so ist, dann muß ich mich wohl deutlicher ausdrücken. Ich weigere mich, an diesen schlampig geführten Konten weiterzuarbeiten", sagte Dumas honigsüß.

In der darauffolgenden Stille hätte man eine Stecknadel fallen hören können. Dregger stand langsam auf, stützte beide Hände auf die Tischplatte und fixierte Dumas mit durchdringendem Blick. Zornesröte verfärbte sein Gesicht. „Sie tun was?" fragte er gefährlich leise.

Dumas hielt Dreggers Blick stand. Er wußte, daß er im Recht war, auch wenn das im Moment keine Rolle spielte. Er spürte, wie seine Kollegen die Szene förmlich in sich aufsogen und stellte sich vor, wie Silke ihm beide Daumen drückte. Er mußte es nur durchstehen, mußte seinen Blick halten und auf eine Unsicherheit seines Vorgesetzten warten. Minuten schienen so vergangen zu sein, da sah er, wie Dregger kurz die Augen niederschlug. Dumas registrierte es mit großer Genugtuung, denn er spürte, daß er die Oberhand gewonnen hatte. Er sah Dregger weiter unverwandt an, und je unsicherer sein Gegenüber wurde, um so stärker fühlte sich Dumas. Du mußt die beklemmende Stille genießen, sagte er sich. Und er begann sie zu genießen, und ein kleines fieses Lächeln begann sich auf seinem Gesicht einzugraben. Dregger hatte aufgegeben und blickte ihn schon längst nicht mehr an. Dumas weidete sich an der Situation. Noch Jahre später sollte ihm die Erinnerung an diesen Moment ein Gefühl tiefster Befriedigung verleihen. Dann sagte er laut: „Wie ich schon sagte: Ich weigere mich, an diesen schlampig geführten Konten weiterzuarbeiten. Bei einer Revision kommen Sie in Teufels Küche."

Während er gesprochen hatte, spürte er etwas in sich wachsen. Dumas konnte es nicht genau definieren, ahnte jedoch, daß es im weitesten Sinne etwas mit Macht zu tun haben mußte. Er ließ seinen Feind, denn nichts anderes sah er in diesem Moment in seinem Vorgesetzten, nicht aus den Augen, als er lässig hinzufügte: „Ich gehe jetzt zu Herrn Kleinschmidt, um mich abzusichern. Wenn Sie mitkommen möchten ..."

Als Dregger den Namen seines Vorgesetzten hörte, begannen seine Gedanken zu rotieren. „Schulkamerad", „Mallorca-Urlaub", „Uns schon immer gut verstanden" und ähnliches schwirrte durch seinen Kopf, konnte jedoch von ihm in keinen geordneten Zusammenhang gebracht werden. Irgendwie schaffte er es, aus diesem Chaos Kraft zu schöpfen. Kraft, die er dringend benötigte. Dregger straffte seinen Körper und zupfte die Krawatte zurecht. Sein Blick wanderte zu Dumas, Stunden schienen inzwischen vergangen, doch was er sah, gefiel ihm nicht. Er verstand es auch nicht. Sollte dies vielleicht der kleine unbedeutende Sachbearbeiter sein, der da so selbstherrlich im Türrahmen stand und ihn, den Großen Dregger, so geringschätzig ansah. Als Dumas sich zum Gehen anschickte, wußte Dregger nur, daß er ihm folgen mußte, wollte er nicht ganz aufgeben und sich vor seinen Mitarbeitern der Lächerlichkeit preisgeben. Im Gefühl des Siegesrausches marschierte Dumas vorneweg. Dregger bemerkte die Blicke nicht, die auf ihn gerichtet waren, als er das Büro durchschritt. Ganz im Gegensatz zu Dumas, der Silke im Stile eines Triumphators zuzwinkerte.

Kleinschmidts Büro, zu dem man nur vom Flur aus Zutritt hatte, lag gleich nebenan. Dumas klopfte energisch gegen die Tür und Dregger fuhr bei jedem Pochen erschrocken zusammen, als würden die Kugeln eines Hinrichtungskommandos in seinen Körper eindringen. Als die Aufforderung zum Eintreten zu hören war, öffnete Dumas die Tür. Kleinschmidt stand mit auf dem Rücken verschränkten Händen am Fenster und schaute hinaus. Erschrocken vermeinte Dumas einen kurzen Augenblick, Dregger am Fenster stehen zu sehen. Er drehte sich zu Dregger um und ihm wurde klar, daß er sich mal wieder von den identischen Frisuren hatte irritieren lassen.

Behäbig drehte sich Kleinschmidt um. Ihm war anzumerken, daß ihm diese Störung nicht willkommen war. „Ja bitte, Sie wünschen?"

Die letzten Minuten hatte Dumas das Gefühl gehabt, von einer Wolke getragen zu werden. Die Euphorie, die sich seiner während seines Kampfes mit Dregger bemächtigt hatte, begann nachzulassen. Ernüchtert legte er die Zettel, mit denen er Dreggers Versagen dokumentieren wollte, auf den Tisch und begann über das Geschehene zu berichten. Seelenruhig stand Kleinschmidt vor ihm, hörte ihm zu und warf hin und wieder einen Blick auf seinen alten Schulkameraden, der immer noch eine ungesunde Gesichtsfarbe aufwies, aber schon wieder zuversichtlicher wirkte. Gegen Ende seiner Schilderung geriet Dumas einige Male ins Stocken, da sich ihm der Gedanke aufdrängte, vielleicht doch ein wenig zu couragiert gehandelt zu haben. Trotzdem sah er, nachdem er fertig war, Kleinschmidt hoffnungsvoll an. Später sollte er sich noch oft die Frage stellen, wie er damals so naiv hatte sein können.

„Warum kommen Sie eigentlich damit zu mir? Herr Dregger ist Ihr direkter Vorgesetzter. Wenden Sie sich an ihn."

Dumas zog seinen Kopf bei den letzten Worten um ein, zwei Zentimeter ein, als versuche er, in Deckung zu gehen. Er glaubte, Kleinschmidt deutlich gemacht zu haben, warum er sich an ihn gewandt hatte. Trotzdem beantwortete er die Frage: „Es ist mir nicht möglich, den Prokuristen zu fragen, weil der keine Ahnung hat."

„So. Keine Ahnung hat er", äffte Kleinschmidt ihn nach. Dumas nickte. „Ist Ihnen eigentlich bekannt, daß solche Äußerungen zu Abmahnungen führen können? Gegebenenfalls auch zur Kündigung?"

Dumas fühlte, wie ihn ein leichtes Schwindelgefühl beschlich. Er war hierher gekommen, um Dreggers Verantwortungslosigkeit zu dokumentieren. Doch statt einer Klärung der Situation wurde ihm nun unverhohlen mit Repressalien gedroht. Dumas verstand die Welt nicht mehr. Er wollte nur noch raus. Nach Hause oder sonstwohin. Nur nicht mehr hier sein, wo er sich von aller Welt verraten und verlassen fühlte.

Die folgenden Minuten waren für immer aus seinem Gedächtnis verbannt. Seine Erinnerung setzte erst wieder ein, als er sich mit Silke in der Kantine wiederfand und eine Zigarette nach der anderen rauchte. Dumas hatte ihr alles erzählt. Mehrere Male mußte Silke nachfragen, um aus den zusammenhanglosen Erzählungen ihres Kollegen schlau zu werden. „Du solltest in die HBV eintreten", sagte sie entschlossen, nachdem Dumas mit seinem

Bericht fertig war.

„Ich? In die Gewerkschaft?" Dumas hatte so etwas nie für nötig befunden. Mit Gewerkschaft hatte er bislang Streik und Demonstrationen assoziiert, und das war etwas für Pseudo-Revoluzzer. Und jetzt sollte er selbst ...

„Ja, du. Denk doch mal darüber nach. Ich glaube, in deiner Lage hast du überhaupt keine andere Möglichkeit", versuchte Silke ihren Kollegen zu überzeugen.

„Wenn du meinst ..."

„Ja, ich meine. Im Büro unten habe ich noch ein paar Mitgliedsanträge. Du nimmst einen mit nach Hause und bringst ihn morgen ausgefüllt wieder mit. Den Rest erledige ich dann für dich." Silke stand auf und reichte Dumas die Hand.

Diese kleine Geste war für Dumas in dem Moment das Schönste auf der Welt. Er versuchte ein Lächeln.

Georg Dumas stand auf und fühlte sich wie gerädert. Er hatte schlecht geschlafen und bis in den Morgen hinein Gedanken gewälzt. Alle möglichen Situationen hatte er durchgespielt, in denen er selbst, Kleinschmidt und Dregger im Mittelpunkt standen, und immer wieder schlich sich die Angst vor einer Kündigung ein. Oft mußte er sich zwingen, gleichmäßiger zu atmen, um seinen galoppierenden Puls zu beruhigen. Das letzte Mal hatte Dumas um vier Uhr auf die leuchtende Digitalanzeige seines Weckers gesehen, bevor er endlich in einen unruhigen Schlaf gefallen war.

Über den Badewannenrand gebeugt, ließ er eiskaltes Wasser auf seinen Kopf rauschen. Während des Rasierens fiel sein Blick auf den Fön, der auf dem Wandschränkchen lag und den er letztes Jahr von Zapatoblanco zu seinem Geburtstag geschenkt bekommen hatte. Ein Scherz, in Anbetracht seiner wenigen verbliebenen Haare. Dumas beschloß, Zapatoblanco im Laufe des Tages anzurufen, vielleicht konnte man sich ja für den Abend verabreden. Bei dem Gedanken daran spürte er, wie Energie in seinen Körper zurückkehrte. Es gibt auch ein Leben außerhalb der KonTrast, sagte er sich und benetzte sein Gesicht mit Rasierwasser.

Er hatte ungefähr die Hälfte seines Weges am Mainufer zurückgelegt, als die Claudia II zwischen den Pfeilern der Friedensbrücke auftauchte. Es war ein ganz normales Frachtschiff unter holländischer Flagge. Dumas lehnte sich an das Geländer der befestigten Uferböschung und zündete sich eine Zigarette an. Er beobachtete das Schiff und suchte nach Anzeichen menschlichen Lebens darauf. Im Steuerstand war auf diese Entfernung nichts zu erkennen. Auf dem Bug flatterte zum Trocknen aufgehängte Wäsche im Wind. Wie ein Leben als Binnenschiffer wohl aussehen mochte, überlegte er und versuchte sich vorzustellen, wie er hinter dem Steuerrad stand und durch die Schatten der Brücken hindurchglitt und die wechselnde Landschaft an ihm vorüberzog. Als die Claudia II den Niederräder Campingplatz passierte, schnippte Dumas seine Kippe weg und ging weiter. Die nächtlichen Dämonen waren endgültig verschwunden, und er fragte sich, warum er eigentlich so schlecht geschlafen hatte.

Im Büro überreichte ihm Silke seinen ausgefüllten HBV-Mitgliedsantrag. „Du siehst aus, als ob du die Nacht durchgemacht hättest."

„So ähnlich. Und bevor du fragst, ich weigere mich nach wie vor, Kryptars Arbeitsplatz zu übernehmen. Meine Konten sind ordentlich geführt und im übrigen kann mich der Dregger kreuzweise. Wo ist er eigentlich?"

„Er ist vor einer halben Stunde gegangen, sagte irgendwas von einer Besprechung und daß er nicht vor der Mittagspause zurück sei."

„Von mir aus braucht er überhaupt nicht zurückzukommen." Dumas gab sich bewußt keine Mühe, leise zu sprechen, so daß Heintze alles mitbekam. Er fragte sich, auf wessen Seite sein Kollege im Ernstfall stehen würde. Von ihm und Kryptar wußte er so gut wie überhaupt nichts.

Zehn Minuten später kam Greg Jones, für seine Verhältnisse sehr früh, mit seiner alten abgewetzten Ledertasche die Tür herein. Da er gewöhnlich meist gute Laune versprühte, fiel sein griesgrämiges Aussehen besonders auf. Auch der sonst laute und herzhafte Guten-Morgen-Gruß kam bei seinen Kollegen als unverständliches Gemurmel an. Mit einem Blick durch die Glastür vergewisserte sich Greg Jones, daß sein Vorgesetzter nicht anwesend war. Nachdem er sich eine Tasse Kaffee eingeschenkt hatte, ging er an die Fensterbank und holte sich einen Bierdeckel, der unter einer kümmerlichen Geranie lag. Wieder an seinem Platz, förderte er einen grünen Bogen Papier und den Mittelteil einer Klopapierrolle aus seiner Ledertasche zu Tage. Dann fing er an zu basteln. Den Computer ließ er ausgeschaltet. Silke und Dumas warfen hin und wieder verstohlene Blicke auf ihren Kollegen, vermieden es aber wegen seiner allzu offensichtlich schlechten Laune ihn anzusprechen.

Zwanzig Minuten später war Greg Jones' kreative Phase beendet. Dumas wagte einen Versuch: „Das soll wohl eine Palme sein."

„Sieht man das?"

„Sieht zumindest danach aus."

„Ja, eine Palme." Greg Jones begutachtete sie von allen Seiten. „Mein Weihnachtsurlaub mit ein paar Kumpels auf Gran Canaria ist nämlich ins Wasser gefallen."

„Hat Dregger dir etwa Urlaubssperre verpaßt?" schaltete Silke sich interessiert in das Gespräch ein.

„Nein, das nicht. Ich habe bloß meiner Mutter letztes Jahr fest versprochen, daß ich diesmal auf jeden Fall Weihnachten bei ihr feiern werde. Ich hatte es nur vergessen."

„Hast du schon gebucht?" fragte Dumas.

„Nein. Nächste Woche wollten wir ins Reisbüro gehen. Da wird ja wohl jetzt nichts draus, zumindest für mich nicht." Greg Jones sah voller Sehnsucht auf seine Palme und seufzte. Silke und Dumas ließen ihn in Ruhe und auch Heintze sah seinen tapsigen Kollegen voller Mitleid an.

Es war kurz nach der Mittagspause, Georg Dumas hatte gerade den Hörer aufgelegt, als Dregger das Büro betrat und seine Mitarbeiter der Reihe nach kurz ansah. Beim verwaisten Arbeitsplatz von Kryptar verweilte sein Blick etwas länger. Dann verschwand er durch die Glastür. Dumas, der ihn intensiv beobachtet hatte, vermochte keine Anzeichen von Zorn oder etwas Ähnlichem zu entdecken.

Kurz darauf kam Dregger wieder herein, setzte sich an Kryptars Computer, schaltete ihn ein und begann auf der Tastatur zu tippen. Dumas stand auf und ging zur Kaffeemaschine.

„Herr Dregger, möchten Sie auch einen?" fragte er betont freundlich.

„Äh ..., nein danke", kam die unterkühlte Antwort.

Dumas ging an seinen Schreibtisch zurück und wählte Zapatoblancos Nummer.

Durch die große Frontscheibe konnte Dumas seinen Freund und Chris beim Zurechtrücken der Stühle und Barhocker beobachten. Na, wenigstens ist schon geöffnet, dachte er, denn es wäre nicht das erste Mal gewesen, daß Chris es mit den Öffnungszeiten nicht so genau genommen hätte. Bei schönem Wetter eine durchaus verständliche Angelegenheit, zog es die Kneipenbummler doch mehr in die umliegenden Apfelweinwirtschaften mit ihren heimeligen Gärten als in eine Restauration, wie es das APO war.

„Guten Abend allerseits", grüßte Dumas.

„Ihr zwaa könnts wohl aach net erwadde, euch en Schobbe in de Kopp zu klobbe", brummelte Chris.

Dumas hängte seinen beigen Trenchcoat an den Kleiderhaken und ging hinter den Tresen, um die Zapfanlage betriebsbereit zu machen, ausreichend Berufserfahrung hatte er ja. Er war nur froh, daß gestern nach Feierabend noch sauber gemacht worden war, denn nichts haßte er mehr, als Gläser mit abgestandenem Bier und angetrocknetem Bierschaum zu spülen.

Kurze Zeit später war alles soweit hergerichtet, und er zapfte sich das erste große Köpi des Abends an. Dann schenkte er Zapatoblanco ein dunkles Weizen ein.

„Und du bist auf dem Flohmarkt wieder fündig geworden", stellte Dumas fest und deutete auf die neue Weste seines Freundes, die über und über mit Goldbrokat verziert war.

„Nein, die habe ich von einem Russen geschenkt bekommen, mit dem ich in bilateraler Verbindung stehe." Ein breites Grinsen zog sich über sein Gesicht.

„Gute Geschäfte?"

„Kann man so sagen. Doch leider hatte ich gestern nacht eine Riesen-Pechsträhne beim Pokern. Kann sein, daß ich einen Deckel machen muß." Zapatoblanco schielte zu Chris.

Chris zog verächtlich die Mundwinkel nach unten. „Wenn daan Deggel groß genuch is, kannste en ja ababeide und de Bode hier schrubbe. Die junge Leut von heut, nix wie Ferz im Kopp."

Eine Schaumkrone wie aus einem Werbefilm krönte das frischgezapfte Köpi. Dumas kam um die Theke herum, setzte sich zu Zapatoblanco an den Tresen und prostete ihm zu. Dann nahm er gierig einen großen Schluck.

„Ich will ja nichts sagen, aber du siehst beschissen aus", setzte Zapatoblanco liebenswürdig die Unterhaltung fort.

„So was ähnliches habe ich heute schon mal gehört."

„Dann würde ich an deiner Stelle mal darüber nachdenken. Wenn zwei das gleiche sagen, ist vielleicht was dran."

„Ich weiß, was dran ist. Es gab mal wieder Ärger im Büro, diesmal aber verdammt heftigen. Ich konnte die Nacht kaum schlafen", berichtete Dumas.

„Laß hören." Zapatoblanco nahm eine bequemere Haltung ein. Einen Ellenbogen auf der Theke, stützte er seinen Kopf ab. Den rechten Fuß legte er auf seinen linken Oberschenkel, so daß die rote Jeanshose den Schaft seiner weißen Cowboystiefel freigab. Vorsichtshalber bestellte er noch zwei Getränke auf Vorrat.

Zehn Minuten später hatte Dumas zu Ende erzählt und sah zur Decke, die mit internationalen Tageszeitungen tapeziert war. Seine rechte Hand spielte mit der blauen Gauloises-Packung. „Dieses Arschloch, ich könnte ihn ..." Es bezog sich auf Dregger.

„... umbringen?" vollendete Zapatoblanco den Satz .

„Das wäre wohl auch keine geeignete Lösung."

„Ich weiß nicht, was du hast. Manchmal kommst du mir vor wie ein kleines Kind, das unversehens in die Welt der Erwachsenen geraten ist. Nur mit dem kleinen Unterschied, daß du schon vorher hättest wissen müssen, was dich erwartet. So sind nun mal die Spielregeln bei einer Bank und nicht nur dort. Als ich noch jung war, habe ich mal drei Tage am Fließband gestanden. Am vierten Tag bin ich nicht mal mehr hingegangen, um mir meinen Lohn ausbezahlen zu lassen, so gestrichen voll hatte ich die Schnauze. Damals habe ich mir geschworen, nie mehr einen aufgeblasenen Boß über mir zu haben. Daran habe ich mich bis heute gehalten. Ich habe dir damals gesagt, es ist ein Fehler, deine Kneipe aufzugeben. Du warst noch nie ein Büromensch und wirst auch nie einer werden. Wenn ich dir einen Tip geben darf, dann kündige und such dir was Anständiges. Als Kneipier würdest du immer noch 'ne gute Figur abgeben. Lieber zehn Jahre früher krepieren, als zehn Jahre so einen Quatsch, den du gerade machst." Zapatoblanco nahm einen tiefen Schluck und wischte seinen Mund am Hemdsärmel ab.

„Gar nicht so übel, dein Vortrag", brachte Dumas enttäuscht hervor. Er hatte sich von seinem Freund etwas mehr Einfühlungsvermögen erhofft.

„Danke."

„Ich bleibe trotzdem bei der KonTrast. Immerhin ist die Arbeit interessant und macht manchmal auch Spaß. Außerdem habe ich das Lokal wegen meiner Gesundheit aufgegeben, wie du dich vielleicht erinnerst. Zuviel Alkohol in Reichweite. Und mit dem Dregger werde ich auch noch fertig", fügte Dumas trotzig hinzu.

„Wenn du dich da mal nicht überschätzt." Zapatoblanco sah seinen Freund skeptisch an.

„Und wenn schon. Nebenbei bemerkt, habe ich großen Durst." Dumas sah ein, daß von Zapatoblanco heute abend kein seelischer Beistand mehr zu erwarten war.

„Ich auch. Du müßtest mir nur etwas Geld leihen, ich habe nämlich null Bock, hier den Boden zu schrubben."

„Mach' ich."

Sechs Stunden später kam Sonrisa auf einen Sprung herein und sah zwei gefährlich schwankende Gestalten sich am Tresen festhalten. Auch Chris hatte diesen glasigen Blick, der sie vermuten ließ, daß sie wieder würde einspringen müssen, sollte ein halbwegs geordneter Betrieb bis zur Sperrstunde aufrecht erhalten werden.

So kam es dann auch. Wer gedacht hatte, die sich gegenseitig stützenden Zapatoblanco und Dumas würden vernünftig sein und nach Hause gehen, sah sich immens getäuscht. Den nächsten Stop legten sie in der Nachteule ein, normalerweise keine fünf Minuten zu Fuß vom APO entfernt, doch kam es gelegentlich vor, daß die beiden Freunde für diese Strecke bis zu einer Viertelstunde benötigten. Als auch dieses Gasthaus um vier Uhr morgens seine Pforten schloß, nahm man ein Taxi und ließ den Abend in der Großmarkthalle, Kantine-West aus-, bzw. den Morgen anklingen. Diese, das dörfliche Frankfurter Nachtleben aufrechterhaltende Institution, war allgemein unter dem treffenden Namen Muppet-Show bekannt. Bei Nachtschwärmern, die kein Ende finden wollten ebenso beliebt wie bei Tagelöhnern, die sich nebenan in der Großmarkthalle ihren Morgenrausch verdienen mußten.

Um acht Uhr rief Dumas bei seinem Arbeitgeber an und ließ Dregger ausrichten, daß er wegen akuter Bauchschmerzen unmöglich kommen könne. Weitere zwei Stunden später hatten die beiden tatsächlich genug und ließen sich mit einem Taxi nach Hause chauffieren.

Im Laufe der nächsten Wochen begannen Silke und Dumas, erste Veränderungen am Verhalten ihrer Kollegen zu spüren.

Dregger veranstaltete weiterhin alle zwei Wochen mit einigen auserwählten Mitarbeitern, ausnahmslos männlichen Geschlechts ein zwangloses Zusammensein. Dabei erwies er sich als großzügig, kumpelhaft und unterhaltsam, und die Mitarbeiter, die anfangs mit einem gewissen Unwohlsein zu den Zusammenkünften gegangen waren, begannen, die feucht-fröhlichen Treffen zu genießen. Man begann sich private Geschichten zu erzählen, und besonders beim immer beliebten Thema Frauen ging es oft hoch her. Dregger versäumte es nie, seine Mitarbeiter für ihre Leistung zu loben und sie darauf hinzuweisen, daß gute Arbeit bei ihm nicht unbelohnt bleibe. In der Tat hatte er durch Umstrukturieren der Abteilung bereits für zwei Mitarbeiter des DM-Bereichs eine Beförderung mit dazugehörender Gehaltserhöhung durchsetzen können, und für die anderen Anwesenden hatte er Leistungsprämien in Aussicht gestellt.

Die betroffenen Angestellten, die anfangs noch überrascht über die Großzügigkeit ihres Vorgesetzten gewesen waren, gewöhnten sich rasch daran, zu den „Potentiellen Führungskräften" – wie Dregger sich ausdrückte – zu gehören. Anfangs hatten sie sich schlicht gefreut, zu denjenigen zu gehören, die das Vertrauen ihres Chefs genossen, aber dieses Gefühl ging – zumindest bei den Mitarbeitern des DM-Bereiches – allmählich über in das Bewußtsein, daß man sich von den weniger priviligierten Kollegen distanzieren mußte, wollte man die eigene Chance nutzen. Unter diesen Voraussetzungen, die Dregger geschickt geschaffen hatte, war es ihm nun ein Leichtes, Silke und Dumas durch Verbreitung von Lügen und Halbwahrheiten zu isolieren. Alle, außer einer Mitarbeiterin namens Caroline Pless, erkannten die Zeichen der Zeit und gingen den beiden ungeliebten Kollegen konsequent aus dem Weg.

Was hingegen den Währungsbereich anbelangte, hatte sich Dregger verschätzt. Greg Jones nahm vorwiegend aus kulinarischen Beweggründen an den Zusammenkünften teil. Er hörte Dreggers Auslassungen über Silkes und Dumas' Unzulänglichkeiten zwar zu, sah jedoch keinen vernünftigen Grund, weshalb er den Wünschen seines Chefs Folge leisten sollte. Mit solchem Geplänkel wollte er nichts zu tun haben. Auch bei Heintze, der sowieso nie seine Meinung äußerte, konnten Silke und Dumas keinerlei Verhaltensänderung feststellen.

Nur Tobias Müller, der vorübergehend von Dregger an

Kryptars Arbeitsplatz versetzt worden war, verhielt sich hin und wieder distanziert. Er lebte in einem Zwiespalt. Auf der einen Seite nahm er Dreggers vermeintliche Großzügigkeit gerne an, auf der anderen Seite konnte und wollte er sich nicht offen gegen die beiden von seinem Vorgesetzten geschaßten Mitarbeiter wenden, da sie sich ihm gegenüber immer hilfsbereit und freundlich verhalten hatten. Obwohl er schon seit dem Mauerfall in Hessen lebte, hatte er sich immer noch nicht an den unterkühlten Umgangston im Westen gewöhnt. Er vermißte die menschliche Wärme unter Kollegen mehr, als er sich eingestand, und es behagte ihm nicht, daß er ausgerechnet die beiden, die ihm am meisten entgegenkamen, meiden sollte. So gefühllos hatte er sich den Kapitalismus nicht vorgestellt. Er litt darunter und hatte oft Heimweh.

Silke fand die Situation immer unerträglicher. Mit einem großen Harmoniebedürfnis ausgestattet, war sie eine derjenigen, die im Betriebsrat immer wieder zur Verbesserung des Betriebsklimas aufrief, und nun begegnete man ausgerechnet ihr mit einer solchen Kälte. Sie fragte sich oft verzweifelt, was sie denn falsch gemachte habe, aber es wollte ihr beim besten Willen nichts einfallen, was ein derartiges Verhalten seitens der Kollegen erklärte.

Ende November nahm sie ihren Mut zusammen und forderte einen Kollegen aus dem DM-Bereich, mit dem sie sich jahrelang gut verstanden hatte, auf, ihr zu sagen, was denn eigentlich los sei. Nichts, was soll sein, ließ dieser sie kalt abblitzen. Nach drei weiteren, ähnlich kurzen Unterhaltungen gab Silke auf. Sie begriff, daß sie nichts tun konnte, um das Verhältnis zu ihren Kollegen zu verbessern. Traurig, aber keinesfalls resigniert, beschloß sie, sich darauf zu konzentrieren, Dregger irgendeine Verfehlung nachweisen zu können, um dann ihre Kollegen vom Betriebsrat zum Eingreifen zu bewegen. Dies erzählte sie auch Dumas, der völlig unberührt von allem zu sein schien. Gemeinsam vereinbarten sie, zumindest im Moment alle Schikanen zu ignorieren und sich normal zu verhalten.

Geflissentlich vermied auch Dregger jegliche direkten Reibungspunkte mit Silke und Dumas.

Gereizt hatte Gerhard Degger zur Kenntnis genommen, mit welch scheinbar stoischer Ruhe Silke und Dumas auf unangenehme Anweisungen seinerseits reagierten. Am letzten Freitag hatte er beide dazu aufgefordert, die kommende Woche aus wichtigen Gründen, die in Wirklichkeit nicht existierten, schon um sieben Uhr mit der Arbeit zu beginnen.

„Na schön, dann habe ich wenigstens auch früher Feierabend", hatte Silke ihn lapidar abgefertigt. „Von mir aus", hatte sich Dumas unverhohlen über diese Anweisung des Prokuristen amüsiert.

Dumas war gerade mit der Kontrolle eingegangener Wertpapiere auf Fälligkeitsdatum und Betrag beschäftigt, als Dregger unvermittelt vor ihm stand. „Sie haben noch zwei Tage Resturlaub."

„Ich weiß", bemerkte Dumas mit gelangweilter Stimme und blickte weiterhin unverwandt auf den Bildschirm.

„Ich möchte, daß Sie noch heute diesen Urlaubszettel ausfüllen", sagte Dregger und legte das Formular auf den Schreibtisch seines Mitarbeiters.

„Warum so eilig?" wollte Dumas wissen.

„Weil ich, wie Ihnen vielleicht nicht entgangen sein dürfte, für die Organisation hier zuständig bin." Ein fieses Lächeln ließ Dreggers Gesicht zur Maske erstarren.

„So. Sind Sie das?"

Silke blieb fast das Herz stehen, als sie die freche Antwort ihres Kollegen vernahm. Dregger schnappte nach Luft und seine Gesichtsfarbe wechselte ins rötliche. Dann schrie er: „Bis zur Frühstückspause ist der Zettel ausgefüllt, sonst trage ich Sie ein, wie es mir paßt."

„Sie tun mal gar nichts", bemerkte Dumas mit einer Herablassung, als spräche er zu einem Hund.

Abrupt drehte sich Dregger um und stampfte in sein Büro zurück. Die Glasscheibe vibrierte, als er die Tür zuschlug. Heintze und Tobias Müller wirkten peinlich berührt. Greg Jones summte leise „This is the end" von The Doors. Silke verhielt sich mucksmäuschenstill. Dumas kaute nachdenklich an einem Kugelschreiber. Dann schlug er seinen Terminkalender auf, füllte den Urlaubsantrag aus und ging in Dreggers Büro.

Dreißig Sekunden später saß er wieder an seinem Arbeitsplatz. Silke war froh, daß sich ihr Kollege nicht zu weiteren Frechheiten hatte hinreißen lassen.

Mit einem triumphierenden Lächeln erschien Dregger wieder auf der Bildfläche. Den Zettel hielt er in der ausgestreckten rechten Hand. Als er vor Dumas stand, schnippte er mit der Linken energisch gegen das Blatt Papier. „Ich stelle fest, Sie haben ihren Resturlaub für Februar nächsten Jahres beantragt."

„Was Sie nicht sagen."

Dregger ließ sich diesmal nicht aus der Ruhe bringen. „Laut Betriebsvereinbarung vom März dreiundachtzig ..." Er hielt inne, um einen vernichtenden Blick auf Silke zu werfen. „Laut dieser Betriebsvereinbarung ist es Ihnen nicht gestattet, Resturlaub mit ins neue Jahr zu nehmen, sofern keine triftigen Gründe vorliegen. Können Sie mir vielleicht einen nennen?", fragte er honigsüß.

Dumas, dem dieser Passus bekannt war, der jedoch von Betriebsrat und Geschäftsleitung in stillem Einverständnis großzügig ausgelegt wurde, antwortete leichthin: „Zu viel zu tun."

Dregger spielte den Erstaunten und zog theatralisch die Augenbrauen hoch. „Oh, oh, oh. Ich glaube, daß ich es irgendwie fertigbringen könnte, noch diesen Monat zwei Tage auf Ihre werte Mitarbeit zu verzichten."

„Ich bin da zwar anderer Meinung, aber ich werde zusehen, daß ich bis Freitag den Antrag erneut ausgefüllt habe."

„Falsch. Ich bestehe darauf, ihn heute noch zu erhalten. Wenn Sie also die Güte besäßen ..." Dregger streifte sich eine Haarsträhne aus dem Gesicht und sah Silke geringschätzig an. Dann drehte er sich um und verschwand in seinem Büro.

„Ich glaube, er ist im Recht", unterbrach Silke die bedrückende Stille.

„Es ist aber nicht fair. Jeder andere darf seinen Resturlaub mit ins erste Quartal des neuen Jahres nehmen."

„Ich weiß. Tu mir trotzdem den Gefallen, und füll den Antrag aus." Dumas seufzte resigniert.

Kurz vor Feierabend überreichte er seinem Vorgesetzten den korrekt ausgefüllten Urlaubszettel.

Alljährlich stellte die KonTrast einen großzügig bemessenen Betrag für diverse Weihnachtsfeiern zur Verfügung. Der Festakt des Bereichs Tresor, Effekten- und Couponkasse, für die Kleinschmidt die Verantwortung trug, fand in der eigens dafür hergerichteten Kantine statt. Dem Festkomitee, das sich alle erdenkliche Mühe gab, dem geschäftsmäßig und kühl wirkenden Raum eine vorweihnachtliche Atmosphäre zu verpassen, gehörten auch Tobias Müller und Greg Jones an. Letzterer tat sich dadurch hervor, daß er dem porzellanenen Weihnachtsengel, der fast so alt war wie die KonTrast, beim Montieren auf die Spitze des Weihnachtsbaumes beide Flügel abbrach. Notdürftig klebte Tobias Müller sie wieder an.

Kurz nach halb zwei hielt Kleinschmidt eine kurze Rede, deren Quintessenz es war, daß er eigentlich keine habe halten wollen, aber irgendwer das Bankett schließlich eröffnen müsse. Dann wünschte er allen „Guten Appetit" und „Fröhliches Feiern".

Es waren annähernd sechzig Leute versammelt. Das kalte Büffet war auf drei weißbetuchten Tischen am Fenster aufgebaut. Jeder Mitarbeiter bekam einen Präsentkorb mit Schokoladenweihnachtsmännern und anderen Süßigkeiten überreicht. Anfänglich war die Stimmung etwas trocken, was man daran erkennen konnte, daß die Kollegen der drei verschiedenen Abteilungen jeweils unter sich blieben. Nur gelegentlich wagte sich jemand auf fremdes Terrain. Die zwei Stühle neben der Gruppe Silke, Dumas, Greg Jones und Tobias Müller blieben unbesetzt.

„Seht euch das an. Er hat es nun doch tatsächlich geschafft. Niemand bringt den Mut auf, sich neben uns zu setzen", wies Silke ihre Kollegen auf die offensichtliche Isolation hin.

„Wer hat was geschafft? Mein Deo hat heute versagt", versuchte Dumas die Situation herunterzuspielen. „Dabei fällt mir ein, kennt ihr den von dem Mann, der zum Arzt ging, weil er zu stark transpirierte?" Er gab einen recht unkomischen Witz zum besten, der jedoch das Erwünschte erreichte. Für Außenstehende deutlich sichtbar, amüsierte sich die kleine Gruppe blendend. Nur wenige Angestellte hatten sich schon mit alkoholhaltigen Getränken versorgt, da die Festlichkeiten erfahrungsgemäß bis in den späten Abend hinein dauerten und jedermann es vermeiden wollte, schon zu früher Stunde betrunken durch die Gegend zu torkeln.

Ab sechzehn Uhr verbreitete sich dann aber doch so etwas wie Festtagsstimmung. Man tat sich am Büffet gütlich, Sektkorken knallten, kleine Grüppchen hatten sich gebildet, man plauderte miteinander und erzählte sich die eine oder andere Anekdote.

Um achtzehn Uhr verabschiedeten sich die ersten Kollegen. „Die Familie wartet" war die standardisierte Ausrede. Ein dicker schweinsgesichtiger Mitarbeiter der Effektenkasse mußte von zwei Kollegen gestützt werden. Kurz vorher hatte er eine Fontäne Bier mit unverdauten Essensresten in einer Ecke der Kantine erbrochen.

Helle Aufregung herrschte eine Stunde später, als Greg Jones charmant versuchte, Silke über den Tisch hinweg Feuer zu geben. Er brauchte dafür mehrere Versuche, da der Feuerstein nicht richtig funktionierte – Zeit genug für die Flamme der Kerze, die dekorativ in der Tischmitte stand, sich an Greg Jones' neuem Pullover festzufressen und emporzuzüngeln. Silke stieß einen kurzen Schrei aus. Georg Dumas reagierte am schnellsten und goß den Inhalt seines Bierglases über den Brandherd.

„Scheiße." Greg Jones rannte zu den Toilettenräumen, zog den Pullover aus, entdeckte die verkohlte Stelle an seinem weißen Hemd, fluchte abermals und ließ kaltes Wasser über die Wunde an seinem Ellenbogen laufen.

„Hast du dir weh getan? Kann ich dir irgendwie helfen?" Silke hatte sich um ihren Kollegen gesorgt und war ihm gefolgt.

„Ja. Nein. Ja."

„Zeig mal her", ließ Silke keinen Widerspruch zu.

Greg Jones tat wie ihm gehießen und hielt ihr den lädierten Ellenbogen hin. „Ich bin ein solcher Idiot. Den Pullover habe ich erst letzte Woche von meiner Mutter zum Geburtstag bekommen."

„Ich glaube, wir sollten da mal eine Salbe draufschmieren. Ob das richtig ist, weiß ich nicht, aber zumindest kühlt sie und lindert die Schmerzen. In meiner Schreibtischschublade habe ich eine. Ich geh' sie holen, warte hier auf mich."

„Ja. Danke." Greg Jones sah Silke nach. Dann betrachtete er seinen Pullover und ein paar Tränen kullerten seine Wangen hinunter.

Nachdem Silke die Wunde verbunden hatte, gesellten beide sich wieder zu den anderen. Greg Jones entkorkte eine Flasche Sekt. Er hatte nicht vor sie zu teilen und trank direkt aus der Flasche.

Silke Büdinger gehörte zu denen, die ihren ersten Schluck Alkohol nach Einbruch der Dunkelheit getrunken hatten. Die zwei Stunden nach Greg Jones' Mißgeschick hatte sie sich ausgelassen mit Kollegen der anderen Abteilungen unterhalten. Zur Feier des Tages hatte sie das Kleine Schwarze angezogen. Ein modischer Schnitt ließ die leichte Rottönung ihrer braunen Haare gut zur Geltung kommen. Ihre Unsicherheit und Nervosität der letzten Wochen und Monate, die auf Dreggers subtile Schikanen zurückzuführen waren, schienen sich in Nichts aufgelöst zu haben. Sie wußte, daß sie verführerisch aussah.

Um dreiundzwanzig Uhr waren nur noch etwa zwanzig Angestellte anwesend. Der Alkoholpegel hatte den üblichen Stand erreicht. Dregger war Mittelpunkt einer Handvoll Mitarbeiter, die andächtig an seinen Lippen hingen und den schlüpfrigen Witzen, die er erzählte, und über die er selbst am lautesten lachte, zuhörte. Greg Jones kauerte sichtlich angeschlagen in einem Stuhl, während Dumas auf ihn einredete. Er versuchte ihm klar zu machen, warum es dieses Jahr keinen anderen Deutschen Meister als die Frankfurter Eintracht geben könne.

„Klar, alle anne ... Alle anneren sinn sowie ... sinn sowieso die gröschten Flaschen", versuchte Greg Jones einen Unterhaltungsbeitrag, ehe sein Kopf auf die Tischplatte sank.

Silke merkte, daß sie mehr Süßgespritzten getrunken hatte, als ihr gut tat. Sie müsse mal für kleine Mädchen, entschuldigte sie sich bei Caroline Pless und Tobias Müller, mit denen sie sich gerade unterhalten hatte. Am Ende des Korridors, der an den Aufzügen vorbeiführte, öffnete sie eine Tür. Dann trat sie auf den kleinen Balkon hinaus, atmete die kalte Dezemberluft ein und drehte sich so, daß ihr der Wind ins Gesicht blies. Sie zündete sich eine Zigarette an. Auf der Straße herrschte noch reger Verkehr. In einigen Stockwerken der umliegenden Wolkenkratzer brannte noch Licht. Sie fragte sich, ob dort auch Weihnachtsfeiern stattfinden. Der Rauch der halbaufgerauchten Zigarette brannte ihr in der Lunge. Als sie sie gerade austreten wollte, hörte sie hinter sich ein Geräusch. Erschrocken drehte sie sich um und blickte in das leicht aufgedunsene Gesicht ihres Vorgesetzten.

„Ach, Sie sind es", sagte sie erleichtert.

„Ja, wollte mal ein bißchen Luft schnappen. Tut gut." Dregger hielt sich am Türrahmen fest. In der rechten Hand hielt er ein Sektglas. Die oberen zwei Knöpfe seines Hemdes waren geöffnet und das kleine goldene Kreuz seiner Halskette hatte sich in seiner üppigen Brustbehaarung verfangen. „Hab Sie heute abend beobachtet."

„Ach ja?" Silkes Fröhlichkeit war verschwunden. Sie sah an ihm vorbei.

„Ja, ganz genau beobachtet sogar." Dreggers Blick glitt an ihr herunter und blieb an ihrem Busen hängen. Ein Speichelfaden hing an seiner Unterlippe.

Silke wünschte, es würde jemand den Flur herunterkommen.

Sie fand die Situation unerträglich. „Schön für Sie. Ich glaube, ich geh jetzt besser wieder rein. Herr Dumas vermißt mich bestimmt schon. Außerdem ist mir kalt."

„So. Kalt ist Ihnen ... Herr Dumas vermißt Sie bestimmt nicht, oder haben Sie was mit ihm?" Dregger trank einen Schluck aus seinem Sektglas. Dann befeuchtete er seine ohnehin schon sabbernassen Lippen mit der Zunge.

„Sie sind ja betrunken." Silke versuchte, an ihrem Vorgesetzten vorbeizuschlüpfen.

Dregger machte einen Schritt nach rechts und versperrte ihr breitbeinig den Weg. „Sie wollen doch nicht etwa schon gehen. Sie und ich könnten uns doch noch gemütlich unterhalten, oder sollte ich du zu dir sagen?"

Langsam breitete sich Panik in Silke aus. „Ich möchte jetzt gehen. Bitte." Erneut unternahm sie einen vergeblichen Versuch, sich an Dregger vorbeizuquetschen.

„Aber, aber. Ich glaube, wir zwei sollten endlich mal ein paar Mißverständnisse aus dem Weg räumen. Vielleicht entdecken wir ja dabei Gemeinsamkeiten." Dregger streichelte spielerisch seine Brustwarze.

„Lassen Sie mich endlich durch, Sie ... Sie ... Sie ..." Silke krallte ihre Fingernägel in seinen Oberarm und versuchte mit aller Kraft ihn zur Seite zu drücken.

„Na, na, na. Du wirst doch deinen Vorgesetzten nicht beleidigen wollen, du süßes Biest, du."

Völlig überraschend für Dregger zog Silke ihr Knie hoch und rammte es in seine Genitalien. Es war mehr eine Abwehrmaßnahme als ein gezielter Stoß. Dregger torkelte erst einen halben Schritt zurück und faßte sich mit der linken Hand in den Schritt, dann kippte er langsam vornüber. Das Sektglas fiel klirrend zu Boden. Mit der freien, grotesk in der Luft rudernden Hand suchte er vergeblich Halt. Mit Augen, die ihm fast aus den Höhlen traten, sah er Silke ungläubig und schmerzverzerrt an, ehe seine Stirn gegen den Türrahmen schlug und er endgültig zusammensackte. Sein Gesicht blieb in den Scherben des Sektglases liegen. Der Schrei blieb ihr in der Kehle stecken. Silke starrte wie paralysiert auf den Boden des Balkons, wo sich ein kleines dunkles Rinnsal unter Dreggers Kopf hervor seinen Weg bahnte. Allmählich erwachte sie aus ihrer Lethargie und begann zu begreifen. Sie wünschte, ihr Freund Konny mit seiner unerschütterlichen Ruhe wäre da. Aber sie war alleine. Blut hämmerte gegen ihre Schläfen. Am liebsten wäre sie weggelaufen, aber instinktiv ahnte sie, daß sie damit einen Fehler begehen würde. Silke ging den Korridor entlang, wobei sie darauf achtete, mit ihren Absätzen keinen Lärm zu verursachen. Sie setzte sich zu ihren fröhlich feiernden Kollegen an den Tisch zurück. Greg Jones war wieder aufgewacht und verlangte lautstark nach Bier. Dumas, dessen Krawatte ihm inzwischen lose um den Hals hing, spielte mit einem Feuerzeug. Silke fragte sich, wie betrunken ihr Kollege wohl war. Sie selbst fühlte sich unendlich ermattet, aber stocknüchtern. „Schorch!", sagte sie leise, aber bestimmt.

"Hmm?"

„Schorsch, du mußt sofort nüchtern werden, es ist etwas Schreckliches passiert."

Dumas sah in das kalkweiße Gesicht seiner Kollegin. Er spürte trotz seines benebelten Hirns, daß etwas nicht stimmte. Ihr durchdringender Blick brachte sein Gehirn in Bewegung. Greg Jones stand auf und torkelte zur Zapfanlage. „Alles musch man hier selbscht in die Hand nehmen."

„Was ist los mit dir?"

„Geh bitte auf die Toilette, ich komme gleich nach."

Beim Aufstehen warf Dumas einen Stuhl um und einige Kollegen drehten ihre Köpfe kurz um, machten aber keinerlei Bemerkungen. Im Waschraum tauchte er den Kopf mehrmals in seine mit Wasser gefüllten Handflächen. Dann schaute er in den Spiegel und entdeckte Silke an die gegenüberliegende Wand gelehnt. Er kam gerade noch rechtzeitig, um sie aufzufangen. Sie war am Ende ihrer Kräfte, legte ihre Arme um seinen Hals und fing an zu schluchzen.

„Du mußt mir helfen", flehte sie.

Dumas führte sie ans Waschbecken und betupfte mit einem feuchten Papiertuch ihre Stirn. „Wobei helfen? So sag mir doch endlich, was los ist."

„Dregger ..."

„Was ist mit ihm? Ich verstehe überhaupt nichts." Dumas war wieder einigermaßen nüchtern, und sein Gehirn begann präziser zu arbeiten. Er konnte sich nicht erinnern, seine Kollegin jemals in einem derartigen Zustand gesehen zu haben.

„Er liegt auf dem Balkon am Ende des Flures. Ich habe ihn ... Da ist auch Blut. Vielleicht ist er ..." Dumas hielt sie an den

Schultern fest und sah ihr in die Augen. Ihm war, als könnte er die ganze Tragweite des Geschehens, von der er nur ahnen konnte, was es war, darin erkennen. Alles hängt nun von mir ab, dachte er. Sein männlicher Stolz verbot es ihm, sie zu enttäuschen.

„Du gehst jetzt auf die Toilette dort hinten, schließt von innen ab und wartest bis ich wieder hier bin. Kapiert?" Silke sah ihn regungslos an. Ihre vom Schweiß verklebten Haare fielen ihr in die Stirn. Dumas rüttelte heftig an ihren Schultern. „Ob-du-ver-stan-den-hast."

„Ja ... Ja, natürlich ... Ich schließe mich ein und warte bis du wieder da bist", sagte sie mechanisch.

„Gut." Dumas wartete, bis die Tür ins Schloß gefallen war. Dann ging er zu Dregger und verschaffte sich einen ersten Überblick. Obwohl sein Puls alles andere als normal schlug, versuchte er, das ganze als Spiel zu betrachten, dessen Lösung seine ganze Konzentration erforderte. Er drehte Dreggers Kopf zur Seite und untersuchte die Wunde. Ein leichtes Röcheln verriet ihm, daß seine schlimmste Befürchtung nicht eingetreten war. Wäre das Blut nicht gewesen, hätte man meinen können, er hätte sich diesen Ort ausgesucht, um seinen Rausch auszuschlafen, überlegte Dumas, und wußte plötzlich, was zu tun war. Eine Art Euphorie überkam ihn. Fast rannte er den Weg zur Toilette zurück.

Dort klopfte er gegen die Tür, und als Silke heraustrat, registrierte er erleichtert, daß sich ihr Zustand deutlich gebessert hatte. Stolz berichtete er, was er zu tun beabsichtigte und erklärte ihr, wie sie sich in den nächsten Minuten zu verhalten habe. „Fühlst du dich dazu in der Lage?"

„Hab ich eine andere Wahl?"

Dumas lachte aufmunternd. „Nein, zumindest fällt mir keine ein."

Das jungenhafte Grinsen ihres Kollegen gab ihr zusätzliche Kraft. „Mir auch nicht." Silke richtete noch kurz ihre Frisur, bevor sie gemeinsam den Waschraum verließen.

Zehn Minuten nach seiner Kollegin betrat Dumas wieder die Kantine, in der das Fest in vollem Gange war. Mit halbgeschlossenen Augen sah er auf der Tanzfläche Silke mit Greg Jones tanzen. Theatralisch torkelte er zu einem Tisch, auf dem eine Flasche Rotwein stand. Sie war etwas mehr als halbvoll, und Dumas leerte sie in einem Zug. Das habe ich mir jetzt verdient, sagte er leise vor sich hin und zwinkerte Silke zu, die als Antwort daraufhin sich einmal um die eigene Achse drehte. Das Lied war zu Ende, und Greg Jones riskierte als krönenden Abschluß seiner tänzerischen Darbietung einen Ausfallschritt, kam ins Strauchen und klammerte sich an Silke fest. Dumas blickte unauffällig umher und registrierte voller Befriedigung, daß alle noch Anwesenden reichlich betrunken waren. Eine neue CD wurde eingelegt und Silke kam mit zwei randvollen Gläsern Bier und Greg Jones im Schlepptau auf ihn zu. Dumas schaltete sofort auf betrunken um und trank einen großen Schluck. Dann bat er Greg Jones, drei Schnäpse zu organisieren und zündete sich eine Zigarette an. Er inhalierte ganz tief, das Nikotin tat ihm gut.

„Na, mein Held, sind irgendwelche Probleme aufgetreten?" fragte Silke. Die Frage war rein rhetorischer Natur, da sie an Dumas' Verhalten schon erkannt hatte, daß alles glatt gegangen war.

„Nein. Der Balkon ist sauber, Dreggers Gesicht ist sauber und er liegt neben den Aufzügen. Wir müssen jetzt nur warten, bis jemand geht und ihn findet. Ganz schön peinlich für ihn, so betrunken auf dem Flur herumzuliegen."

Bedauerlicherweise waren es Kleinschmidt und zwei Angestellte des DM-Bereiches, die fünfzehn Minuten später die Weihnachtsfeier verließen. Silke und Dumas hatten gehofft, daß sie schnell wiederkommen und um Hilfe bitten würden. Es wäre doch schön anzusehen gewesen, wie ein volltrunken am Boden liegender Dregger von seinen Mitarbeitern umringt wurde.

Sie warteten noch zwanzig Minuten, dann nahmen sie Greg Jones in die Mitte und verließen die in den letzten Zügen liegende Weihnachtsfeier. Der Korridor war leer.

An der Alten Oper stiegen sie in ein Taxi. Am Schweizer Platz baten sie den Fahrer, so lange zu warten, bis es Greg Jones nach etlichen Fehlversuchen endlich gelungen war, die Haustür aufzuschließen. Silke stieg an der Feuerwache aus und Dumas ließ sich bis Niederrad fahren. Bester Laune gab er dem Chauffeur annähernd zwanzig Mark Trinkgeld.

Georg Dumas hatte nicht das Gefühl, die zehn Stunden geschlafen zu haben, die er sich vorgenommen hatte. Ein Blick auf die große Wanduhr bestätigte seine Vermutung. Er ignorierte das Schrillen des Telefons und kuschelte sich wieder in die Bettdecke.

Alle seine Freunde und Bekannten wußten, daß er an Wochenenden grundsätzlich nie vor elf Uhr den Hörer abnahm. Das Telefon verstummte. Der Anrufer hatte sich offenbar an Dumas' Gewohnheiten erinnert. Kurz darauf war er wieder in einen tiefen traumlosen Schlaf gefallen.

Punkt elf Uhr klingelte erneut das Telefon. Dumas fühlte sich zwar nicht danach, nahm aber trotzdem den Hörer ab. „Dumas." Es war Silke, die ihn zum Frühstück einlud. „Also, in einer Stunde ist das unmöglich zu schaffen. Du weißt, wie Männer sich morgens immer erst herausputzen müssen, zumal in meinem Alter. Sagen wir um eins, und ich bring' frische Brötchen mit. Du mußt mir nur noch deine Hausnummer sagen."

Zwei Stunden später betrat Dumas Silkes Wohnung. Seine Kollegin hatte sich verändert. Er konnte aber nicht sagen woran es lag, bis ihm bewußt wurde, daß er seine Kollegin bis dato noch nie in Jeans gesehen hatte. Sie kam ihm viel jünger vor und der Altersunterschied zwischen ihnen wurde ihm bewußt. Er lächelte und hängte seine dicke Wolljacke an den Kleiderständer. Silke nahm ihm die Brötchentüte aus der Hand. „Geh schon mal ins Wohnzimmer, immer geradeaus."

Dumas war erstaunt, als er sich im Zimmer umsah. Einen solchen Geschmack hatte er seiner Kollegin nicht zugetraut. Überall standen Möbel, die allesamt aus Antiquitätenläden zu stammen schienen. Obwohl er in solchen Sachen nicht viel Ahnung hatte, schätzte er, daß Silke und ihr Freund dafür eine Menge Geld ausgegeben haben mußten. Auf der pastellfarbenen Polsterung des Sofas saß ein alter Plüsch-Teddy. „Hat Konny alles selbst gemacht." Silke trug ein Tablett mit Kaffeekanne und Brotkörbchen.

„Was?"

„Na, die Möbel. Die kommen fast alle aus dem Möbelbunker oder vom Sperrmüll. Konny hat alles selbst restauriert. Sogar die Sessel und das Sofa hat er neu aufgepolstert."

„Scheint ein Händchen dafür zu haben. Wo ist eigentlich dein Freund?"

„Bei seinen Eltern. Das alte Lied, sie mögen mich nicht besonders und glauben, ihr Sohn hat was Besseres als mich verdient", erklärte Silke.

Dumas lächelte verschmitzt. „Glaub ich gerne, wenn du Männern auch permanent in die Eier trittst."

Silke schenkte die goldgeränderten und vergißmeinnichtverzierten Tassen voll. „Nicht permanent. Nur Dregger und das auch nur einmal."

„Hat ja auch gereicht. Volltreffer nennt man sowas, glaub' ich."

Der Tisch war reich gedeckt mit weichgekochten Eiern, Wurst, Käse, verschiedenen Marmeladensorten und Nutella. Sie aßen schweigend. Hin und wieder blickte Dumas verstohlen zu seiner Kollegin, die gierig drei Brötchen verschlang.

„Hast du gut geschlafen?" fragte Dumas, nachdem sie das Frühstück beendet hatten.

„Hervorragend. Ich habe mich selbst darüber gewundert."

„Das ist gut. Darf man hier rauchen?"

„Klar, hier ist der Aschenbecher." Sie deutete auf einen Kunstgegenstand aus Messing.

„Ich hätte dich auch angerufen, wenn du es nicht getan hättest."

„Das will ich hoffen. Ich glaube, wir haben noch einiges zu besprechen."

„Stimmt. Leider wissen wir nicht, ob und was Dregger von gestern nacht überhaupt noch weiß. Alkoholbedingter Filmriß oder eine leichte Gehirnerschütterung würden die Geschichte ungemein erleichtern. Am besten, du erzählst mir mal akribisch genau, was sich auf dem Balkon zugetragen hat."

Nachdem sie gemeinsam den Tisch abgeräumt hatten, machten sie es sich in den Sesseln bequem, und Silke berichtete ihm sachlich und nüchtern jedes auch noch so kleine Detail, an das sie sich erinnern konnte. „Den Rest kennst du ja", sagte sie am Ende ihrer Schilderung.

Dumas legte die Stirn in Falten. „Und Dregger hat dich nicht doch irgendwie unzüchtig berührt?"

„Nein. Trotzdem ... Du hättest seinen Blick sehen müssen. Viel hätte nicht gefehlt und er hätte mich ... Ich weiß nicht. Vielleicht täusche ich mich auch. Jedenfalls bekam ich es mit der Angst zu tun. Heute allerdings sieht alles schon wieder ganz anders aus. Der Typ fängt sogar an, mir leid zu tun." Fahrig strich sie sich eine Strähne aus der Stirn.

„Was? Also ich finde, der hat viel Schlimmeres verdient, als nur einen Tritt in seine Weichteile. Anzeigen müßte man ihn wegen sexueller Belästigung. Ich befürchte nur, daß wir damit nicht weit kämen. Es gibt keine Zeugen und so stünde Aussage gegen Aussage. Außerdem gibt's genügend Kollegen – du weißt schon, wer alles dafür in Betracht käme - die bestätigen würden, daß du ihn total angemacht hast. Aber solche Gedanken sind dir mit Sicherheit schon selbst gekommen, hab ich recht?"

Silke nickte. „Was passiert, wenn er sich tatsächlich an alles erinnert und versucht, mir etwas anzuhängen, Körperverletzung zum Beispiel? Hast du daran schon mal gedacht?"

„Ja. Man müßte ihn irgendwie einschüchtern. Fragt sich nur, wie?" Dumas nahm den Plüsch-Teddy und setzte ihn sich auf die Knie. „So einen hatte ich auch mal. Irgendwann platzten die Nähte und Sägemehl rieselte heraus. Schade. Heutzutage gibt's sowas gar nicht mehr."

Silke sah ihren Kollegen an und faßte ihn am Arm. „Ich habe heute morgen die Auskunft angerufen und Dreggers Telefonnummer erfragt. Er wohnt in Dietzenbach."

„Na und? Soll ich ihn vielleicht anrufen und fragen, an was er sich noch erinnert? Sobald er meinen Namen hört, wird er wieder einhängen."

Silke ließ einige Sekunden verstreichen. „Ich hatte eher an einen anonymen Anruf gedacht. An eine männliche Stimme", fügte sie hinzu und erklärte ihm ihren Plan.

Dumas stieß einen anerkennenden Pfiff aus. „Du denkst dabei an mich, oder? Die Idee ist gut. Der wird sich vor lauter Angst in die Hosen scheißen", freute er sich spitzbübisch.

„Bitte!"

„Okay, er wird sich vor lauter Angst beschmutzen."

Silke lachte nervös. „Würdest du das wirklich tun? Ich denke, du hast auch so schon genug getan."

„Man reiche mir bitte Taschentuch, Kugelschreiber und Telefon." Dumas freute sich wie ein kleines Kind, befestigte das Taschentuch über der Sprechmuschel und klemmte sich den Kugelschreiber zwischen die Zähne. Dann wählte er.

„Ist dort Dregger? ... Mein Name ist Krlptockschiet ... Tut nichts zur Sache ... Ich habe Sie gestern zufällig beobachtet, wie Sie der Frau Büdinger an den Busen gegrapscht haben ... Doch, doch, auf dem Balkon am Ende des Flures. Ich werde am Montag zum Betriebsrat gehen und Sie anzeigen, Sie Dreckssau. Ach ja, der Vorstand wird auch informiert. Ich schätze, man wird Sie entlassen." Dumas knallte den Hörer auf die Gabel und nahm den

Kugelschreiber aus dem Mund. „Na, wie war ich?"

„Klasse. Vielleicht ein bißchen zu dick aufgetragen."

„Je dicker, desto besser. Der soll so zittern, daß er sich in Zukunft das weibliche Geschlecht nur noch von der Ferne anschaut. Sag mal, weiß dein Freund eigentlich davon?" wechselte Dumas abrupt das Thema.

„Quatsch. Konny ist ein kleiner Heißsporn und wäre sofort nach Dietzenbach gefahren, um dem Dregger sämtliche Knochen im Leib zu brechen. Darauf wollte ich es dann doch nicht ankommen lassen."

„Versteh' ich. Wann kommt er zurück?" erkundigte sich Dumas.

„Gegen Abend."

Er rieb sich die Hände. „Gut, du schuldest mir ein paar Appelwoi. Laß uns zum Gemalten Haus gehen und die Sache begießen."

Silke lachte. „Aber wirklich nur ein paar, ich habe von gestern wirklich noch genug."

Inzwischen hatte es heftig zu regnen begonnen, und Silke mußte noch einmal die Treppen hochsteigen, um einen Regenschirm zu holen. Sie wurden trotzdem klitschnaß, da ein orkanartiger Wind durch die Häuserschluchten wehte und ihnen die Regentropfen fast waagerecht entgegenblies.

Zur gleichen Zeit saß Gerhard Dregger kreidebleich auf der Bettkante. Bis auf die rechte Socke war er nackt. Er griff zur Wasserflasche und merkte, wie seine Hände zitterten. Er nahm einen großen Schluck und rülpste. Dann starrte er das Telefon an. Nach und nach drangen die Worte des Anrufers wieder in sein Bewußtsein. Er vermutete, daß der männliche Gesprächsteilnehmer am anderen Ende der Leitung mit verstellter Stimme gesprochen hatte. Einen kurzen Moment hatte er geglaubt, Tobias Müllers charakteristisches Sächseln herausgehört zu haben, aber er war sich nicht mal sicher, ob dieser Mitarbeiter zur fraglichen Zeit überhaupt noch auf der Weihnachtsfeier war und damit wissen konnte, was geschehen war. Den Kopf in die Hände gestützt, versuchte Dregger krampfhaft, Erinnerungslücken zu schließen. Einzelne Bruchstücke verschiedener Szenen schwirrten in seinem Kopf herum, ließen sich jedoch nicht zusammenfügen. Die von dem Anrufer erwähnte Sequenz mit Frau Büdinger fehlte ihm gänzlich, was aber nicht automatisch bedeutete, daß der mysteriöse Anrufer gelogen hatte und seine Drohung, am Montag den Vorstand zu informieren, nicht wahr machen würde. Schon einmal hatte er auf diese Weise versucht eine Frau anzumachen, woraufhin er von einigen Gästen der Geburtstagsparty kurzerhand auf die Straße gesetzt wurde. Auch damals konnte er sich am nächsten Morgen an nichts erinnern, bis ein paar Tage später sein Gedächtnis von einem Bekannten aufgefrischt wurde. Seit dieser Zeit machte er einen großen Bogen um diese Gaststätte und wechselt die Straßenseite, wenn ihm jemand entgegenkam, der damals anwesend war; Dietzenbach war in dieser Beziehung ein Nest wie viele andere in Deutschland. Bis zu diesem Morgen war es Dregger gelungen, diese unsägliche Episode in die unterste Schublade seines Gedächtnisses zu verbannen. Doch mit dem Anruf war diese alte schmerzende Wunde seines Selbstwertgefühles wieder aufgebrochen. Er mußte davon ausgehen, daß der Anrufer die Wahrheit gesagt hatte. Die Idee, sich bei Frau Büdinger zu entschuldigen, verwarf er genau so schnell, wie sie ihm gekommen war. Dregger ging ins Badezimmer. Im Spiegel entdeckte er eine größere, blau unterlaufene Schwellung der Oberlippe, die zudem geplatzt war und von einer kleinen Kruste getrockneten Blutes bedeckt wurde. Mit dem Zeigefinger zog er sie behutsam nach oben und sah, daß an einem Schneidezahn eine kleine Ecke abgesplittert war.

Das abwechselnd kalte und heiße Wasser der Dusche verursachte ein angenehmes Prickeln auf der Kopfhaut. Aufatmend trocknete er sich ab. Vorsichtig fuhr er mit der Klinge des Rasierers über die verletzte Stelle. Nachdem er sich angezogen hatte, ging er zu seinem Lieblings-Chinesen. Von den täglich frischen Frühlingsrollen bestellte er gleich zwei als Vorspeise zu Rindfleisch Chop Suey. Beim ersten Schluck Bier revoltierte sein Magen und er ließ es stehen.

Gesättigt und gestärkt trat er eine Stunde später auf die Straße und atmete tief durch. Trotz des leichten Nieselregens entschloß er sich zu einem Spaziergang. Ein Wasserschwall durchnäßte seine Hose, als ein weißer Opel Manta mit überdimensionalem Pioneer-Logo auf der Heckscheibe eine Pfütze in Bordsteinnähe durchraste. „Verfluchte Bastarde", schrie Dregger mit geballter Faust hinterher, bevor er die Straße überquerte.

Im Starkenburgring, einem sozialen Brennpunkt, blieb er vor einem völlig demolierten hellgrünen Trabi stehen. Die Scheiben waren eingeschlagen, und auf den Sitzen türmten sich Abfalltüten. Der Gestank ließ ihn die Nase rümpfen. Als Dregger dem Kotflügel einen Tritt verpaßte, hörte er ein erschrecktes Quietschen. Eine Ratte flüchtete über den Gehweg in ein sichereres Versteck. Von der gegenüberliegenden Straßenseite vernahm er eine hysterisch keifende Frauenstimme. Niemand schien daran Anstoß zu nehmen. Er blickte die eintönige Fassade eines Hochhauses empor, konnte jedoch niemanden hinter den Fenstern erkennen, obwohl kaum eine Wohnung mit Gardinen versehen war.

An einem Kiosk lungerten trotz der naßkalten Witterung einige Männer unterschiedlichsten Alters herum. Die meisten der Gesichter waren vom Alkohol gekennzeichnet. Warum nicht auf diese Weise sein Leben verbringen, überlegte Dregger und hätte sich am liebsten zu ihnen gesellt, so sehr sehnte er sich nach menschlicher Wärme.

Als er endlich durchfroren sein eigenes Haus erreichte, hatte sich eine Leckt-mich-doch-alle-mal-am-Arsch-Mentalität seiner bemächtigt. Er nahm sich vor, mit dieser Einstellung am Montag im Büro zu erscheinen. Er war bereit, die Konsequenzen für sein gestriges Fehlverhalten, an dem er nicht mehr zweifelte, zu tragen: „Sollen sie mich doch rausschmeißen". Er fragte sich nur, warum er eigentlich eine Frau belästigt haben sollte, die er gänzlich unsympathisch fand. Daran ist nur der Alkohol schuld, gestand er sich ein, ging in den Keller und kam mit einer Flasche Bourbon wieder.

Gegen Abend erhielt er einen Anruf von Samuel Kleinschmidt, der sich nach Dreggers Befinden erkundigte. Als er fünf Minuten später den Hörer auflegte, konnte er einige Erinnerungslücken schließen. Nach den Schilderungen seines Vorgesetzten hatte er vor Kleinschmidt die Weihnachtsfeier verlassen und war dann von diesem volltrunken im Flur liegend aufgefunden worden. Mit Hilfe zweier Mitarbeiter habe man ihn dann in ein Taxi verfrachtet. Kein Wort über Frau Büdinger, kein Wort über andere skandalträchtige Ereignisse. Sollte der mysteriöse Anrufer doch gelogen haben? Aber was wollte er damit bezwecken? Die letzten Worte Kleinschmidts klangen noch in seinen Ohren – „Mein Gott, Gerhard, da ist doch nichts dabei, jeder hat doch schon mal einen über den Durst getrunken. Was glaubst du, wieviele Menschen jedes Jahr nach Weihnachtsfeiern mit 'nem Brummschädel aufwachen und sich an nichts mehr erinnern können, hahaha." Mein alter Freund Samuel, wie recht du hast, dachte Dregger, ließ die Eiswürfel im Bourbonglas klirren und trank es aus.

Zum ersten Mal seit langer Zeit schien wieder die Sonne, und die Mitarbeiter des Währungsbereiches hatten die Jalousien heruntergelassen, um nicht geblendet zu werden. Dumas und Greg Jones lasen Zeitung. Silke war nervös und hatte sich schon mehrmals vertippt. Gespannt wartete sie auf Dregger. Am liebsten hätte sie sich heute morgen krank gemeldet; den Hörer hatte sie schon in der Hand gehalten. Aber das würde allzu deutlich nach einem Schuldeingeständnis aussehen. Sie tröstete sich damit, daß es nur noch drei Tage bis zu ihrem Skiurlaub mit Konny waren und sie sich schließlich lediglich gegen einen aufdringlichen Vorgesetzten gewehrt hatte. Warum haben Frauen auch noch in der Opferrolle dieses verfluchte Schuldbewußtsein, ärgerte sie sich und bearbeitete die Tastatur eine Spur vehementer. Trotz dieser Beschwichtigungsversuche zuckte sie jedes Mal zusammen, wenn die Tür aufging. Dumas hatte die verkrampfte Haltung seiner Kollegin bemerkt und versuchte mit lockeren Bemerkungen für eine entspanntere Atmosphäre zu sorgen. Nur allzu gerne ließ Silke sich damit ablenken.

Um halb zehn erschien Dregger. „Guten Morgen. Hoffe, Sie haben sich alle gut erholt", sagte er laut und mit fester Stimme. „Bitte stören Sie sich nicht an meinem Aussehen, hatte gestern leider einen kleinen Sportunfall, haha." Dregger deutete auf das Pflaster zwischen Lippe und Nasenflügel. Sein Blick glitt zwischen Greg Jones, Heintze und Tobias Müller hin und her. Die Anwesenheit Silkes und Dumas' schien er nicht wahrzunehmen.

„Wenn das mal ein Sportunfall war, freß ich einen Besen. Sieht eher nach einer Wirtshausschlägerei aus", flüsterte Greg Jones, nachdem Dregger die Glastür hinter sich geschlossen hatte.

„War's auch nicht. Silke hat ihm bloß eine auf's Maul gehauen", bemerkte Dumas schelmisch. Silke funkelte ihn böse an, doch dann fiel sie in das Lachen ihrer Kollegen, an dem sich überraschenderweise auch Heintze beteiligte, mit ein.

Sie konnte sich auf das Verhalten ihres Vorgesetzten keinen Reim machen. Insgeheim hatte sie gehofft, Dregger würde aus irgendeinem fadenscheinigen Grunde heute zu Hause bleiben, aber anscheinend erinnerte sich ihr Vorgesetzter tatsächlich an nichts mehr oder er war so abgebrüht, daß selbst ein möglicher Vorwurf der sexuellen Belästigung ihn kaum beunruhigte. Sie spürte grenzenlosen Haß in sich aufsteigen, schloß die Augen und stieß in Gedanken ihr Knie ein weiteres Mal in Dreggers Genitalien.

Die restlichen zweieinhalb Arbeitstage erledigte Silke nur das Notwendigste. Sie fand sich damit ab, daß alles beim alten bleiben würde, und im Grunde ihres Herzens war sie froh darüber.

Heilig Abend hatte Georg Dumas allein zu Hause verbracht. Zwei Einladungen von Freunden, das Fest gemeinsam im Kreis ihrer Familien zu verbringen, hatte er dankend abgelehnt; er wäre sich nur noch einsamer vorgekommen. Am ersten Weihnachtsfeiertag war er zum traditionellen Frühschoppen ins APO gegangen und hatte mit seinem Freund Zapatoblanco die Nacht zum Tage gemacht.

Mit dem Ende der Winterferien in der zweiten Januarwoche begann bei der KonTrast Bank der normale Arbeitsalltag. Per Zufall hatte Silke Büdinger entdeckt, daß Dregger Taxi-Gutscheine an ihm wohlgesonnene Mitarbeiter verteilte, wenn diese von ihm selbst angeordnete Überstunden leisteten. Da die meisten ihrer Kollegen allerdings mit dem Privatwagen zur Arbeit fuhren, vermutete Silke, daß diese Gutscheine auch zu Privatzwecken mißbraucht wurden. Sie selbst und ihr Kollege Dumas waren von diesen Vergütungen ausgeschlossen. Um des lieben Betriebsfriedens willen erwähnte sie Dumas gegenüber davon nichts, war es doch Dreggers gutes Recht, Mitarbeiter nach eigenem Gutdünken zu belohnen und zu motivieren.

Der Februar brachte den ersten Schnee des Winters und die Temperaturen blieben auch tagsüber unter den Gefrierpunkt. Wenn Dumas morgens zur Arbeit ging, lag der Main nicht selten unter einer gespenstisch wirkenden Nebelbank. Glatteis führte vermehrt zu Karambolagen unter den motorisierten Verkehrsteilnehmern. Als Dumas erfuhr, daß Dregger mit seinem Wagen gegen eine Verkehrsinsel geschleudert war und dabei erheblichen Sachschaden verursacht hatte, freute er sich diebisch.

Zu Silvester hatte er sich diesmal vorgenommen, in Zukunft zumindest in beruflichen Belangen weniger aufbrausend zu reagieren. Sollte Dregger doch machen was er wollte, er jedenfalls würde sich um nichts anderes als um seine eigene Arbeit kümmern, mochten seinem Vorgesetzen auch noch so haarsträubende

Fehler unterlaufen. Es war nicht leicht für ihn, dies mit seinem Charakter in Einklang zu bringen. Schon mehrmals hatte er kurz davor gestanden, Dregger lautstark zu widersprechen oder dessen Anweisungen einfach zu mißachten, aber im letzten Moment hatte er sich noch immer eines Besseren besonnen.

Es geschah am zweiten Arbeitstag im März. Dumas war schlechter Laune, was in erster Linie damit zusammenhing, daß ihm in der selbstauferlegten Rolle des angepaßten Mitarbeiters sein Selbstwertgefühl verlorenging. Als er später an diesen Tag zurückdachte, war er sich sicher, die Dinge hätten sich anders entwickelt, hätte seine Kollegin Silke Büdinger an diesem Tag nicht krankheitsbedingt gefehlt. Ihr diplomatisches Geschick hätte die Eskalation mit Sicherheit verhindert.

Die Schneeflocken fielen so dicht, daß Dumas den Rohbau des neuen Bankenturms, der mittlerweile bis zur sechsten Etage emporgewachsen war, nur schemenhaft erkennen konnte, obwohl der Abstand zum Bürofenster kaum zwanzig Meter betrug. Dregger saß an Silkes vorübergehend verwaistem Arbeitsplatz. Da der Computer schräg versetzt zu seinem eigenen stand, konnte Dumas zu seinem Bedauern nicht erkennen, was sein Vorgesetzter dort trieb. Heintze, Tobias Müller und Greg Jones waren noch in der Kantine. Allein durch die physische Nähe zu Dregger fühlte sich Dumas unbehaglich und wünschte sich, sein Vorgesetzter würde wieder in sein eigenes Büro verschwinden.

Zehn Minuten später, die anderen hatten ihre Arbeit wieder aufgenommen, öffnete sich die Verbindungstür zum DM-Bereich und Caroline Pless erschien mit einem Coupon in der Hand. Als sie Dregger erblickte, blieb sie stehen, und es hatte den Anschein als wolle sie es sich anders überlegen, bevor ihr Chef, der mit dem Rücken zur Tür saß, sie entdeckte. Sie hatte sich schon wieder umgedreht und die freie Hand auf die Klinke gelegt, als sie abermals innehielt, ihren Körper straffte und hocherhobenen Hauptes zu Dregger ging. „Herr Dregger!?"

„Äh ... Ja, bitte?" Er schaute vom Bildschirm auf.

„Könnten Sie mir bitte sagen, mit welchem Zinssatz der KTB-Floater abgerechnet wird?"

„Bitte?" Dregger blickte seine Mitarbeiterin verständnislos an.

„Ich möchte Sie bitten, mir den aktuellen Zinssatz des KTB-Floaters mitzuteilen", sagte Caroline Pless, die ansonsten ihren schwyzerdütschen Dialekt nur schwer unterdrücken konnte, in akzentfreiem Hochdeutsch.

„Äh ... sehen Sie nicht, daß ich gerade beschäftigt bin. Kommen Sie bitte in zehn Minuten in mein Büro; dort werde ich Ihnen dann weiterhelfen."

Sichtbar rang sie um ihre Fassung. „Aber natürlich sehe ich, daß Sie beschäftigt sind. Nur, ich dachte ..." Unsicher knabberte sie an einem ihrer Fingernägel und blickte hilfesuchend zu Dumas. Ihre ursprüngliche Absicht, sich wie so oft bei derartigen Sachen, Dreggers Anweisungen zum Trotz, an Silke oder Dumas zu wenden, hatte sie durch die unerwartete Anwesenheit des Prokuristen fallen lassen müssen, aber auf dem vorgeschriebenen Dienstweg kam sie zu keiner Lösung.

Dumas hatte die Szene verfolgt. Natürlich wußte er, daß Dregger nicht fähig war, das dafür notwendige Programm auf den Bildschirm zu holen. Er wußte auch, daß Caroline Pless dieser Umstand bekannt war. So nickte er seiner Kollegin nur grinsend zu.

Caroline Pless, eine immer en vogue gestylte Dame Ende Dreißig, hatte für Machtspielchen, wie sie Dregger in letzter Zeit praktizierte, wenig übrig. Trotzdem fehlte ihr meist der Mut, offen gegen die oft lächerlichen Anweisungen ihres Vorgesetzten zu handeln. Stets hatte sie sich nur dann an Dumas gewandt, wenn sie sicher sein konnte, daß Dregger davon nichts mitbekam. Als alleinerziehende Mutter einer schulpflichtigen Tochter trug sie eine nicht geringe Verantwortung, die ihr gebot, jeder Konfrontation mit Führungskräften aus dem Wege zu gehen. Allerdings fühlte sie sich durch die soeben von Dregger erfahrene Zurechtweisung auf eine Art und Weise gedemütigt, die sie hinzunehmen nicht gewillt war. Doch erst das breite Grinsen Dumas' überzeugte sie.

„Herr Dumas", sagte sie entschlossen, und noch während sie sich auf dem Weg zu ihrem Kollegen befand, vollendete sie den Satz, „Würden Sie bitte so freundlich sein und mir den aktuellen Zinssatz vom KTB-Floater mitteilen. Unser Chef hat momentan keine Zeit."

Heintze und Greg Jones hatten ihre Arbeit unterbrochen und warteten gespannt auf die weitere Entwicklung der Situation. „Gotteslästerung", flüsterte Greg Jones kaum hörbar.

Dregger betrachtete weiterhin scheinbar unbeeindruckt den Bildschirm. Georg Dumas, der ein wenig erstaunt über die große

Freude war, die ihm dieser erneute Konflikt bereitete, antwortete Caroline Pless mit ausgesuchter Höflichkeit: „Tja, wenn unser gemeinsamer Vorgesetzter keine Zeit hat, dann werde ich es mal versuchen ... Ich bin mir sicher, es irgendwie hinzukriegen. Welcher Floater, sagten Sie?"

„KonTrast Bank – wir rechtfertigen Ihr Vertrauen", zitierte sie den allseits bekannten Werbeslogan ihres Arbeitgebers amüsiert.

„Aaaah ja. Da ist er schon, fünf Komma zwei fünf", sagte Dumas kurze Zeit später.

„Vielen Dank. Sie haben mir sehr geholfen."

„Gern geschehen. War mir ein Vergnügen", meinte Dumas wahrheitsgemäß. Nonchalant klimperte Caroline Pless, die jede Gelegenheit für einen kleinen Flirt nutzte, mit den Wimpern und entschwand.

Alle Augen waren nun auf Dregger gerichtet, der scheinbar in seine Arbeit vertieft war, gerade so als wäre nicht kurz zuvor seine Autorität provokativ und demonstrativ untergraben worden. Greg Jones sah zu Dumas und zuckte mit den Schultern, während Heintze sich hinter seinem Computer versteckte, als würde er jeden Moment einen Wutausbruch seitens seines Vorgesetzten erwarten. Doch vorerst geschah nichts dergleichen.

Eine Ewigkeit später stand Dregger auf, ging gemächlichen Schrittes ins Büro des DM-Bereiches und kam eine Minute später mit Caroline Pless im Schlepptau wieder heraus. Stumm hielt er ihr die Tür zu seinem Büro auf.

Während der fünf Minuten, die seine Kollegin in Dreggers Büro verbrachte, starrte Dumas auf seinen Bildschirm. Die Zahlen und Tabellen verschwammen vor seinen Augen zu einem grauen Einheitsbrei. In Gedanken malte er sich aus, wie Caroline Pless gerade die Kündigung ausgesprochen wurde. Die Tatsache, daß Dregger dazu keinen ausreichenden Grund hatte, kam ihm erst gar nicht in den Sinn. Er hatte jegliches Zeitgefühl verloren und seine Phantasie ging mit ihm durch. Als endlich die Tür wieder aufging und Caroline Pless heraustrat, war Dumas gerade dabei, die Schlinge um Dreggers Hals kräftig festzuzurren und das andere Ende nach John-Wayne-Manier über einen Ast zu werfen.

„Bitte?"

„Ob ich Sie mal einen Moment sprechen kann." Caroline Pless machte nicht den Eindruck als ob ihr gerade die Kündigung ausgesprochen worden wäre und Dumas hatte Mühe, sich wieder in der Realität zurechtzufinden. Er betrachtete seine linke Hand, die zur Faust geballt war und an der die Knöchel weiß und blutleer hervortraten.

„Natürlich, klar", sagte Dumas endlich. Er konnte die Aggressivität in Caroline Pless' Stimme nicht deuten. Was sollte dieser plötzliche Stimmungswandel? Hatte man nicht eben noch in blendendem Einvernehmen Dregger der Lächerlichkeit preisgegeben?

„Haben Sie sich eben bei Herrn Dregger über mich beschwert?" fragte sie mit unterkühlter Stimme. Dumas war zu verdutzt, um sofort antworten zu können. „Haben Sie oder haben Sie nicht?" wiederholte sie gereizt.

„Ich? ... Mich? ... Über Sie? ... Warum sollte ich?"

„Sie waren also nicht kürzlich bei Dregger und haben sich darüber ausgeweint, daß ich Sie mit meiner ständigen Fragerei von der Arbeit abhalte?!"

Langsam ging Dumas ein Licht auf. „Hat ER das gesagt?" fragte er und deutete auf die Tür.

Jetzt war es an Caroline Pless, verdutzt dreinzuschauen. „Ja natürlich. Gerade eben, als ich in seinem Büro war. Deshalb hat er mich ja kommen lassen."

Dumas stand auf und stützte sich mit beiden Fäusten auf die Schreibtischplatte. Die Adern auf seiner Stirn traten deutlich violett hervor. Heintze war gänzlich hinter seinem Bildschirm verschwunden und Greg Jones überlegte, ob es nicht gesünder wäre, die nächste Viertelstunde auf der Toilette zu verbringen, doch seine Neugier siegte, und er harrte der Dinge.

„Sie stehen zu dem, was Sie soeben gesagt haben?" fragte Dumas leise und blickte seiner Kollegin durchdringend in die Augen.

„Selbstverständlich", brachte Caroline Pless unwirsch hervor. Sie ärgerte sich maßlos über sich selbst, da sie Dreggers Unterstellung Glauben geschenkt hatte, obwohl sie davon überzeugt war, eine ausgeprägte Menschenkenntnis zu besitzen.

„Gut. Sehr gut." Dumas zögerte noch einen Augenblick, dann stampfte er zu Dreggers Büro.

Heintze lugte ängstlich um seinen Computer herum. Greg Jones schüttelte die rechte Hand mit abgespreizten Fingern. „Oh, oh, oh. Ich sehe großes Ungemach heraufziehen."

Dumas warf ihm einen vernichtenden Blick zu. Dann öffnete er die Tür, trat jedoch nicht ein, sondern blieb im Türrahmen stehen und sagte in einer Lautstärke, die garantierte, daß seine Kollegen alles mitbekamen: „Herr Dregger, würden Sie bitte so freundlich sein und zu uns kommen; wir haben da ein kleines Problem." Dumas ging einen Schritt zur Seite, um seinen Vorgesetzten vorbeizulassen.

Dregger, der in der Tat glaubte, zur Lösung eines eminent wichtigen Problems vonnöten zu sein, kam federnden Schrittes herein. Als er Caroline Pless mit vor der Brust verschränkten Armen erblickte, hatte er Mühe, seinen Gelassenheit zur Schau tragenden Gesichtsausdruck beizubehalten. Auch das Verhalten seiner anderen Mitarbeiter verhieß nichts Gutes. So hielt er jäh in der Bewegung inne und wäre dabei fast ins Stolpern geraten.

Dumas blieb am Türrahmen stehen und hatte beide Hände in den Hosentaschen vergraben. Dregger stand nun genau zwischen seinen beiden ihn abschätzig betrachtenden Mitarbeitern.

„Frau Pless hat mir gerade gesagt, ich soll mich bei Ihnen beschwert haben", sagte Dumas, doch Dregger drehte sich nicht um, sondern sah in Caroline Pless' Gesicht, die bedächtig nickte und ihn böse anfunkelte. „Ich soll mich über Kollegen beschwert haben, die mich ständig mit den unterschiedlichsten Anliegen bei der Arbeit unterbrechen", bohrte Dumas weiter. Dregger spürte, wie ihm das Blut ins Gesicht stieg. Seine Souveränität fiel von ihm ab wie Schuppen. Er öffnete seinen Mund, um etwas zu sagen, doch als ihm nichts Passendes einfiel, schloß er die Lippen wieder. Er hatte das Gefühl, vor einem Tribunal zu stehen, das ihn gnadenlos seiner Schuld überführte. Seine Gesichtsfarbe erinnerte an das Rot einer Verkehrsampel. „Ich möchte von Ihnen jetzt wissen, wer hier eigentlich lügt, ich, Frau Pless oder Sie?" Dregger spürte Schweißtropfen an seinem Rücken herunterrinnen. „Sie sind ein Lügner. Weder ich noch Frau Büdinger haben uns je bei Ihnen beschwert. Hören Sie also auf, unverschämte Lügen zu verbreiten!"

Instinktiv ahnte Dregger, daß die Situation durch nichts, aber auch rein gar nichts mehr zu retten war. Dumas hatte gewonnen. Vorerst. „Fahren Sie bitte mit der Arbeit fort", versuchte sich Dregger wenigstens einen einigermaßen respektablen Abgang zu verschaffen.

Dumas hatte das Gefühl, einen großartigen Sieg errungen zu haben. Dem tat auch die Tatsache keinen Abbruch, daß sein ganzer Körper vor Wut zitterte. Am liebsten hätte er seinem Vorgesetzten körperliche Gewalt angetan. Caroline Pless verließ ohne ein weiteres Wort das Büro. Heintze ließ einen ungewohnt lauten Seufzer der Erleichterung los. Dumas blinzelte seinen Kollegen mit einem breiten Grinsen an. „Ich gehe jetzt zum Betriebsrat, um über die üblen Machenschaften meines Vorgesetzten Bericht zu erstatten." Siegesgewiß verließ er das Büro.

„Sehr geehrter Herr Dumas, wie uns der Leiter der Coupon-Kasse berichtete, sind Sie schon mehrfach durch ungebührliches Verhalten Vorgesetzten gegenüber aufgefallen. Vor kurzem erst haben Sie vor mehreren Zeugen Herrn Dregger lautstark als Lügner bezeichnet. Dies entspricht nicht den Gepflogenheiten unseres Hauses und ist mit unserem Leitbild in keinster Weise vereinbar. Sollte sich künftig an Ihrem Verhalten Anderen gegenüber nichts oder nur sehr wenig ändern, sehen wir uns gezwungen, arbeitsrechtliche Maßnahmen gegen Sie einzuleiten. Eine Auflösung des Arbeitsverhältnisses ist unter diesen Umständen dann nicht mehr auszuschließen. Hochachtungsvoll Zentrale Personalabteilung."

Zwei Tage später saßen Zapatoblanco und Dumas am Tresen ihrer Stammkneipe. Dumas faltete das Schreiben, das er gerade vorgelesen hatte, fein säuberlich zusammen, steckte es in die Tasche seines beigen Trenchcoats und sah seinen Freund an. „Na, wie findest du das? Durfte ich mir heute mittag im Personalbüro abholen. Außerdem solltest du dir deine Stiefel neu besohlen lassen."

Zapatoblanco hatte den linken Fuß auf seinen rechten Oberschenkel gelegt und untersuchte das Loch, durch das eine schmuddelig-weiße Socke zu sehen war. „Du hast recht. Ich wundere mich schon den ganzen Tag über feuchte Füße." Nachdem er die Begutachtung der Schadstelle abgeschlossen hatte, sagte er: „Hast du mal nachgeschaut?"

„Was und wo?" wollte Dumas wissen.

„Im Duden ... über Leitbilder. In der Abmahnung heißt es doch im Sinne unseres Leitbildes. Wenn mich nicht alles täuscht, meinen sie damit Ideale. Ich finde es sehr lobenswert, Idealen nachzueifern. Wo kämen wir ohne solche Werte denn hin? Und was deinen Umgangston betrifft, so kann ich nur bestätigen, daß er tatsächlich manchmal ein bißchen rüde ist. Aber mach dir deswegen um mich keine Sorgen. Ich bin hart im Nehmen."

Dumas zündete sich eine Zigarette an. Dann bestellte er lautstark zwei Köpis bei Sonrisa, die in der Küche mit dem Abwasch beschäftigt war.

„Siehst du, und brüllen tust du auch noch. Ich weiß gar nicht, warum du dich über die Abmahnung so aufregst. Stimmt doch alles, was drinsteht."

Dumas schüttelte energisch den Kopf. „Darum geht es aber nicht. Ich finde es irgendwie merkwürdig, wenn die Gewerkschaften Jahr für Jahr Broschüren herausgeben, in denen sie über Mobbing informieren und erklären, wie man sich dagegen wehren kann und dann tritt so ein glasklarer Fall ein ... Ich kann es beweisen ... Es sind Zeugen vorhanden ... Und was passiert?"

„Was hast du erwartet? Daß man dir bedingungslos Glauben schenkt und deinen Herrn Dregger versetzt oder gar kündigt? Deine Blauäugigkeit ist fast schon rührend." Zapatoblanco tippte sich an die Stirn.

„Aber ich habe Zeugen ...", wußte Dumas nicht weiter.

„... die bestätigt haben, daß du dich mehrfach ungebührlich Vorgesetzten gegenüber verhalten hast." Zapatoblano bemerkte, wie Dumas ihn böse anfunkelte, hob beide Hände abwehrend in die Höhe und fügte schnell hinzu: „Ich habe nur zitiert."

Obwohl Dumas wußte, daß ihrer beider Lebensphilosophien sich in vielen Punkten widersprachen, hatte er sich doch von seinem Freund mehr Einfühlungsvermögen oder zumindest eine Äußerung über die Ungerechtigkeiten dieser Welt erhofft. Ihm war seine Enttäuschung anzusehen. Ja, seine Frau hätte ihn verstanden und gewußt, was ihn bedrückte, aber das war Schnee von gestern. Die Abmahnung an sich empfand er als vollkommen ungerechtfertigt, und die Tatsache, daß dieser Schweinehund Dregger mal wieder ungeschoren davonkommen sollte, konnte und wollte Dumas erst recht nicht verwinden.

„Ich kann dich ja verstehen, Schorschi", nannte Zapatoblanco, der die depressive Stimmung seines Freundes zumindest erahnte, ihn liebevoll beim Spitznamen. „Aber du wirst an der Situation kaum etwas ändern können. Die Welt ist nun mal so, wie sie ist, und wenn sich etwas ändern sollte, dann nicht zum Besseren. Glaub mir."

Dumas verfiel in eine leichte Melancholie, wie fast immer, wenn sein Freund zu philosophieren anfing. Er faltete die Hände, seufzte schwer und betrachtete die farbige Titelseite einer asiatischen Zeitung an der Decke; die Schriftzeichen wußte er nicht einzuordnen. Koreanisch, vermutete er. Dann schloß er kurz die Augen. „Laß uns eine Partie spielen", sagte er schließlich und stand auf, um das Schachspiel aus dem kleinen Regal hinter dem Tresen zu holen.

Sie hatten gerade die Figuren aufgestellt, als Greg Jones die Tür hereinkam. Dumas' jungen Arbeitskollegen plagte seit gestern das schlechte Gewissen. Bevor er sich entschlossen hatte, ins APO zu gehen, hatte er telefonisch versucht, Dumas zu Hause zu erreichen und als dort niemand abnahm, war er aufs Geratewohl in dessen Stammkneipe gegangen. Unbeholfen stand er nun vor dem Tisch der beiden Schachspieler. „Darf ich?" fragte Greg Jones und deutete auf den freien Stuhl.

„Klar, setz dich", sagte Dumas verwundert, der ihn erst jetzt bemerkte und nicht erwartet hatte, seinen Kollegen heute abend noch zu Gesicht zu bekommen. Er zog den Königsbauern nach vorne. „Wenn du was trinken willst, Sonrisa ist in der Küche."

„Ja, nein. Ich wollte dir nur sagen, ich kann nichts dafür."

Dumas sah vom Schachbrett auf und betrachtete Greg Jones eingehend. „Wofür?" fragte er, obwohl er wußte, was sein Kollege auf dem Herzen hatte.

„Na, für deine Abmahnung ... Als mich Kleinschmidt gestern früh in sein Büro kommen ließ, wollte ich eigentlich erzählen, wie gemein Dregger mit Silke und dir umgesprungen ist, aber ..." Er sah bedrückt zu Boden.

Dumas kannte Greg Jones gut genug, um zu wissen, daß er es ernst meinte und ihm die Angelegenheit fast ebenso auf den Magen schlug wie ihm selbst. „Ich kann's mir denken: Kleinschmidt wollte davon überhaupt nichts wissen, sondern fragte dich nur, ob du bezeugen kannst, daß ich Dregger als Lügner bezeichnet habe. Dasselbe hat mir Frau Pless auch schon erzählt ... Verfluchte Schweinebande."

Greg Jones fiel ein Stein vom Herzen, hatte er doch Zorn oder Verachtung von seinem Kollegen erwartet. Er sah Dumas dankbar an. „Kann denn der Betriebsrat da nicht ..."

„Kann und wird er. Jedenfalls hat man mir heute noch mitgeteilt, daß man gleich am Montag Einspruch einlegen will. Vorsichtshalber habe ich im Personalbüro unter die Abmahnung nur zur Kenntnis genommen geschrieben."

„Hätte nie gedacht, daß das Ganze mal derart eskalieren könnte."

„Mach dir nichts draus, ich auch nicht", pflichtete Dumas ihm bei.

Zapatoblanco verkniff sich gerade noch einen Spruch über Naivität. Mit einem blau-weiß karierten Geschirrtuch über der Schulter trat Sonrisa an den Tisch. „Was darf's sein, der Herr."

„Ein großes Köpi und als hors d'oeuvre kredenze man mir bitte einen doppelten Korn", bestellte Greg Jones weltmännisch.

„Willst du dich besaufen, oder wie oder was?" wollte Dumas wissen.

„Nein, kurieren. Erstens habe ich das unbestimmte Gefühl, eine schwere Grippe kommt auf mich zu und zweitens kann ich wegen erstens morgen unmöglich zur Arbeit gehen." Greg Jones hustete demonstrativ.

„So eine Grippe kann ganz schön ansteckend sein", sagte Dumas und fiel in Greg Jones' Hustenanfall mit ein.

„Der gemeine Psychologe nennt es Gruppenzwang", bemerkte Zapatoblanco schulmeisterlich zu Sonrisa.

„Hab ich des jetz richtisch verstanne: drei Dobbelde un drei große Köpis?"

„Exakt."

„Vollkommen."

„Genau."

Acht Monate später. Gerhard Dregger hatte es anfangs auf seine freundschaftliche Beziehung zu Kleinschmidt zurückgeführt, daß er aus dieser Geschichte ungeschoren davongekommen war. Er hatte sich durchaus nicht wohl in seiner Haut gefühlt und schon befürchtet, seine offensichtlichen Fehltritte könnten das Ende seiner Karriere bedeuten. Aber die wie selbstverständlich wirkende Nachdrücklickkeit, mit der Kleinschmidt letztendlich den „Querulanten" – so hatte er Dumas genannt – in die Schranken wies, ließ erkennen, daß auch Kleinschmidts Position von oben gestützt wurde. Von wie weit oben, darüber konnte Dregger nur spekulieren. Allerdings mußte er sich auch eingestehen, daß er den Währungsbereich nach der letzten Auseinandersetzung mit Dumas, im Laufe derer er von ihm als Lügner bezeichnet worden war, nur noch bedingt unter Kontrolle hatte – zu groß war sein Autoritätsverlust. Um dieses Vakuum auszufüllen, spann er seine

Intrigen im DM-Bereich um so verbissener, was Caroline Pless, aufs Höchste angewidert, veranlaßte, zur Deutschen Bank zu wechseln. In ihrem Kündigungsschreiben nannte sie als Grund das Verhalten ihres Vorgesetzten, das eine konstruktive Zusammenarbeit unmöglich mache. Wie in solchen Fällen üblich, wurde das Schreiben in dem dafür vorgesehenen Aktenordner archiviert, und wie so oft blieb es ohne Konsequenzen. Mit Caroline Pless war damit auch das letzte Mitglied – zwei weitere Mitarbeiter waren auf eigenen Wunsch in andere Abteilungen versetzt worden – das so etwas wie Rückgrat besaß, aus dem DM-Bereich ausgeschieden. Dregger hatte es mit Genugtuung registriert. Daß ihm einige Monate später ein ähnlicher Coup mit Dumas gelingen sollte, hatte er zum damaligen Zeitpunkt nicht für möglich gehalten, und doch geschah es so.

Der Sommer verlief, was den Währungsbereich betraf, weitgehend ereignislos, wenn man davon absah, daß das Trio Silke, Dumas und Greg Jones sich, sehr zu Dreggers Leidwesen, besser denn je verstand. Hin und wieder gesellte sich auch Tobias Müller hinzu, nur Heintze blieb nach wie vor der Außenseiter, der er schon immer gewesen war. Kryptar war in den Vorruhestand gegangen.

Das Arbeitsklima hatte sich verbessert, was größtenteils dem Umstand zu verdanken war, daß Dregger sich nur selten blicken ließ. Im Juni wurde sein vorerst letzter kläglicher Versuch, Unruhe in die Abteilung zu bringen, zum Scheitern gebracht, indem sich alle bis auf Heintze kurzerhand für zwei Tage krank meldeten, woraufhin Kleinschmidt sich veranlaßt sah, mal ein ernstes Wörtchen mit seinem ehemaligen Schulkameraden Dregger zu wechseln.

In der Folgezeit hatte Silke Büdinger, genügend Fachwissen besaß sie ja, mehr und mehr die Leitung des Währungsbereiches übernommen, ohne daß es jemand an einem bestimmten Datum hätte festmachen können. Es war ein schleichender Prozeß, und zu guter Letzt war sie auch für Heintze die Ansprechpartnerin, wenn er fachliche Probleme hatte. Dregger sah dem hilf- und tatenlos zu und mischte sich selten ein.

Es ist müßig, darüber zu sinnieren, wie sich die Geschichte entwickelt hätte, wäre Greg Jones nicht auf die glorreiche Idee gekommen, sich ein Auto zu kaufen. Genau das tat er jedoch. Es war ein richtiges Schnäppchen, das er von einer Bekannten seiner

Mutter, deren Mann gestorben war, und die selbst keinen Führerschein besaß, erworben hatte. Dreitausend Mark hatte er für einen so gut wie nie benutzten, fünf Jahre alten weißen VW-Käfer bezahlt. Ein Freund von ihm war Inhaber einer Autowerkstatt, und die erste Woche nach der Zulassung war Greg Jones jeden Abend dort anzutreffen. Allabendlich malte er hingebungsvoll kunterbunte Blumen auf die Karrosserie, bis sein ganzer Stolz aussah, als käme er direkt vom ersten Woodstock-Festival. Wie dem auch sei, jedenfalls kam das erste Wochenende, und Greg Jones entschloß sich zu einer Spritztour in den Odenwald.

Die mangelnde Fahrpraxis war ihm nur zu Beginn anzumerken. Als er abends glücklich nach dreihundert aufregenden Kilometern wieder nach Frankfurt zurückkehrte, hatte er das Gefühl, Marilyn – so hatte er den Wagen nach seiner Lieblingsschauspielerin getauft – schon jahrelang zu chauffieren. Die Tanknadel stand auf Reserve, und so steuerte er noch die Shell-Tankstelle am Wendelsplatz an. Greg Jones tankte, bezahlte und fuhr los. Kaum fünf Meter hatte er zurückgelegt, als ein ohrenbetäubender Lärm ihn wieder abbremsen ließ. Im Rückspiegel entdeckte er den Einfüllstutzen, doch nunmehr ohne dazugehörigen schwarzen Schlauch. Zu Tode erschrocken stieg er aus dem Wagen und trat in eine Pfütze, die eigentlich gar nicht hätte existieren dürfen, denn seit Tagen hatte es keinen Tropfen geregnet. Als er die halb aus der Verankerung gerissene Tanksäule und die daraus sprudelnde Benzinfontäne erblickte, hatte er seine Fassung endgültig verloren. Der herbeistürzende Tankstellenpächter konnte Greg Jones, der im Begriff war, sich auf den Schreck hin eine Zigarette anzustecken, gerade noch das Feuerzeug aus der Hand schlagen, bevor Sachsenhausen die wahrscheinlich größte Brandkatastrophe seit Ende des Zweiten Weltkrieges erlebt hätte.

Daß trotzdem alles mehr oder weniger glimpflich abgelaufen war, hatte er, außer des Tankstellenpächters Geistesgegenwart, der um die Ecke stationierten Feuerwehr zu verdanken, die die Unfallstelle unverzüglich sicherte.

Auch Marilyn war nicht groß zu Schaden gekommen.

In den Tagen danach war es mit Greg Jones' Nerven verständlicherweise nicht zum Besten bestellt. Vielleicht war dies die Erklärung dafür, daß er Anfang November einen wichtigen Termin für eine Währungszahlung versäumte, was er zehn Tage später auch bemerkte. Unglücklicherweise war in diesem Zeitraum das Fixing für den US-Dollar um fünf Pfennige gesunken, was bei einem Auftragsvolumen von einer Million Mark einen Verlust von annähernd fünfzigtausend Mark bedeutete.

„Scheiße", fluchte Greg Jones kurz vor Feierabend, doch keiner der Kollegen schenkte dem Beachtung, denn seit der Tankstellen-Episode gehörte dieses Wort zu seinem alltäglichen Sprachgebrauch. „Kann mir mal jemand sagen, wie der Dollar zur Zeit steht?"

„Gestern stand er noch bei eins fünfzig Komma eins sieben", antwortete Silke.

„Ob der wohl heute um fünf Pfennig gestiegen sein kann?" fragte Greg Jones ohne jede Hoffnung.

„Bei dir piept's wohl. An der Börse ist seit Monaten von nichts anderem als der Talfahrt des Dollars die Rede und du stellst so 'ne selten blöde Frage", sagte Dumas und verzog verächtlich die Mundwinkel. „Warum fragst du eigentlich?"

„Och, ich habe bloß vergessen, einem Kunden Geld zu überweisen."

„Ist das alles? Dann überweis es doch nachträglich, man wird dir deswegen schon nicht den Kopf abreißen", sagte Dumas, leicht verärgert über die Unbeholfenheit seines Kollegen.

„Och, der Kunde wollte den Betrag aber in Dollar ausbezahlt bekommen", und kleinlaut fügte er hinzu: „Für den ersten November schon."

Stille. Dumas verschlug es die Sprache und auch Silke und Tobias Müller, die das Gespräch mitbekommen hatten, hörten auf zu arbeiten. Heintze, der gerade telefonierte, konnte die gefährliche Ruhe, die plötzlich an Stelle der sonst üblichen Arbeitsgeräusche getreten war, förmlich spüren und beendete abrupt das Gespräch. Greg Jones saß wie gelähmt auf seinem Stuhl und wäre am liebsten im Erdboden versunken.

„Wieviel?" fragte Dumas in normaler Lautstärke, doch für Greg Jones klang es wie ein Peitschenhieb.

„..." Greg Jones versagte die Stimme.

Silke und Dumas standen auf und stellten sich hinter Greg Jones. Als Dumas sich auf dem Bildschirm orientiert und die Summe, die schon längst hätte konvertiert und überwiesen werden sollen, gefunden hatte, stieß er einen Pfiff aus und sagte: „Das ist nicht gut. Das ist ganz und gar nicht gut." „Fast fünfzigtausend

Mark Verlust," sagte Silke und suchte fieberhaft nach einem Ausweg, den es nicht gab. Greg Jones war in ein tiefes schwarzes Loch gefallen. Die Summe von fünfzigtausend Mark spukte in seinem Kopf herum. Er wußte, daß bereits bei Verlusten von mehr als fünfhundert Mark ein Protokoll angefertigt und von mehreren Vorgesetzen ebensovieler Hierachieebenen unterzeichnet werden mußte. Er war kein Karrieremensch. In beruflicher Hinsicht hatte er noch nie irgendwelche Ambitionen gehegt, doch bei einem Verlust dieser Dimen-sion, das brauchte ihm niemand zu sagen, das wußte er instinktiv, war sein Arbeitsplatz mehr als gefährdet. Er stand kurz vor einem Tränenausbruch. Jemand rüttelte an seiner Schulter. Er drehte sich um und blickte in das Gesicht seines Kollegen Dumas. Er sah, daß dieser die Lippen bewegte und zu ihm sprach, aber verstehen konnte er nichts. Ihm war, als stünde sein Kollege hinter einer Glasscheibe oder übe sich in der Kunst der Pantomime. Erst als er in Silkes, auf ihn mütterlich wirkendes, Gesicht sah, begann er, die Welt um sich herum wieder wahrzunehmen, und die Frage, die Dumas nun schon zum dritten Mal stellte, drang endlich in sein Bewußtsein: „Wann hast du Dregger zuletzt deine Konten zur Kontrolle vorgelegt?"

„Ich ... Was?" Greg Jones verstand nicht, worauf sein Kollege hinauswollte.

Gereizt wiederholte Dumas die Frage ein weiteres Mal, aber der Sinn dahinter blieb seinem Kollegen verborgen. „So vor einer Woche oder so", antwortete Greg Jones leise.

„Ich müßte es schon genauer wissen", drängte Dumas weiter.

Greg Jones sah man die Anstrengung des Denkens an; sein Gesicht war zu einer fürchterlichen Grimasse entstellt. „Letzten Mittwoch? Ja genau, es muß letzten Mittwoch gewesen sein", platzte es endlich triumphierend aus ihm heraus, als hätte er den Stein des Weisen gefunden.

„Was hast Du vor?" Silke sah Dumas fragend an.

„Ich habe überhaupt nichts vor. Gregi hat vor einer Woche, das heißt zwei Tage nachdem das Geld hätte gebucht werden müssen, Dregger seine Unterlagen vorschriftsmäßig zur Kontrolle vorgelegt. Wenn nun unser kompetenter Vorgesetzter das getan hätte, wofür man ihn bezahlt, wäre der Fehler schon viel früher entdeckt worden, und der Verlust hätte sich in Grenzen gehalten", sagte Dumas spöttisch und fuhr fort: „Soll Dregger doch den Mist ausbaden und zusehen, wie er sich aus dem Schlamassel rauswindet."

Dann ging er demonstrativ, als wolle er mit der Geschichte nichts weiter zu tun haben, an seinen Arbeitsplatz zurück, wobei er im Vorbeigehen einen Blick durch die Glasscheibe in Dreggers Büro warf und seinen Vorgesetzten selbstzufrieden am Fenster stehen sah. Diesmal kommst du nicht ungeschoren davon, sagte er sich und begann, seinen Schreibtisch aufzuräumen.

Silke stand noch immer hinter Greg Jones und überdachte das, was Dumas soeben gesagt hatte, konnte aber beim besten Willen keine Ungereimtheiten feststellen. Schließlich nickte sie und sagte zu Greg Jones: „Du hast da zwar einen großen Fehler gemacht, aber Herrn Dregger hätte es tatsächlich auffallen müssen. Geh am besten gleich zu ihm rein, dann hast du's hinter dir."

Greg Jones schloß die Augen und atmete tief durch. Mir bleibt auch nichts erspart, dachte er und sagte: „Dann mal auf nach Canossa."

Da die Valuta des Buchungstages entscheidend war, konnte Dregger an der Tatsache nichts ändern, daß fast 49.000 Mark Verlust entstanden waren, wohl aber daran, daß dies publik wurde. Damit der Kunde zu seinem Geld kam, konvertierte er am nächsten Tag einfach rückwirkend, und der Devisenhandel hatte den Verlust zu tragen. Da es bei einer Summe dieser Größenordnung Nachfragen seitens des Devisenhandels gegeben hätte, kam Dregger auf die Idee, die Buchung zu zerstückeln, so daß jede einzelne unter der für ein Protokoll notwendigen Summe von 500 DM blieb. Die Computer waren praktischerweise so programmiert, daß sie nur in dem Fall Alarm schlugen, wenn diese Grenze überschritten wurde. Da es bei der KonTrast – wie auch bei allen anderen Banken – Vorschrift war, diese Buchungsbelege nach dem sogenannten Vier-Augen-Prinzip von zwei Personen abzeichnen zu lassen, kam Dregger nicht umhin, Greg Jones in die Sache einzuweihen. Liebend gerne hätte er die Sache alleine durchgezogen, aber er benötigte die Unterschrift eines Sachbearbeiters. Also beauftragte er seinen Mitarbeiter damit, diese Buchungen gleich am nächsten Morgen vorzunehmen. Warum er Greg Jones diese Arbeit nicht nach Feierabend machen ließ, wenn alle anderen Mitarbeiter schon gegangen waren und niemand sonst davon etwas mitbekommen hätte, sollte für immer sein Geheimnis bleiben. Es wären ihm einige Unannehmlichkeiten erspart geblieben.

Ein heftiger Regenschauer überraschte Dumas einige hundert

Meter vor Erreichen der KonTrast. Entsprechend schlechtgelaunt begab er sich, im Büro angekommen, unverzüglich in die Küche, um sich seinen Kaffee zu kochen. Vielleicht als Omen zu betrachten, gab auch noch die Kaffeemaschine ihren Geist auf, was seine Laune keineswegs verbesserte. Mürrisch und wortkarg waren sie alle an diesem trüben Novembermorgen, als Greg Jones seinen Kollegen Dumas in der Buchungsfrage konsultierte.

Dumas brauchte einige Minuten, bis er die raffinierte Vorgehensweise Dreggers durchschaute. Das darf doch nicht wahr sein, dieser Dreckskerl, dachte er. „Mach mal Platz, ich mach das schon", sagte er zu Greg Jones und schob ihn unsanft beiseite. Greg Jones war froh, dieser für ihn ungewohnten und somit komplizierten Arbeit entronnen zu sein und erbot sich, für jedermann in der Kantine Kaffee zu besorgen.

Für die hundertunddrei Buchungen zu je 476 DM, die er auch gleich unterschrieb, brauchte Georg Dumas anderthalb Stunden. Während er auf Dregger wartete, druckte er den kompletten Vorgang ein zweites Mal aus.

Dregger mußte beim Betreten des Büros mit seinen Gedanken mit etwas ganz anderem beschäftigt gewesen sein, denn ihm fiel erst auf, daß Dumas auf Greg Jones' Arbeitsplatz saß, als er direkt vor ihm stand. Erschrocken hielt er inne.

„Die Buchungsbelege liegen dort." Dumas deutete auf den kleinen Stapel am äußersten Rand der Tischplatte und fuhr in gelangweiltem Tonfall fort: „Ich hab sie auch gleich unterschrieben, ist Ihnen doch recht so?!"

Dregger bekam seinen für prekäre Situationen typisch hochroten Kopf und sagte: „Hahaha, hundertunddrei Mal die gleiche Buchung, ist das nicht komisch?" Dann nahm er den Stapel auf und vergewisserte sich mit einem kurzen Blick auf den zuoberst liegenden Buchungsbeleg, daß sein Mitarbeiter auch wirklich unterschrieben hatte.

Dumas weidete sich an der Hilflosigkeit seines Vorgesetzten und ließ genüßlich eine halbe Minute verstreichen, bis er schließlich sagte: „Ich kann mir beim besten Willen nicht vorstellen, was daran komisch sein soll. Die Manipulationen, die Sie hier permanent vornehmen, sind ja wohl das Allerletzte."

Wortlos kehrte Dregger ihm den Rücken zu, suchte sein Heil in der Flucht und ging in sein Büro zurück. Nachdem die Tür ins Schloß gefallen war, grinste bis auf Heintze die gesamte

Belegschaft des Währungsbereiches. Dumas stand auf und hauchte seinem Vorgesetzten einen Kuß hinterher.

Er hatte die Tür schon fast erreicht, als Silke ihn fragte: „Wo gehst du hin?"

„Zu Kleinschmidt, wohin sonst. So kann es ja unmöglich weitergehen. Ach ja, der Vorstand wird selbstverständlich auch informiert. Schriftlich."

Am Nachmittag desselben Tages wurde in aller Eile eine Untersuchungskommission gebildet, die sich – es bot sich ja an – aus den Herren Kleinschmidt und Dregger zusammensetzte. Aus dem Un-tersuchungsprotokoll dieser Kommission ging hervor, daß Greg Jones der alleinige Schuldige in dieser Affäre war. Da es aber Georg Dumas war, der die Buchungsbelege angefertigt und unterschrieben hatte, wurde er von seinen beiden Vorgesetzten mehr oder weniger genötigt, seine Unterschrift unter das Protokoll zu setzen. Er weigerte sich und wurde von Kleinschmidt brüsk des Büros verwiesen.

Dumas mochte es nicht gelingen, sich auf die bevorstehenden arbeitsfreien Tage zu freuen. Seinen Resturlaub hatte er sich so eingeteilt, daß er bis Sylvester frei hatte. Zwei Wochen waren seit der letzten Auseinandersetzung zwischen ihm, Dregger und Kleinschmidt vergangen, und obgleich auch die von ihm persönlich informierte Revisionsabteilung eingeschaltet war, hatte dies bislang zu keinerlei personellen Konsequenzen geführt. Im Fall seines Kollegen Greg Jones hatte er fest mit einer Abmahnung gerechnet – eine Maßnahme, die bei derart grob fahrlässigem Verhalten eigentlich geradezu zwangsläufig zu erwarten gewesen wäre, zumal er Ähnliches bei der KonTrast des öfteren schon erlebt hatte. Daß es dazu nicht gekommen war, hatte ihn mit Zuversicht erfüllt, war doch in seinen Augen Dreg-ger der Hauptschuldige. Außerdem schätzte er Greg Jones' offenen, wenngleich auch manchmal zu treuherzigen Charakter und hätte ihn ungern als Kollegen verloren.

Er schlürfte den Kaffee aus und bestellte bei der jungen und adrett gekleideten Kellnerin den nächsten, seinen mittlerweile fünften. Er nahm an, daß sie neu im Gewerbe sei, denn sein Aschenbecher quoll über und sie mußte sich auch jede noch so kleinste Bestellung notieren. Das Café Hauptwache war bis auf den letzten Platz gefüllt, und die neben den Stühlen stehenden

Einkaufstüten und Weihnachtspäckchen ließen der Bedienung kaum Bewegungsfreiheit.

Draußen wurde die Straßenbeleuchtung eingeschaltet, und Dumas dachte an die gerade stattfindende Weihnachtsfeier der KonTrast, die nun so langsam in Schwung kommen müßte und der er mit der Begründung, er habe heftige Zahnschmerzen, ferngeblieben war.

Natürlich hatte er keine Zahnschmerzen. Der Grund dafür, daß ihm heute nicht nach Frohsinn zumute war, lag in einem Telefongespräch, das er am Vormittag geführt hatte. Auf die Frage, was in der Sache Prokurist Dregger und seinem mißglückten Vertuschungsversuch denn nun geschehen sei, war ihm mitgeteilt worden, daß der Fall nicht weiter verfolgt werde. Als er auf seine weiteren nachforschenden Fragen nur noch ausweichende Antworten erhalten hatte, wurde ihm klar, daß die Revisionsabteilung Anweisungen von höherer Stelle erhalten haben mußte, wenn eine solch eklatante Verfehlung einfach unter den Tisch gekehrt wurde.

Am Nachbartisch war ein lautstarker Streit zwischen einem pickeligen Jüngling und seiner Freundin darüber entbrannt, wessen Eltern man am Heiligabend mit seinem Erscheinen beehren werde. Dumas fragte sich, ob seine verstorbene Frau und er sich in jungen Jahren auch über derartig unwichtige Dinge gestritten hatten, konnte sich aber nicht mehr erinnern. Die Vergangenheit sollte man ruhen lassen, befand er und wandte sich gedanklich wieder den aktuellen Geschehnissen in der KonTrast zu, die ihm seit Tagen keine Ruhe mehr ließen.

Immer wieder hatte Dumas vergeblich versucht, eine Logik hinter dem Handeln der Führungskräfte auszumachen. Es müßte doch in ihrem eigenen Interesse liegen, Verluste zu vermeiden. Dumas schätzte, daß allein in den Abteilungen, in denen er bislang tätig gewesen war, ein siebenstelliger DM-Betrag durch Unachtsamkeit und mangelnde Kompetenz unwiederbringlich verlorengegangen war. Gleichzeitig aber wurde er selbst, der fast schon gebetsmühlenartig auf genau diese Schwachstellen hingewiesen hatte, paradoxerweise von allen Seiten, so kam es ihm zumindest vor, angegriffen. Sein Freund Zapatoblanco hatte ihn einmal gefragt, was er denn bei einem der deutschen Wirtschaftselite angehörenden Geldinstitut eigentlich erwartet habe. Lob und Anerkennung für seine gewissenhafte Arbeit? Ja, ganz eindeutig, dies hätte seiner Erwartungshaltung entsprochen, und die eine oder andere Leistungsprämie wäre vielleicht auch angemessen gewesen. Aber statt dessen ... Zapatoblanco hatte recht. Er, der kleine Sachbearbeiter Georg Dumas, war einfach zu blöd für diese Welt. All die Jahre hatte er sich kindlichen Träumereien hingegeben, Illusionen, die mit der Realität so gut wie nichts gemein hatten. Er vermutete, daß die KonTrast kein Einzelfall war. Vielmehr mußte die gesamte deutsche Wirtschaft nach dem Prinzip der persönlichen Bereicherung funktionieren, wie sonst hätte diese Bank, sein Arbeitgeber, all die Jahrzehnte mit den beiden Weltkriegen, den Wirtschaftskrisen und den Börsencrashs unbeschadet überstehen können. Aber war diese Welt der Mauscheleien, der Intrigen, der Manipulationen und des gezielten Mobbings, in der es bedeutend mehr auf Verbindungen nach oben als auf Leistung ankam, auch die seine? So ähnlich mußte es doch in der ehemaligen DDR mit ihren Seilschaften, über die im Westen immer so viel gelästert wurde, auch zugegangen sein.

Dumas hatte das Gefühl, sich mit diesen Fragen immer wieder im Kreise zu drehen. Er suchte nach Antworten, nach Auswegen, nur um nachher festzustellen, daß diese Fragen noch mehr Fragen hervorbrachten und letztendlich immer in der selbstzerstörerischen Feststellung endeten, daß es nicht die Gesellschaft in all ihren Erscheinungsformen sein konnte, die nicht richtig funktionierte, daß er selbst es sein mußte, der in diesem System fehl am Platz war. Eine einsame Insel, ein Leben als Eremit wäre die Lösung dieser Probleme gewesen und konnte es doch nicht sein. Dumas verlangte die Rechnung.

Ein eisiger Wind fegte die Zeil entlang und trieb Zeitungs- und Reklameblätter, leere Mc-Donald-Verpackungen und ähnlich leichten Unrat vor sich her. Dumas stellte den Mantelkragen hoch und begab sich mitten in den Einkaufstrubel. Auf dem Weihnachtsmarkt gönnte er sich zwei Glühwein und ärgerte sich über die seit seinem letzten Besuch vor zwei Jahren drastisch gestiegenen Preise. Ein Fischbrötchen heißhungrig verschlingend, verließ er den Römerberg und schlängelte sich durch die nach freien Parkplätzen Ausschau haltenden Automobilisten am Mainkai. Der betörende Duft nach Gebratenem, Zimt und anderen Köstlichkeiten ließ längst vergessen geglaubte Kindheitserinnerungen wach werden und verflüchtigte sich erst, als Dumas die Stufen des Eisernen Stegs herabstieg.

Durch das große Panoramafenster des APO konnte Dumas erkennen, daß Zapatoblanco nicht da war. Sonrisa und Chris standen gemeinsam hinter der Theke und würfelten mit dem einzigen Gast, einem heruntergekommenen Altachtundsechziger, der ein Mietshaus in der Schweizer Straße geerbt hatte und die Mieteinnahmen allabendlich in den umliegenden Kneipen versoff. Dumas konnte ihn nicht ausstehen, da er ab einem gewissen Alkoholpegel regelmäßig von Straßenschlachten zwischen ihm und Joschka auf der einen und den wild drauflos prügelnden Polizeihorden auf der anderen Seite schwadronierte und dabei seiner blutrünstigen Phantasie freien Lauf ließ. Dumas beschleunigte seinen Schritt, vergrub das Gesicht vollends im Mantelkragen und ging Richtung Straßenbahnhaltestelle Textorstraße. Die Lust auf Gesellschaft war ihm vergangen. Vielleicht würde ein behaglicher Fernsehabend sein Gemüt erhellen. Er bezweifelte es.

„Bedien dich, direkt vom Café Kranzler." Samuel Kleinschmidt deutete auf ein randvoll mit Keksen gefülltes Bastkörbchen. Er selbst pickte sich eins mit Schokoladenüberzug heraus.

„Danke." Gerhard Dregger griff zu.

Kleinschmidt fuhr sich mit dem Mittelfinger über die Stirn und strich seinen Scheitel zurecht. Instinktiv machte Dregger es ihm nach. „Weswegen ich dich hab kommen lassen: der Querulant."

„Dumas?"

Kleinschmidt nickte: „Genau jener." Dregger zuckte hilflos mit den Schultern, und Kleinschmidt fuhr fort: „Mein Vorgesetzter hat mich die Tage angesprochen und gefragt, was da in deiner Abteilung eigentlich los sei. Er sei es leid, Woche für Woche, ich zitiere: mit immer neuen Beschwerden belästigt zu werden. Ob man da nicht endlich mal für Ruhe sorgen könne, das dürfte doch so schwierig nicht sein. Und um ehrlich zu sein, ich kann's dem guten Mann nicht verdenken. Mir geht es mittlerweile genauso."

„Ja aber, was soll ich ..." Dregger sah zu Boden.

„Du sollst gar nichts. Ich werde ..."

Dregger errötete leicht. Er war der festen Überzeugung, jetzt gehe es ihm endgültig an den Kragen. Kaum hörbar fragte er: „Was?"

„Na, was wohl?!" sagte Kleinschmidt gereizt. „Versetzen, natürlich. Ich werde den Querulanten Dumas in die Effektenkasse versetzen."

Dregger sah seinen Vorgesetzten mit großen Augen an. Man sah ihm seine Erleichterung an. „Aber ... so einfach geht das doch nicht. Dazu braucht man die Zustimmung von Dumas und die vom Betriebsrat und ich glaube nicht, daß ..." Er verstummte, denn Kleinschmidt bat mit erhobenen Händen um Gehör.

„Ach Gerhard", sagte sein Vorgesetzter in einem Ton, als spräche er zu einem kleinen Kind, „laß das mal nur meine Sorge sein."

Die selbstgefällige Art, in der sein Vorgesetzter geprochen hatte, imponierte Dregger und ließ ihn zu der Gewißheit kommen, daß den großen Worten auch Taten folgen würden. Hoffnungsfroh fragte er: „Wann?"

„Ich dachte so an Ende Januar. Wie mir bekannt ist, hat Herr Dumas momentan ja noch Urlaub. Wir sollten noch etwas warten, damit er keinen Bezug herstellt zu der Sache mit den Buchungsbelegen." Kleinschmidt blinzelte Dregger zu und nahm sich mit abgespreiztem kleinen Finger einen weiteren Keks. „Was hältst du davon?" Dregger fand keine Worte. Kleinschmidt öffnete eine Schreibtischschublade und stellte eine halbvolle Flasche Cognac und zwei Gläser auf den Tisch. Dann goß er ein, hob sein Glas und sagte: „Auf Dumas."

„Auf Dumas", echote Dregger.

Die Weihnachtsdekorationen waren aus dem Straßenbild Frankfurts verschwunden. Die Händler hatten wie immer gute Umsätze verzeichnet, doch Zeit zum Verschnaufen blieb kaum, schließlich mußte man sich auf den Winterschlußverkauf vorbereiten. Hier und da zeugten noch einzelne kümmerliche Weihnachtsbäume von vergangenen Festtagsfreuden.

Das Sylvesterfeuerwerk war allerding nicht mehr das, was es einmal gewesen war. Man merkte, daß den Menschen deutlich weniger Geld zur Verfügung stand als in den Jahren zuvor. Eine kleine Wirtschaftskrise war nicht mehr zu leugnen, auch wenn der Bundeskanzler davon wie immer nichts wissen wollte. Damit einhergehend grasierte natürlich auch die Angst um den eigenen Arbeitsplatz. Nicht so bei Georg Dumas. Hätte ihm zum damaligen Zeitpunkt jemand eine Stelle als Kellner oder ähnliches angeboten, er hätte trotz erheblicher finanzieller Einbußen sofort zugesagt. Ihm war der Spaß an der Arbeit gründlich vergangen, und dementsprechend mißmutig ging er ans Werk.

Die ersten Arbeitstage des neuen Jahres waren absolviert. Silke Büdinger war die erste, die die Wandlung ihres Kollegen bemerkt hatte. Er war schweigsam geworden und zog sich immer mehr in sich selbst zurück. Anfangs hatte sie gedacht, dies wäre der allgemeinen Ernüchterung nach den Festtagen zuzuschreiben, aber auch nach einer Woche hatte sich an seinem neuerdings introvertierten Verhalten nichts geändert. Nachdem sie Dumas daraufhin angesprochen und lediglich ein paar Ausflüchte und ein Achselzucken als Antwort erhalten hatte, ließ sie ihn in Ruhe.

Auf Kleinschmidts Rat hin verteilte Dregger während der ersten beiden Januarwochen die meisten der fast fünfzig Konten, die Georg Dumas zu betreuen gehabt hatte, dergestalt auf die anderen Mitarbeiter des Währungsbereiches, daß dem Sachbearbeiter gerade noch sieben Konten verblieben. Der tägliche Arbeitsaufwand hatte sich somit für Dumas auf anderthalb bis zwei Stunden reduziert. Er nahm diese offensichtliche Schikane erstaunlich gelassen hin. Meist war er nun mit seiner Aufgabe kurz nach der Frühstückspause fertig. Regelmäßig begab er sich dann in Dreggers Büro und bat um weitere Arbeit. „Warten Sie bitte auf weitere Anweisungen" oder „Halten Sie sich bitte bereit" waren die lapidaren Antworten, mit denen Dumas dann abgefertigt wurde. Um gegen die Langeweile anzukämpfen, beschäftigte er sich mit der ausgiebigen Lektüre der Tageszeitungen. Nach drei Tagen, als ihm auch das zu öde geworden war, nahm er eine Schach-Diskette, die er sich von Zapatoblanco ausgeliehen hatte, mit ins Büro und widmete sich dem Lösen von Schachaufgaben, vornehmlich kniffligen Dreizügern.

Einmal war Dregger, neugierig zu erfahren, was Dumas denn da am Bildschirm zu tun habe, wo er doch geäußert hatte, die täglich anfallende Arbeit schon erledigt zu haben, ins Zimmer gekommen und scheinbar ziellos umhergeschlendert. Er hatte sich nichts anmerken lassen, als er das Schachspiel auf Dumas' Bildschirm erblickte und war wieder in sein Büro zurückgegangen. Die anderen Mitarbeiter waren natürlich nicht begeistert über die ihnen zugewiesene Mehrarbeit, während ihr Kollege Dumas sich die Zeit mit derlei Spielchen vertrieb; es hatte sich eine gewisse Nervosität breitgemacht und sie fragten sich, was dieses Manöver seitens ihres Vorgesetzten denn nun schon wieder zu bedeuten habe. Jeder machte sich seine eigenen Gedanken zu dem Thema, und niemand beschwerte sich wegen des erhöhten Arbeitsaufwandes. Für Dumas bot das Schachspiel eine optimale Möglichkeit, seine Umwelt zu ignorieren. Auf die Idee, daß er damit irgendwen provozieren könnte, kam er erst gar nicht. Man konnte den Eindruck gewinnen, er warte gottergeben auf seine Kündigung.

Es geschah an einem Freitag. Tobias Müller hatte sich freigenommen, um einige Überstunden abzubauen, die in letzter Zeit angefallen waren. Wie zufällig saß Dregger an dessen Arbeitsplatz, als Samuel Kleinschmidt das Büro betrat. Ohne Umschweife ging er zu Dumas und legte sofort los: „Gehen Sie bitte in die Personalabteilung. Dort liegt ein Schreiben für Sie bereit."

„Was denn für ein Schreiben?" fragte Dumas, sichtlich überrumpelt.

„Eine Abmahnung." Kleinschmidt verdrehte seine Augen so, als wäre es nur seiner grenzenlosen Güte zu verdanken, daß er eine derart überflüssige Frage überhaupt beantwortete. Dumas stand auf, zupfte seine Krawatte zurecht und ging hinaus. Silke Büdinger sah ihrem Kollegen sorgenvoll hinterher. Sie war nicht die einzige, die in diesem Augenblick ihre beiden Vorgesetzten zum Teufel wünschte. Sie blickte zu Dregger, der mit einem überglücklichen Lächeln auf den Bildschirm starrte.

Zehn Minuten später kam Georg Dumas zurück. Kleinschmidt hatte schon ungeduldig auf seine Rückkehr gewartet. Nachdem sich Dumas wieder gesetzt hatte, löschte er sofort die Datei mit dem Schachspiel aus seinem Computer, denn die Abmahnung hatte sich auf das Einführen von firmenfremden Disketten, die das Netz mit Viren infizieren könnten, bezogen. Dann nahm er die Frankfurter Rundschau und schlug sie auf.

Nach einigen Sekunden besann er sich eines Besseren und sagte herausfordernd zu Dregger: „Es stimmt doch, daß Sie vorhin zu mir sagten, ich solle auf weitere Anweisungen von Ihnen warten?!" Kleinschmidt würdigte er keines Blickes.

Dregger sah hilfesuchend zu seinem Vorgesetzten, der auch sofort reagierte. Mit beiden Händen stützte sich Kleinschmidt auf den Schreibtisch und betrachtete Dumas eingehend. Mit der Zunge befeuchtete er sich die Lippen. Dann sagte er: „Am Montag räumen Sie Ihren Arbeitsplatz. Sie werden in die Effektenkasse delegiert, um Rückstände aufzuarbeiten."

Der Satz hing unheilvoll im Raum. Jeder war darauf bedacht, geräuschvolle Bewegungen zu vermeiden. Dumas tat, als wäre er in einen besonders interessanten Artikel vertieft. In Wirklichkeit jedoch arbeitete sein Gehirn fieberhaft. Im Grunde genommen käme ihm dieser Arbeitsplatzwechsel ja sehr gelegen. Dreggers Gesicht nicht mehr tagtäglich ertragen zu müssen, wäre schließlich ein nicht zu verachtender Vorteil. Dumas war schon versucht, einfach aufzugeben und alles weitere über sich ergehen zu lassen. Er sah von der Zeitung auf und blickte in das zu einer triumphierend lächelnden Fratze erstarrte Gesicht Kleinschmidts, das ihm keine andere Möglichkeit offen ließ. Wäre dieses Gesicht ausdruckslos gewesen, hätte Dumas vielleicht klein beigegeben, aber so ... Am liebsten hätte er hineingespuckt. Trotzdem entgegnete er seelenruhig: „Soviel ich weiß, sind nebenan im DM-Bereich auch Rückstände aufzuarbeiten." Dann las er weiter.

Kleinschmidt bekam einen hochroten Kopf. Die Ähnlichkeit mit Dregger war so grotesk, daß Silke fast gelacht hätte. Dann brüllte er: „Das spielt keine Rolle. Ab Montag sind Sie in der Effektenkasse."

Jeder im Raum wußte, daß laut Betriebsverfassungsgesetz Versetzungen nur für maximal vier Wochen minus einem Tag zulässig sind. Selbstverständlich war dies auch Dumas bekannt. „Dann kann ich doch sicherlich nach spätestens einem Monat wieder hierher zurück", entgegnete er.

„Nein." Es klang wie ein Peitschenhieb.

Die beiden Kontrahenten Kleinschmidt und Dumas waren derart miteinander beschäftigt, daß die Stimme Silke Büdingers klang, als käme sie von einem anderen Stern. „Aber Herr Kleinschmidt, Ihnen müßte doch bekannt sein, daß Sie dafür die Zustimmung des Herrn Dumas und des Betriebsrates benötigen. Ich glaube kaum, daß ..."

„Was Sie glauben oder nicht glauben, ist völlig irrelevant", unterbrach Kleinschmidt spöttisch Silkes Einwurf. Zu Dumas gewandt fuhr er fort: „Die KonTrast wird Mittel und Wege finden, Ihnen etwas anzuhängen. Wie gesagt: Am Montag räumen Sie Ihren Arbeitsplatz. Außerdem sprach ich von einer Delegierung, nicht von einer Versetzung, und die liegt alleine in meinem Machtbereich." Dann drehte er sich um und stolzierte zur Tür. Dregger folgte in seinem Kielwasser.

„Ich kann's kaum glauben", sagte Greg Jones nach einer Weile.

Sein Blick war immer noch auf die Tür geheftet.

Silke stand auf und ging zu Dumas, der die Augen geschlossen hatte und versuchte, sich zu beruhigen. Mit der rechten Hand massierte er die Stelle, wo sein Herz heftig schlug. Sie sagte: „Ich gehe doch recht in der Annahme, daß du der Versetzung nicht zustimmst. Von einer Delegierung kann hier wohl keine Rede sein."

„Ja, natürlich", erwiderte Dumas kraftlos und ohne jede Überzeugung.

„Gut. Nichts anderes habe ich erwartet. Ich gehe jetzt auf der Stelle und informiere den Betriebsrat. Wir wollen doch mal sehen, inwiefern sich diese Herren über das Betriebsverfassungsgesetz hinwegsetzen können." Dann ging Silke festen Schrittes hinaus und schlug herzhaft die Tür hinter sich zu.

Greg Jones hatte das Bedürfnis, irgendetwas für seinen Kollegen Dumas, der aufgestanden war und in sich versunken aus dem Fenster sah, zu tun und sagte: „Ich mache uns am besten noch einen Kaffee."

Dumas drehte sich um. Die Hände hatte er in den Hosentaschen vergraben. „Ja Gregi, mach uns mal einen Kaffee."

Eine halbe Stunde später war Silke zurückgekehrt und hatte sichtlich erleichtert und auch ein wenig stolz erzählt, daß der Betriebsrat einer Versetzung mit Sicherheit nicht zustimmen werde, allerdings müsse man noch die Argumente der Gegenseite anhören.

Dumas indes räumte seinen Schreibtisch für die ordnungsgemäße Übergabe auf. Diese war zwar erst für Montag angesetzt, aber er hatte nicht vor, an diesem Tag zur Arbeit zu erscheinen. Er fühlte sich jetzt schon hundsmiserabel.

Zu Wochenbeginn rief Georg Dumas dann auch bei der KonTrast an und meldete sich krank. Daraufhin konsultierte er seinen Hausarzt, der ihm prompt eine Arbeitsunfähigkeitsbescheinigung für anderthalb Wochen aufgrund typischer Streßsymptome wie Kopf- und Bauchschmerzen ausstellte. Fast jeden Abend telefonierte Dumas mit Silke Büdinger, die sich mächtig ins Zeug legte, um den Betriebsrat dazu zu bewegen, gegen die Versetzung ihres Kollegen Widerspruch einzulegen. Nach einer Woche wurden ihre Bemühungen belohnt. Nun war es Sache der KonTrast, diesen Widerspruch des Betriebsrates durch ein Gerichtsurteil aufheben zu lassen – man reichte Klage ein. Nach

Lage der Dinge war dieses Unterfangen jedoch wenig erfolgversprechend. Die Rechtsabteilung der KonTrast kam nun auf die Idee, der Delegierung des Sachbearbeiters Dumas dadurch mehr Glaubwürdigkeit zu verleihen, daß man ihn gleichzeitig mit dem Arbeitsplatzwechsel in eine höhere Tarifgruppe einstufte. Dumas und der Betriebsrat wurden darüber unverzüglich informiert. Die KonTrast hoffte nun, daß der Betriebsrat seinen Widerspruch zurückziehen würde. Dumas in seiner psychischen Verfassung hätte dem auch zugestimmt, schließlich würde er durch diese Beförderung in eine höhere Tarifgruppe monatlich etwa zweihundert Mark netto mehr an Gehalt bekommen. Doch Silke Büdinger, mit dieser Methode, unliebsame Mitarbeiter einfach wegzubefördern, als Betriebsratsmitglied natürlich bestens vertraut, gab sich kämpferisch und überzeugte Dumas schließlich davon, den Widerspruch auf keinen Fall zurückzuziehen. Das Argument, Dregger könne dann im Währungsbereich schalten und walten wie er wolle und wie er es schon im DM-Bereich tat, gab letztendlich den Ausschlag.

Dumas ließ sich für weitere zweieinhalb Wochen krankschreiben. Bei der derzeitigen Überlastung der Arbeitsgerichte konnten noch Monate vergehen, bis der Widerspruch per Gerichtsentscheid bestätigt wurde und Dumas an seinen alten Arbeitsplatz zurückkehren konnte. Bis dahin mußte er jedoch, ob er wollte oder nicht, Kleinschmidts Anweisungen Folge leisten und in der Effektenkasse arbeiten. Dazu verspürte er wenig Lust.

Als im August des Jahres 1994, kurz vor Dumas' fünfundfünfzigsten Geburtstag, der Einspruch der KonTrast vom Arbeitsgericht Frankfurt abgelehnt wurde, hatten sich die zwischenzeitlichen Ereignisse in der Bank, die wiederum ein halbes Jahr später die deutsche Öffentlichkeit erschüttern sollten, derart dramatisiert, daß dieses Gerichtsurteil zugunsten Dumas nur noch einen untergeordneten Stellenwert besaß – für die KonTrast ebenso wie für Silke, Dumas, die Staatsanwaltschaft und alle anderen Beteiligten.

Februar 1994.
„Maxi?"
„Jaaa-ah. Ich bin's." Maximilian Krauther hängte Mantel und Hut an die Garderobe. Dann zog er die Schuhe aus und schlüpfte in seine flauschigen Lammfellpantoffeln. Seine Nase witterte

den Duft von Sauerbraten und selbstgemachten Spätzle, seiner Lieblingsspeise. Unverzüglich begann sein Magen zu knurren. Er lief den Flur entlang, richtete schnell seine Frisur vor dem Spiegel, nahm im Vorübergehen die zwei an ihn adressierten Briefe von der Anrichte, durchquerte das Wohnzimmer und ging in die Küche. „Guten Abend, Rosi. Herrlich, wie das duftet." Etwas ungelenk streichelte er seiner Frau Roswitha den Rücken, während er sie küßte.

Die Töchter des Hauses waren beim Ballettunterricht, und Roswitha Krauther hantierte in der Küche. Obwohl man es sich durchaus hätte leisten können, für den freien Tag des polnischen Hausmädchens jemand anderes einzustellen, bestand Roswitha darauf, wenigstens einmal die Woche ihren Maxi kulinarisch zu verwöhnen. Er hatte nichts dagegen. Der Sauerbraten, eine Spezialität aus der schwäbischen Heimat seiner Frau, war einfach zu köstlich.

Maximilian Krauther hob vorsichtig den Deckel des gußeisernen Topfes und sog genüßlich den Bratenduft ein. „Könntest du mir vielleicht mal zum Abschmecken den Löffel ..." Roswitha zeigte mit dem Kochlöffel energisch zur Tür, und ebenso energisch schüttelte sie den Kopf. Wie sie so in ihrer Küchenschürze dastand, fühlte Maximilian, wie eine unendlich große Zärtlichkeit sich seiner bemächtigte. Er liebte dieses allwöchentliche Ritual und verzog sich spielerisch schmollend ins Wohnzimmer, nicht ohne seiner Frau beim Verlassen der Küche einen kleinen Klaps auf den Hintern zu geben, dem sie kokett und gewollt vergeblich versuchte auszuweichen. Maximilian Krauther setzte sich in einen tiefen Ohrensessel in der Nähe des Kamins und öffnete den ersten der beiden Briefe.

Während des zweiten Nachschlags hatte er den Hosengürtel öffnen müssen. Mit einem Stück Weißbrot tunkte er die restliche Soße von seinem Teller. Roswitha sah ihrem Mann zu und lächelte in sich hinein. Erst nachdem der Teller so blitzblank sauber war, daß man ihn direkt unter Umgehung der Spülmaschine wieder in den Küchenschrank hätte stellen können, wischte er sich mit einer Serviette den Mund ab und sagte: „Schatz, das war der beste Sauerbraten meines Lebens."

„Das sagst du jedesmal."

Mit einem entwaffnenden Grinsen sah er seine Frau an. „Wenn es doch aber auch stimmt." Roswitha stand auf und trug das

Geschirr in die Küche. Der Abwasch konnte bis morgen warten, dann war das Hausmädchen wieder da.

Als sie wieder zurück war, füllte sie erneut die Rotweingläser und setzte sich zu ihrem Mann auf die Couch. „Du, sag mal, du weißt ja, wie ich mich immer so ängstige, aber du hast doch sicherlich auch die Zeitung gelesen ..."

Maximilian ahnte, was seine Frau bedrückte. „Ja natürlich. Du meinst bestimmt die Artikel über die Hausdurchsuchung bei der Dresdner Bank. Verdacht auf Beihilfe zur Steuerhinterziehung, oder?"

Roswitha Krauther entstammte einer betuchten schwäbischen Kaufmannsfamilie und hatte nicht unerhebliche Vermögenswerte mit in die Ehe gebracht. Nur ein kleiner Teil davon war Bargeld, das nach Einführung der Zinsabschlagsteuer auf Konten in Luxemburg vor dem Zugriff des Fiskus gut versteckt war. Ihr Mann hatte sie dazu überredet, und naheliegenderweise wurden dafür die dunklen Kanäle der KonTrast Bank genutzt. Sie selbst hätte dazu nie den Mut gehabt. Kein Wunder also, daß sie nach der Lektüre dieses Zeitungsartikels ein klein wenig durcheinander war. Hatte ihr Mann sie damals nicht ausdrücklich mit dem Argument überzeugt, die Steuerbehörde könne es sich gar nicht erlauben, eine Bank in der Größenordnung der KonTrast zu durchsuchen? Roswitha schmiegte sich an ihren Gatten und sagte: „Ja, warum machen die das?"

„Vielleicht hat da jemand aus der Belegschaft geplaudert; ich weiß es nicht. Auf jeden Fall brauchst du dir deswegen keine Sorgen zu machen." Maximilian streichelte seiner Frau über den Kopf und sah gedankenverloren zu dem kleinen Stapel Holzscheite neben dem Kamin. Er selbst hatte sich, was er natürlich seiner Frau gegenüber nie und nimmer zugeben würde, auch schon seine Gedanken über diese völlig unerwartete und aufsehenerregende Aktion der Steuerbehörde gemacht, schließlich war er ja von Vandenberg mit der Einrichtung der Luxemburger Schwarzgeldkonten beauftragt worden. Zum Glück gab es da noch den der Regierungspartei angehörenden Abgeordneten Rodenbacher, der bei der letzten Wahl den Sprung in den Bundestag geschafft hatte und noch immer auf der Gehaltsliste der KonTrast stand, für die er vorher als Leiter des Devisenhandels tätig gewesen war. Als Finanzberater des Kanzlers hatte er beste Kontakte. Den würde er morgen mal anrufen und sich erkundigen, ob vielleicht die KonTrast in absehbarer Zeit auch ...

Georg Dumas faltete den Frankfurter Generalanzeiger zusammen und legte ihn auf den freien Stuhl neben sich, auf dem schon sein Regenmantel lag. Es war der letzte Tag, an dem er krankgeschrieben war, und das erste Mal in dieser Zeit, daß er sich wieder im APO blicken ließ, und das auch nur, weil Zapatoblanco ihn nachmittags angerufen hatte. Viel lieber hätte er im Fernsehen die Berichterstattung über dieses in der Geschichte der Bundesrepublik bis dato einzigartige Vorgehen einer Steuerbehörde gegen ein Geldinstitut verfolgt, aber Zaptoblanco hatte er auch schon lange nicht mehr gesehen. Zutiefst bedauerte er, noch immer nicht hinter das Geheimnis seines Videorecorders gekommen zu sein; mit der komplizierten Aufnahmetechnik stand er auf Kriegsfuß. Dumas wertete es schon als Erfolg, wenn er ausgeliehene Kassetten zum Abspulen brachte. Er nippte kurz an seinem Bier und registrierte, daß sich die Kneipe während der letzten Viertelstunde gut gefüllt hatte. Alle Barhocker am Tresen waren besetzt. Auf einem saß der Hausbesitzer und Alt-Hippie, den er nicht leiden konnte, und stierte vor sich hin. Er war erst am Anfang seiner allabendlichen Kneipentour und es würde noch des einen oder anderen Bierchens oder Schnäpschens bedürfen, bis seine Zunge soweit gelockert war, daß er wieder mit seinen Kriegserlebnissen bei den achtundsechziger Studentenunruhen anderen Gästen auf die Nerven fallen würde.

„Zwei Köpis für die Herrschaffde." Chris fügte den jeweils drei Strichen auf den Bierdeckeln je einen neuen hinzu und schlurfte mit den leeren Gläsern von dannen.

„Wie findest du den Artikel" fragte Dumas vorsichtig, da er um Zapatoblancos Desinteresse bezüglich Wirtschaft und Politik wußte.

„Nun ja. Ganz nett geschrieben."

„Ist das alles?" Dumas war geradezu empört ob der Ignoranz seines Freundes.

„Was soll ich dazu sagen? Du weißt doch, wie mir der Scheiß auf den Keks geht." Zapatoblanco hatte sich auf einen netten Abend und vielleicht die eine oder andere Schachpartie gefreut, aber stattdessen wollte sich sein Freund partout über die aktuellen Tagesthemen mit ihm unterhalten.

„Ja aber, findest du das alles nicht geradezu sensationell?" versuchte Dumas es erneut.

„Ja schon, aber ich verstehe nicht, warum du dich so darüber ereiferst. Wenn es um die KonTrast gehen würde, könnte ich es ja noch verstehen. Aber so ..."

„Na ja, ich find's jedenfalls interessant", sagte Dumas leicht verstimmt.

„Glaub ich dir. Wann mußt du wieder malochen?" lenkte Zapatoblanco vom Thema ab.

„Montag."

„In einer anderen Abteilung, stimmt's?" Zapatoblanco hatte das Gefühl, seinen Freund verletzt zu haben und versuchte, es wieder gutzumachen.

„Ja. Ich bin auf die neuen Kollegen gespannt. Hoffentlich sind keine größeren Arschlöcher darunter. Mir kommt jetzt noch die Galle hoch, wenn ich an den Dregger bloß denke."

„Ich hoffe nur, du hast aus der Geschichte etwas gelernt. Wenn ich ehrlich sein soll, du bist in den letzten Wochen ganz schön gealtert", stellte Zapatoblanco fest.

„Ich weiß", meinte Dumas, dem dies auch schon aufgefallen war. „Ich werde mich in Zukunft nur noch um meinen eigenen Mist kümmern."

Zapatoblanco, der diese Worte aus seines Freundes Mund schon zu oft gehört hatte, konnte nicht anders, er mußte lächeln. „Wenn ich dich doch nur mal ernst nehmen könnte. Ach ja, der Rest des Abends geht auf mich."

„Wie komme ich zu der Ehre?"

„Geschäfte", meinte Zapatoblanco lapidar.

„Gute?" wollte Dumas wissen.

„Ausgezeichnete."

„Welcher Art, wenn man fragen darf?"

„Stereoanlagen. Im Großversand sozusagen. Brauchst du auch eine? Zwanzig Prozent des Neupreises – nur für dich."

Dumas schüttelte verneinend den Kopf und fingerte sich eine Gauloises aus der Packung.

Zapatoblanco stand auf. „Ich geh mal pinkeln und bestell uns bei der Gelegenheit Nachschub. Chris kommt ja heute überhaupt nicht in die Gänge. Ich werde das Gefühl nicht los, der will uns hier verdursten lassen."

Als er wieder zurück an den Tisch kam, hatte er das Schachbrett unter den Arm geklemmt, hielt in der rechten Hand eine

Flasche Hochprozentigen und in der linken zwei Schnapsgläser. „Das Bier kommt auch gleich."

Nachdem Zapatoblanco eingeschenkt und sich gesetzt hatte, lehnte er sich zurück und plazierte den rechten Fuß mit dem blankgewienerten weißen Cowboystiefel als Zeichen innerer Zufriedenheit auf die Tischkante.

Etliche Stunden später hatte Chris, nachdem die letzten Gäste gegangen waren, die Rolläden heruntergelassen und sich zu den zwei weiterhin unverdrossen schachspielenden Freunden an den Tisch gesetzt. Verzweifelt versuchte Dumas einen Ausweg aus der Bredouille, in die ihn Zapatoblancos Übermacht an Figuren, insbesondere an Offizieren, gebracht hatte. Immer wenn er glaubte einen genialen Zug entdeckt zu haben, verschwammen die Figuren vor seinen Augen, und er wußte nicht mehr, was Bauer und was Turm war. Kaum verwunderlich, wenn man berücksichtigt, daß die Flasche Chivas Regal bis auf einen kläglichen Rest leer war.

Zehn Tage waren vergangen. Seine neuen Kollegen in der Effektenkasse, wohin Dumas versetzt bzw. delegiert worden war, entsprachen haarklein dem Idealtypus eines deutschen Bankers. Die uniforme Bekleidung bestand aus einem grauen Anzug, blau-weißem Hemd und einer nicht allzu bunten Krawatte. Der Haarschnitt erweckte den Eindruck einer wöchentlichen professionellen Behandlung. Ihren Dienst versahen sie nach den vorgegebenen Richtlinien, und zum Lachen wären sie vermutlich in den Keller gegangen. Georg Dumas vermißte die Herzlichkeit einer Silke Büdinger und die sporadisch auftretende Unbeholfenheit eines Greg Jones mehr als er sich eingestand. Seine Arbeit in der neuen Abteilung bestand aus der Prüfung und Bearbeitung eingelieferter Wertpapiere. Er hatte die von den Filialen eingesandten Wertpapiere mit den Sendebegleitschreiben zu vergleichen. Für das Verstehen dieses Ablaufs benötigte selbst Dumas, der über keine bankfachspezifische Ausbildung verfügte, lediglich eine knappe halbe Stunde. Kurzum: eine Tätigkeit, die so aufregend war wie das Erscheinungsbild seiner neuen Kollegen.

Einreicher: KAK. Dumas stutzte und las es noch einmal. Anstatt des sonst namentlich aufgeführten Einlieferers der Wertpapiere stand das Kürzel KAK auf dem Begleitschreiben. Seine Neugierde siegte über die Routine, lediglich die Wertpapierkennnummer zu vergleichen. Er erhob sich, ging zu seinem Kollegen, der für die anschließende Buchung des Wertpapiere zuständig war, und erkundigte sich nach der Bedeutung von KAK. Erstaunt über die unerwartete Unterbrechung seines eingefahrenen Arbeitsab-laufs antwortete dieser: „KonTrast-Aufbau-Konto."

„Und was soll das sein?" fragte Dumas verwundert.

„Weiß ich nicht. Gehört nicht zu meiner Arbeit. Für mich ist nur wichtig, daß KAK-Einlieferer von den üblichen Gebühren befreit sind." Dumas setzte sich wieder, nahm einen tiefen Schluck aus seiner Kaffeetasse, überblickte den Stapel noch zu bearbeitender Papiere und wunderte sich darüber, daß anonymen Einlieferern besonders günstige Konditionen zugebilligt wurden. Er beschloß, die Begleitschreiben künftig sorgfältiger zu studieren.

Und tatsächlich tauchte im Laufe des Nachmittages das Kürzel KAK noch vier weitere Male auf. Besonders auffällig war, daß die entsprechenden Wertpapiere immer dem gleichen Depot gutgeschrieben wurden. Anhand der ersten drei Ziffern der Depotnummer war es für Dumas ersichtlich, daß dieses von der Luxemburger Zweigstelle der KonTrast Bank geführt wurde. Ebenso augenscheinlich war die Tatsache, daß die Beträge der Wertpapiere jeweils knapp unter der 20.000-DM-Grenze lagen, was die Bank nach Einführung des Geldwäschegesetzes am 1.11.1993 davor bewahrte, die Käufer der Wertpapiere der Steuerbehörde gegenüber der Geldwäsche zu bezichtigen.

Der vor mehr als zwei Wochen erschienene Artikel des Frankfurter Generalanzeigers über die Durchsuchung der Dresdner Bank auf Grund des Verdachtes der Beihilfe zur Steuerhinterziehung war Dumas noch frisch in Erinnerung. Mit den an diesem Nachmittag bei seiner eigenen Arbeit gemachten Entdeckungen fügte sich ein Bild über die Praxis des im Artikel geschilderten Verdachts zusammen.

Völlig klar wurde für Dumas die Sache am nächsten Tag, als er von verschiedenen Düsseldorfer Filialen eingereichte Wertpapiere mit dem KonTrast-Aufbau-Konto und einem gleichen Betrag hintereinander zu bearbeiten hatte. Ein Kunde hatte sich tatsächlich die Mühe gemacht, an ein und demselben Tag mehrere Male Wertpapiere für knapp zwanzigtausend Mark in unterschiedlichen Filialen zu kaufen. Dumas überlegte.

Tschipp! Zapatoblanco sah gebannt dem kleinen weißen Ball hinterher, bis er hinter dem Erdwall, der den Hart- von dem Rasenplatz des Sachsenhäuser Fußballvereins Taras trennte, verschwand und auf Nimmerwiedersehen im Unterholz des angrenzenden Stadtwaldes verschollen blieb. Der etwa siebzig Meter vom Abschlagpunkt entfernte Anstoßkreis des grünen Fußballfeldes war das anvisierte und weit verfehlte Ziel gewesen. „Nun ja, vielleicht ein bißchen viel Schwung", scherzte Zapatoblanco, „Was meinst du?" Mit übereinandergelegten Händen stützte er sich auf dem Golfschläger ab.

Dumas schloß theatralisch die Augen und machte einen tiefen Atemzug. „Paß obacht, ich erkläre es dir noch einmal. Beim Schwungholen kommt es zuallererst auf die Körperhaltung an. Alles andere ist erst mal unwichtig. Wenn du das kannst, kommt das andere ganz von alleine. Ich zeig's dir mal."

Dumas war gerade dabei, seine Füße parallel zueinander auszurichten, als er von seinem Freund unterbrochen wurde. „Aber warum denn? Du hast doch gesehen, daß der Ball traumhaft weit geflogen ist. Was brauch ich da Technik. So wie du abschlägst, müßte ich vorher noch ein paar Stunden klassischen Tanzunterricht nehmen. Lateinamerikanische Tänze oder so."

„Das würde dir auf alle Fälle nicht schaden. Du hast doch gesehen, wo dein Ball gelandet ist. Sollte mich wundern, wenn wir den je wiederfinden. So, und jetzt paß auf!." Dumas richtete seine Füße wieder aus, hielt den Schläger mit beiden Händen umklammert und schaute in Richtung des das Green symbolisierenden Anstoßkreises. Dann holte er mit dem Einser Holz in einer eleganten Bewegung Schwung, wobei sein rechter Fuß vorübergehend nur mit der Spitze den Boden berührte, ließ den Schläger abrupt und kreisförmig nach unten schnellen und fing den Elan, nachdem der Kreis vollendet war, über dem Kopf wieder ab. „Siehst du. So geht das. Du bist dran."

„Ohne Ball?"

„Genau. Ohne Ball. So lange, bis du's kannst", sagte Dumas, keine Widerrede duldend.

„Mein Gott, du bist ja schlimmer als meine Klavierlehrerin."

„Du hattest mal Klavierunterricht?" fragte Dumas erstaunt.

„Eine Stunde."

Widerwillig fügte sich Zapatoblanco seinem Schicksal. Zwanzig Minuten dauerte diese, immer wieder von belehrenden

Anweisungen unterbrochene Trockenübung. Am Ende hatte er sich standhaft geweigert, auf Dumas' Anregung hin die klobigen weißen Cowboystiefel auszuziehen, obwohl er dann viel, viel mehr Gefühl bei der so eminent wichtigen Beinarbeit haben würde. Als Antwort hatte Zapatoblanco nur verächtlich auf den Boden gespuckt. Das ganze Procedere nahm er sowieso nur der Freundschaft wegen in Kauf. Er war sich seines mangelnden Talentes bezüglich jedweder Art von Ballsport durchaus bewußt. Bei klarem Verstand hätte er sich auf so etwas nicht eingelassen, auch der viel zitierten Freundschaft wegen nicht, doch Dumas hatte ihn heute morgen um neun Uhr am Telefon quasi überrumpelt. Sir Winston Churchills No sports hatte Zapatoblanco zu seinem Credo gemacht.

„So, und jetzt mit Ball." Dumas legte die kleine weiße Kugel auf das blaßblaue Holz-T. Zapatoblanco stellte sich zurecht, holte in einer Art Schwung, als hätte Dumas' Einführung in die Schlagtechnik nie stattgefunden und drosch drauflos. Der Ball trudelte ein paar erbärmliche Zentimeter und blieb dann liegen. Das blaßblaue T fand Dumas einige Minuten später, zehn Meter seitlich zur Schlagrichtung versetzt, wieder.

„Okay. Lassen wir's für heute gut sein", meinte Dumas resigniert.

„Nichts dagegen einzuwenden. Außerdem ist mir kalt."

„Mir auch. Laß uns rüber ins Wald-Café gehen. Ein heißer Kaffee wird uns gut tun."

Dumas schlürfte geräuschvoll an seinem Kaffee, so daß am Nebentisch ein Pärchen im hohen Rentenalter sich genötigt fühlte, mißbilligende Blicke herüberzusenden. Die heiße Flüssigkeit weckte Dumas' Lebensgeister, hatte er doch in der letzten Nacht nur etwa drei Stunden geschlafen; erst in den frühen Morgenstunden war er in einen unruhigen Schlaf gefallen. Die im Laufe der letzten Woche gemachten Entdeckungen bei der KonTrast hatten seine Gedanken mächtig aufgewühlt. Dumas war gleichermaßen empört wie belustigt. Am meisten jedoch war er darüber erstaunt gewesen, daß man ausgerechnet ihn, den personifizierten Querulanten, an einen Arbeitsplatz mit Zugang zu derart brisanten Daten versetzte. War es Dummheit oder einfach nur die übliche Ignoranz der Macht, oder hielten sie gar ihre Mitarbeiter für so naiv, die Zusammenhänge nicht zu erkennen? Auf seine neuen

Kollegen mochte dies sogar zutreffen. Wie dem auch sei, er jedenfalls wußte, womit er seinen Arbeitsalltag in der nahen Zukunft interessanter gestalten würde. Einen guten Freund würde er dabei auch brauchen; eine schwere Bürde lastete auf seinen Schultern. Er wollte gerade damit herausrücken, doch Zapatoblanco kam ihm zuvor: „Dir drückt doch irgendwo der Schuh."

Dumas sah von der rosafarben geblümten Tischdecke auf. „Ja." Einen kurzen Augenblick später fügte er hinzu: „Ich weiß nur nicht, wo ich anfangen soll."

„Versuch's einfach mal mit dem Anfang."

Nach einer kurzen Phase der Einkehr fing Dumas an zu erzählen und sparte auch persönliche Empfindungen entgegen sonstiger Gewohnheit nicht aus. Als er zum Ende kam, stieß Zapatoblanco einen anerkennenden Pfiff aus, der wiederum den schon bekannten empörten Blick vom Nachbartisch zur Folge hatte. „Ich frage dich jetzt nicht, ob du weißt, was du da tun willst."

„Ich weiß es und werde es bis zum Ende durchziehen", sagte Dumas mit einer Festigkeit in der Stimme, die seinen Gefühlen widersprach, und hoffte, sich selbst zu überzeugen, indem er seinen Freund von der Richtigkeit seines beabsichtigten Handelns überzeugte.

„Du kennst meine Ansicht in solchen Dingen, aber wenn du das alles fertigbringst, was du dir vorgenommen hast, gebührt dir meine Hochachtung bis ans Ende meiner Tage", sagte Zapatoblanco pathetisch.

„Danke." Dumas war gerührt.

„Wenn du irgendwelche Hilfe brauchst, laß es mich wissen. Auch morgens um neun, so wie heute."

„Ich werde drauf zurückkommen." Endlich hatten sich Dumas' zwiespältige Gefühle verflüchtigt. Er spürte, wie sich die Verkrampfung der letzten Nacht löste und er müde wurde. Unendlich müde.

Ein halbes Jahr später. Georg Dumas sehnte die Mittagspause herbei. Der Vormittag war einer der ergiebigsten der letzten Monate gewesen. Insgesamt hatte er heute sechs Wertpapiere inklusive Begleitschreiben beiseite legen können, die er im Copy-Shop in der Bockenheimer Landstraße kopieren und am Abend zu Hause dann im Ordner abheften würde. Unter den gegebenen Umständen eine ganz beachtliche Sammlung. Je eine weitere Kopie war für Zapatoblanco bestimmt. Nicht, daß Dumas sich vor irgendwas fürchtete, aber er fühlte sich dann einfach besser. Es wäre ihm lieber gewesen, wenn er die Kopien im Hause der KonTrast hätte anfertigen können, aber das wäre zu auffällig gewesen, zumal der nächste Kopierer sechs Zimmer entfernt stand und bei seiner momentanen Tätigkeit gar kein Grund zum Kopieren bestand. Jemand hätte stutzig werden können, und das wollte er vermeiden. Nicht einmal seine ehemalige Kollegin Silke Büdinger hatte er eingeweiht. Als einzige Möglichkeit unauffälligen Handelns blieb also die Mittagspause. Er mußte nur dafür Sorge tragen, daß es seinen Kollegen verborgen blieb, wenn er die Papiere in seiner Aktentasche verschwinden ließ. Nach der Pause legte Dumas die Wertpapiere und Begleitschreiben einfach wieder auf den Stapel, den er am Nachmittag zu bearbeiten hatte. Zu seinem größten Bedauern gab es keine Möglichkeit, von den Wertpapieren, die am Nachmittag eingingen, Kopien herzustellen. Nach Hause konnte er sie ja schlecht mitnehmen. So blutete ihm jedesmal das Herz, wenn er das festverzinsliche Papier eines KAK-Einreichers in den Händen hielt, ohne es seiner Sammlung beifügen zu können.

Oft hatte Dumas das Gefühl, in einer besseren Gefängniszelle eingesperrt zu sein. Das winzigkleine Fenster konnte wegen dem Lärm der angrenzenden Großbaustelle nicht geöffnet werden und ließ nur soviel Licht hinein, daß, sofern nur ein Wölkchen den Himmel trübte, die schmucklosen Neonleuchten an der Decke eingeschaltet werden mußten. Anfangs hatte er versucht, sich mit seinen neuen Kollegen zu unterhalten, wurde aber immer abgeblockt. Natürlich hatte er dieses merkwürdige Verhalten auf seine Person bezogen, mit der Zeit aber festgestellt, daß dies dem üblichen Umgangston in der Effektenkasse entsprach. Hier ging man stur seiner Arbeit nach.

Dumas schaute auf seine Armbanduhr. Wie immer würde keiner seiner neuen Kollegen zum Essen in die Kantine gehen. Das Geraschel von Butterbrotpapier erfüllte den Raum. Dumas stand auf, ging um seinen Schreibtisch herum und stellte sich davor, so daß die Sicht für die anderen Kollegen versperrt war. Mit einer schnellen Bewegung schob er die Wertpapiere und Begleitschreiben in seine Aktentasche. Dann drehte er sich um, wünschte allseits guten Appetit und verließ das Zimmer. Niemand fand es merkwürdig, daß er seine Aktentasche mitnahm.

Beim Kopieren ging wie immer alles gut und die verbliebene Viertelstunde verbrachte er mit Silke und Greg Jones in der Kantine. Darauf hatte er sich den ganzen Vormittag am meisten gefreut.

„Das gehört nicht zu Ihren Aufgaben. Kümmern Sie sich also nicht darum", meinte Samuel Kleinschmidt und las weiter in der FAZ. Damit gab er Dumas unmißverständlich zu verstehen, daß das Gespräch für ihn beendet war.

Kümmern Sie sich also nicht darum. Diese oder eine ähnliche Aussage hatte Dumas nicht nur erwartet, nein, er hatte sie geradezu erhofft. Jetzt konnte er endlich wahrmachen, wovon er das letzte Jahr unzählige Male geträumt hatte. Ein Jahr war seit seiner Versetzung vergangen. Der Weg zur Staatsanwaltschaft war frei von moralischen Bedenken, frei von Skrupeln, die ihn von Zeit zu Zeit befallen hatten. Kümmern Sie sich also nicht darum. Und wie ich mich darum kümmern werde, dachte Dumas voller Ingrimm. Loyalität seinem Arbeitgeber gegenüber existierte nicht mehr. Vor knapp zwei Minuten hatte er Kleinschmidt mit den illegalen Machenschaften, die er teilweise heimlich dokumentiert hatte, konfrontiert und sein Vorgesetzter hatte reagiert, wie er es vorausgesehen hatte. Dabei hätte es Dumas bewenden lassen können, doch irgendetwas in ihm gab sich damit nicht zufrieden. Er wollte austesten, wie weit die Ignoranz, oder die Überheblichkeit seiner Vorgesetzten eigentlich gehen würde, wollte wissen, wo sie vielleicht anfangen würden, ihr Verhalten zu überdenken oder in Frage zu stellen. Dumas nahm seinen ganzen Mut zusammen und sagte mit zittriger Stimme: „Sie wissen, daß das, was hier gemacht wird, nicht legal ist. Ich werde morgen zur Staatsanwaltschaft gehen und Anzeige erstatten. Wenn Sie das verhindern möchten, erscheinen Sie morgen in Begleitung eines Vorstandsmitglieds – wer, ist mir egal – um zehn Uhr vor dem Gebäude der Staatsanwaltschaft. Wir können dann noch mal über alles reden. Ich werde zehn Minuten auf Sie warten. Danach gehe ich hinein und erstatte Anzeige."

Kleinschmidt sah nur kurz von der Zeitung auf. Dann blätterte er um und las weiter. Dumas räusperte sich und ging rückwärts zur Tür. Er war von der stoischen Ruhe seines Vorgesetzten fasziniert. Als er die Türklinke im Rücken spürte, drehte er sich um und ging hinaus. Dumas gab sich Mühe, die Tür so leise wie möglich zu schließen. Seine Hände zitterten vor Wut. Oder war es Angst? Mit Schaudern dachte er daran, was alles noch auf ihn zukommen würde. Der Gedanke, daß morgen um dieselbe Zeit das Schlimmste schon ausgestanden sein würde, stimmte ihn zuversichtlich. Ihm ging es wie den meisten Menschen, die ein flaues Gefühl im Magen haben, wenn sie es mit der Polizei oder der Justiz zu tun bekamen. Während Dumas zu seiner alten Abteilung ging, überlegte er sich, wie Kleinschmidt nun handeln würde, ob er tatsächlich den Vorstand informieren würde und, vorausgesetzt, er hatte ihn überhaupt ernst genommen, morgen mit einem Vorstandsmitglied vor der Staatsanwaltschaft erscheinen würde. Dumas versuchte, sich in die Position Kleinschmidts zu versetzen, aber auch das half ihm nicht weiter, zu unterschiedlich waren ihre Charaktere.

Dumas trat ein und ging direkt auf Silke Büdinger zu, die heute ein modisch geschnittenes rotes Etui-Kleid trug. Er grüßte seine alten Kollegen. „Hallo. Sag mal, hast du nach der Arbeit ein halbes Stündchen Zeit?"

Silke bedachte Dumas mit einem Lächeln. „Klar. Hab ich. Wo wollen wir hin?" Dumas hatte sich darüber noch keine Gedanken gemacht und als ihm auf die Schnelle nichts einfiel, zuckte er bloß mit den Schultern.

„Dann laß uns auf die Freßgaß gehen. Wir werden da schon was finden", sagte Silke.

„Okay. Halb fünf?"

„Ja, warte auf mich im Foyer."

So einfach, wie sie es sich vorgestellt hatten, war es dann doch nicht. Die meisten der Cafés und Kneipen mit angenehmer Atmosphäre waren wegen immer teurerer Mieten im Laufe des letzten Jahrzehnts verschwunden. Sie hatten ihren Platz für zahlungskräftigere Boutiquen, Parfümerien und Restaurantketten räumen müssen. In einer Seitenstraße fand man schließlich im Café Übermut einen freien Tisch. Nachdem Dumas Silkes und seinen eigenen Mantel an der Garderobe aufgehängt hatte, setzte er sich. Silke studierte die Karte. Dumas schaute sich um. Zu seiner Beruhigung war niemand von der KonTrast da, zumindest niemand, den er kannte. Die Bedienung, eine langbeinige Blondine Mitte zwanzig, kam an den Tisch. „Was darf's sein?"

„Für mich einen Kaffee, bitte", sagte Silke.

Dumas hatte noch keinen Blick auf die Karte geworfen und bestellte sich der Einfachheit halber das gleiche. Als die Bedienung außer Hörweite war, kam er ohne Umschweife zum Thema. Er schaute sich nochmals um. Dann beugte er sich vor und flüsterte so leise, daß Silke Mühe hatte, ihn zu verstehen. „Morgen werde ich gegen Verantwortliche der KonTrast Anzeige erstatten."

Silke glaubte, schlecht gehört zu haben und Dumas mußte es wiederholen. Die Bedienung brachte den Kaffee und beschwerte mit dem Zuckerstreuer den Kassenbon. Dann ging sie zwei Tische weiter zum Abkassieren. Silke schaute Dumas an und fragte sich, ob er vielleicht einen Schabernack mit ihr treiben wolle. Aber Dumas blieb ernst und steckte sich eine Gauloises an. Seine Hände zitterten noch immer ein wenig. Silke strich sich eine widerspenstige Haarsträhne aus dem Gesicht. „Wen willst du anzeigen und warum?"

„Die Verantwortlichen unserer Bank wegen Beihilfe zur Steuerhinterziehung", sagte Dumas voller Stolz und registrierte mit Genugtuung das ungläubige Staunen im Gesicht seiner Kollegin.

„Ich verstehe überhaupt nichts", sagte Silke, als sie die Sprache wiedergefunden hatte. Dumas klopfte die Asche von seiner Zigarette und begann zu erzählen. Er versuchte, so sachlich wie möglich zu bleiben, aber allein an seiner Wortwahl war ersichtlich, wie erhaben er sich vorkam, wie stolz, es endlich seinen Vorgesetzten, von denen er sich jahrelang betrogen fühlte, heimzahlen zu können. Ganz besonders hob er hervor, unter welchen Schwierigkeiten und Gefahren er die Wertpapiere samt Begleitschreiben kopiert hatte.

Silke war den Erzählungen Dumas' aufmerksam gefolgt und versuchte nun, die Tragweite des Ganzen zu erfassen. Mehrmals setzte sie zum Sprechen an, brach aber jedesmal wieder ab, weil ihr ein weiterer ungeheuerlicher Aspekt eingefallen war. Mit dem linken Zeigefinger strich sie gedankenverloren über ihre Unterlippe. Dumas ließ ihr Zeit und bestellte derweil noch zwei Kaffee.

„Gib mir mal bitte eine von deinen Zigaretten", sagte Silke schließlich.

Dumas grinste, reichte ihr die Packung und gab ihr Feuer. „Es gibt keine andere Möglichkeit. Nicht für mich. Nicht nach dem, was diese Arschlöcher alles mit mir angestellt haben", kam er der

Frage Silkes zuvor. Dumas spürte, wie die Wut wieder in ihm hochkroch; dieselbe Wut, die er oft mit der Erinnerung an die Demütigungen, die er einstecken mußte, künstlich produzierte, um das, was er im Begriff war zu tun, vor sich selbst zu rechtfertigen.

„Aber der Betriebsrat ... der hätte dir doch bestimmt weiterhelfen können", versuchte Silke einen Schlichtungsversuch, obwohl sie wußte, daß sich ihr Kollege von einem einmal gefaßten Entschluß nicht mehr abbringen lassen würde.

„Nein Silke, das glaubst du doch selbst nicht. Versuch dir doch mal vorzustellen, was passiert wäre, wenn ich tatsächlich zum Betriebsrat gegangen wäre." Da Silke daraufhin nichts sagte, fuhr Dumas fort: „Ich will's dir sagen: Irgendein hohes Tier vom Betriebsrat wäre zu irgendeinem Vorstandsmitglied gegangen und hätte ihm geflüstert, daß es da einen unbedeutenden Sachbearbeiter gibt, dem es nicht paßt, was in unserer Bank so alles abläuft, der sich sogar sehr, sehr unwohl fühlt, wenn er bei seiner Arbeit reichen Fuzzies zur Steuerflucht verhilft. Mit an Sicherheit grenzender Wahrscheinlichkeit hätte dann besagtes Vorstandsmitglied alle nur erdenklichen Hebel in Bewegung gesetzt, um es diesem kleinen Sachbearbeiter recht zu machen. Weiterhin hätte er dann an die vielen reichen Fuzzies einen netten Brief geschrieben, daß es ihm leid täte, aber sie müßten ihre vielen Millionen leider wieder zurücknehmen, da die KonTrast sich aus moralischen Gründen außerstande sieht, der Beihilfe zur Steuerhinterziehung Vorschub zu leisten. So, glaubst du das allen Ernstes?"

Silke schüttelte den Kopf und sagte zaghaft: „Nein."

„Na also. Nebenbei gesagt, du bist die einzige von der KonTrast, die davon weiß."

Trotz der ganzen Unordnung in ihren Gedanken, fühlte sich Silke geschmeichelt. Sie sah Dumas an, wie er sich erneut eine Zigarette ansteckte, und zum ersten Mal bemerkte sie das Zittern seiner Hände. „Du rauchst wieder mehr. Hast du Angst?"

Für Dumas kam diese Frage unerwartet. „Nein. Ja, natürlich habe ich Angst." Er lehnte sich zurück und fuhr sich mit der Hand über die kahle Kopfhaut. „Was denkst du denn!"

„Hätte ich an deiner Stelle auch. Glaubst du, die könnten, die würden dir ...?"

„Wovor hättest du denn Angst?" fragte Dumas.

„Ich ..." Silke fiel nichts Konkretes ein, aber ein unbestimmtes Gefühl jagte ihr eine Gänsehaut über den Rücken.

„Siehst du, genau davor habe ich auch Angst. Aber vorerst wissen die ja von nichts und die Staatsanwaltschaft wird sicher auch noch eine Weile brauchen, bis sie was unternehmen wird. Du darfst also niemandem, nicht mal deinem Freund oder Greg Jones, etwas davon erzählen. Bitte versprich es mir."

„Klar. Ich verspreche es dir. Ich bin doch nicht bescheuert. Außerdem habe ich keinen Freund mehr."

„Wie? Seit wann? Ihr wart doch eine Ewigkeit zusammen."

„Zehn Jahre, um genau zu sein. Es hat schon seit einiger Zeit gekriselt. Konny war immer so eifersüchtig auf andere Männer, obwohl ich nie etwas mit einem anderen hatte. Na ja, und auf Dauer geht sowas halt nicht gut, verstehst du. Übermorgen ziehe ich um. Hab eine kleine Wohnung in der ..." Silke konnte nicht mehr. Mit der Serviette tupfte sie sich ein paar kleine Tränen ab.

Dumas versetzte es einen Stich im Herzen, aber andererseits war er recht froh über diese Ablenkung." Ähem. Wenn du Hilfe brauchst ... Ich meine beim Umzug ... Ich hab am Freitag frei und noch nichts vor."

„Danke. Ich weiß nicht ..."

„Wird schon wieder. Übrigens, kennst du Zapatoblanco?"

Silke hatte sich wieder gefangen. „Ja, du hast ihn ein paarmal erwähnt. Das ist doch der, mit dem du abends immer einen trinken warst, wenn du am nächsten Morgen wie ein käseweißer alter Putzlappen im Büro erschienen bist."

„Genau der." Dumas schmunzelte. „Er ist übrigens der einzige, der außer dir noch in die Geschichte eingeweiht ist. Willst du ihn kennenlernen?"

Silke, der jede Ablenkung von ihrem Trennungsschmerz willkommen war, stimmte sofort zu. Dumas zahlte die Rechnung. Dann gingen sie zur Hauptwache, nahmen die U-Bahn zum Schweizer Platz und liefen die restlichen sechshundert Meter durch den einsetzenden Nieselregen zum APO.

Silke hatte sich gerade verabschiedet und Zapatoblanco, der heute seine braune Wildlederjacke mit dekorativen Fransen trug, blickte immer noch zur Tür. „Heißer Ofen", murmelte er vor sich hin.

„Paß uff, daß sich daa Stielauche net selbständisch mache." Wie durch einen Nebel drangen die Worte an Zapatoblancos Ohr. Es war Sonrisa, die die Getränke brachte. „Außerdem is des

Mädsche viel zu jung för disch ahle Knacker. So, en Schoppe för de Tschacomo Casanova un en Kaffee för de Schorsch." Mühsam bahnte sich Sonrisa einen Weg zurück zum Tresen. Das Lokal war brechend voll und auch Chris hatte an der Zapfanlage alle Hände voll zu tun. Es war kurz nach Mitternacht und noch immer kamen vereinzelt Gäste herein. Unaufdringliche Jazz-Musik sorgte für eine angenehme Atmosphäre.

„Wie fühlst du dich? Willst du nicht mal ein Bier oder sowas trinken?" fragte Zapatoblanco.

„Nein. Vielleicht später. Ich will morgen einen nüchternen Eindruck machen." Dumas steckte sich eine Zigarette an, obwohl er die letzte erst vor fünf Minuten ausgedrückt hatte. Beim ersten Zug bekam er einen Hustenanfall. Zapatoblanco klopfte ihm auf die Schulter.

„Soll ich morgen nicht doch mitkommen? Du weißt, ich hätte Zeit."

„Nein, laß mal. Nichts für ungut, aber mit deinem Outfit strömst du nicht gerade übermäßig viel Seriosität aus und ich will morgen ausnahmsweise mal ernst genommen werden."

Zapatoblanco schmollte. „Dann halt nicht."

Die Unterhaltung zwischen den beiden Freunden schleppte sich dahin. Zapatoblanco versuchte, die Erscheinung Silkes aus seinem Gedächnis zu verbannen und Dumas die Gedanken an den morgigen Tag. Es war Zapatoblanco, der den Vorschlag machte: „Hör mal, Schorschi. Du kannst doch heute Nacht sowieso kaum schlafen. Laß uns zu mir gehen und uns noch einen Film anschauen. Ich hab einen astreinen Italo-Western mit Clint Eastwood auf Kassette. Du könntest dann auf dem Sofa schlafen. Hast du Lust?"

„Geht nicht. Die Ordner für den Staatsanwalt sind noch bei mir."

„Na und? Du hast den Jungs von der KonTrast doch zehn Uhr als Termin genannt. Bliebe also noch genügend Zeit, vorher nach Hause zu fahren und die Unterlagen zu holen."

„Hmm." Dumas spielte mit einem Zahnstocher. „Ich glaube, das ist eine gute Idee. Hast du Gin zu Hause?"

„Das einzig Wertvolle ist meine gut bestückte Hausbar. Du warst noch nie bei mir, stimmt's?"

„Du auch noch nicht bei mir."

„Dann fangen wir doch damit an. Ich zahle", sagte

Zapatoblanco.

Zwei Minuten später verließen sie das APO und hielten in der Wallstraße ein Taxi an.

Zapatoblanco hatte fast nicht gelogen. Das einzig Wertvolle neben der Hausbar war eine imposante Stereoanlage mit vier Boxen in dem 50 qm großen Wohnzimmer. Die dominierende Farbe war weiß. Fensterrahmen, Wände, Fußbodenleisten und selbst der Parkettboden waren weiß gestrichen. Dem Geruch nach zu urteilen, war hier erst kürzlich renoviert worden. Das Sofa stand quer zum Fenster und etwa drei Meter davor waren auf Weinkisten Fernseher und Videorecorder plaziert. Einen Schrank gab es nicht. An einer Seite lagen zwei Wäschehaufen. Rechts ist die dreckige Wäsche und links die frische aus dem Waschsalon, hatte Zapatoblanco erklärt, als er Dumas mißbilligenden Blick bemerkte. Links von der Tür lag in einer Ecke eine große Matratze mit schwarzer Bettwäsche. „Tja, die neuen Möbel kommen erst nächste Woche, die alten sind auf'm Sperrmüll gelandet. Ich konnte sie einfach nicht mehr sehen. Fühl dich trotzdem wie zu Hause. Ich geh mal kurz in die Küche zwei Gläser spülen."

Dumas ging zum Sofa. Da es keinen Flur gab und auch nirgends ein Kleiderständer zu sehen war, legte er seinen Mantel über die Lehne.

Ein paar Wassertropfen perlten an den beiden Gläsern herab, die Zapatoblanco auf eine weitere Weinkiste, die als Tisch diente, abstellte. „Mein Geschirrtuch befindet sich leider auf dem Berg mit der dreckigen Wäsche", erklärte er. „Hoffe, es geht auch so." Großzügig schenkte er ein. Dann kniete er sich auf den Boden und begann in einem Stapel Kassetten nach der richtigen zu suchen. „Hab sie schon", sagte er nach einer Weile und schob sie sogleich in den Videorecorder. Zapatoblanco setzte sich zu Dumas aufs Sofa, betätigte die Fernbedienung, nahm sein Glas und prostete seinem Freund zu: „Auf die Gerechtigkeit – die heutige und die damalige." Ein dramatisch-melancholisches Panflötensolo erklang zu dem Vorspann. Auf dem Bildschirm erschien Clint Eastwoods zerfurchtes Gesicht in Nahaufnahme. Der unvermeidliche Cigarrillostummel steckte im Mundwinkel.

Georg Dumas hatte lediglich drei Stunden geschlafen, als er am Morgen aufwachte. Trotz der genossenen Alkoholmenge brauchte er kaum eine Sekunde, um sich an die gestrigen Ereignisse zu erinnern. Zapatoblanco lag laut schnarchend rücklings auf der Couch. Dumas hätte gerne mit ihm getauscht, zumindest am heutigen Tag. Stattdessen zog er sich leise an. Er überlegte, ob er sich noch einen Kaffee kochen sollte, entschied sich aber wegen der damit verbundenen Spülaktion dagegen, obwohl noch genügend Zeit gewesen wäre. Er suchte seine Rauchutensilien zusammen und ging.

Neun Uhr. Georg Dumas hatte noch eine Stunde Zeit, bis sich die Dinge entscheiden würden – so oder so. Insgeheim hoffte er natürlich, daß niemand von der KonTrast erscheinen und das Unvermeidliche seinen Lauf nehmen würde. Darauf hatte er sich schließlich seit einem Jahr gründlich vorbereitet. Er öffnete seinen Aktenkoffer und nahm das Frikadellenbrötchen heraus, das er beim Metzger in der B-Ebene der Konstabler Wache gekauft hatte. Das Papier warf er treffsicher in den zwei Meter entfernten Papierkorb. Er saß auf dem der Pförtnerloge am weitesten entfernten Platz der an der Wand befestigten malvenfarbigen Plastikstuhlreihe. Keine der ein- oder ausgehenden Personen schenkte ihm Beachtung. Dumas jedoch hatte das Gefühl, von jedermann beobachtet zu werden. Er sagte sich, daß es gar nicht so unwahrscheinlich wäre, wenn ein Vertreter der KonTrast sich hier im Vestibül der Frankfurter Staatsanwaltschaft von den ernsten Absichten ihres Mitarbeiters überzeugen würde. Weiterhin malte er sich aus, wie ein Killerkommando durch die Tür stürmte, ihn mit mehreren MP-Salven niederstreckte und mit seinem Aktenkoffer, in dem das Beweismaterial gegen die KonTrast steckte, so schnell wie sie gekommen waren, wieder verschwanden. Dumas hielt es nicht länger aus und ging brötchenkauend hinaus.

Obwohl die Sonne sich nicht blicken ließ, war es für Ende Februar erfreulich mild. Dumas hatte beschlossen, noch ein wenig durch die Gegend zu laufen, um seinen klaustrophobischen Zuständen entgegenzuwirken. Gleich hinter dem Torbogen des Gerichtsgebäudes C, schon auf der Kurt-Schumacher-Straße, fesselten ihn die überdimensionalen Lettern, die an der fensterlosen Wand prangten: Die Würde des Menschen ist unantastbar. Er glaubte sich erinnern zu können, daß vor langer Zeit im Zuge irgendwelcher Proteste oder politischer Unruhen ein Witzbold die Würde dieses Schriftzuges entwendet und in einem der umliegenden Gewässer versenkt hatte, wo es zu einem späteren Zeitpunkt wiedergefunden wurde. Bei welcher Gelegenheit das genau war, wußte Dumas nicht mehr, nur, daß die Presse davon in belustigender Manier berichtet hatte. Er setzte seinen Weg fort, irgendwie beruhigter als vorher. So abgedroschen und praxisfern dieses Gebot des Grundgesetzes in der heutigen Gesellschaft auch war, auf ihn hatte „Die Würde des Menschen ist unantastbar" eine besänftigende Wirkung.

Je länger er umherschlenderte, desto mehr festigte sich sein Selbstvertrauen. Ja, Dumas war jetzt sogar innerlich von der Richtigkeit dessen, was er tat, überzeugt. Eine Anzeige gegen den eigenen Arbeitgeber ist, so sehr man sich auch vom Gegenteil zu überzeugen versucht, unter anderem auch immer eine Frage der Loyalität. Vor einem Uhrengeschäft blieb er stehen und besah sich die Schaufensterauslage. Eine Armbanduhr mit einem die Erdkugel darstellenden Zifferblatt hatte es ihm besonders angetan. Dumas beschloß, sie sich, nachdem er die Anzeige erstattet haben würde, zu kaufen. Als Belohnung.

Zehn vor zehn stand Georg Dumas wieder unter dem Torbogen des Gerichtsgebäudes und wartete. Keiner seiner Vorgesetzten war zu sehen. Er ging davon aus, daß auch niemand mehr erscheinen würde, denn falls sie seine Drohung tatsächlich ernst genommen hätten, würden sie sich schon längst mit ihm in Verbindung gesetzt haben. Aber niemand war da, und daran änderte sich auch die restlichen zehn Minuten bis zum Ablauf des Ultimatums nichts. Dumas schnippte seine Zigarette filmreif auf den Gehweg und ging hinein. Seinen Aktenkoffer hielt er fest in der Hand.

„Guten Morgen, mein Name ist Dumas. Ich würde gerne eine Anzeige erstatten."

„Die Tür genau gegenüber", sagte die Dame in der Portiersloge, nur kurz von ihrer Häkelarbeit aufblickend. Dumas schätzte sie auf Anfang Zwanzig und zu seiner Überraschung trug sie Jeans und einen hellen Pulli statt Uniform.

Dumas klopfte und trat ein. „Guten Morgen, mein Name ist Dumas. Ich würde gerne eine Anzeige erstatten", wiederholte er seinen Spruch. Er stand vor einem großen Tisch in einem hell erleuchteten Raum. Viele Topfpflanzen dekorierten das Zimmer und er fand es hier viel gemütlicher als in seinem Büro bei der KonTrast.

Eine Dame, schlicht gekleidet und einen Kopf größer als er selbst, deutete mit der Hand auf einen Stuhl und sagte: „Setzen

Sie sich doch bitte." Dann schob sie ihm ein Formular zu. „Füllen Sie das bitte aus." Ihre Kollegin saß im rückwärtigen Teil des Raumes und sortierte Unterlagen.

Dumas suchte in der Innentasche seines Mantels nach einem Kugelschreiber, brach jedoch ab, als ihm die Dame einen unter die Nase hielt. „Äh, danke", sagte er leicht irritiert, denn das ganze Prozedere erinnerte ihn an seine Schulzeit. Dann begann Dumas das Formular auszufüllen. Name, Anschrift, Anschrift des Beschuldigten, Grund der Anzeige. Bei Letzterem zögerte Dumas, denn auf die Schnelle fiel ihm keine passende Formulierung ein. Er dachte kurz nach, dann schrieb er: Beihilfe zur Steuerhinterziehung und Verstoß gegen das Geldwäschegesetz. Mit der gleichen schwungvollen Geste wie es Staatsmänner zu tun pflegen, wenn sie Kamerateams um sich wußten, unterzeichnete er und wußte sogleich, daß es die folgenschwerste Unterschrift seines Lebens sein würde.

Schnell überflog die Dame die Anzeige. Dumas glaubte zu bemerken, wie sie die Begründung ein zweites Mal durchlas. Dabei spitzte sie die Lippen, als ob sie gleich einen anerkennenden Pfiff ausstoßen würde, aber nichts dergleichen geschah. Nüchtern und fast schon gelangweilt fragte sie: „Können Sie das beweisen?"

„Ja." Euphorisch nahm Dumas seinen Aktenkoffer vom Fußboden, legte ihn auf den Tisch und öffnete ihn. „Sie müssen wissen, ich arbeite bei der KonTrast und sammle schon seit einem Jahr Beweise." Die Dame nickte, als sei dies etwas Alltägliches. Nachdem Dumas die Aktenordner mit dem seinen Arbeitgeber belastenden Material herausgeholt und sie der Dame zugeschoben hatte, als würde er sich die Finger verbrennen, wenn die Ordner auch nur eine Minute länger in seinem Besitz wären, fühlte er sich unsäglich erleichtert. „Die Belege sind natürlich erklärungsbedürftig", fügte er schnell hinzu.

„Kann ich mir denken. Steuerhinterziehung wird fast immer verschleiert, mehr oder weniger, und je nach Talent oder Ängstlichkeit des Delinquenten." Sie blätterte ein wenig in den Unterlagen herum. „Können wir das behalten, oder brauchen Sie das noch?"

„Natürlich, das ist für Sie." Ein vages Gefühl, nunmehr keinem Fremden mehr zu trauen, ließ ihn hinzufügen: „Ich hab davon sowieso noch Kopien angefertigt."

„Scheint ja ein brisanter Fall zu sein. Na ja, das wär's dann wohl erst mal. Wir werden alles an die zuständige Abteilung weiterleiten."

Damit schien für Dumas die Angelegenheit vorerst erledigt zu sein. Noch nie hatte Dumas eine Anzeige erstattet. Jetzt, da er es hinter sich hatte, kam er sich vor wie jemand, der seinen Nachbarn angezeigt hatte, weil dessen Köter zum wiederholten Mal gegen seine Garagentür gepinkelt hatte. Alles machte den Eindruck gelangweilter Routine. Er erhob sich und reichte der Dame die Hand. „Wie heißen Sie eigentlich?"

„Steht hier drauf." Sie deutete auf ein kleines Plastikschild an ihrer Bluse. „Stoltze."

„Äh, 'tschuldigung. Na, dann geh ich wohl mal." Dumas reichte ihr die Hand. Ihr kräftiger Händedruck paßte zu ihrer imposanten Erscheinung.

„Sie hören von uns. Vielen Dank auch noch."

Fast hätte er vergessen, sich eine Zigarette anzuzünden, so sehr war er in Gedanken. Dumas hatte fest damit gerechnet, mindestens den halben Vormittag bei der Staatsanwaltschaft verbringen zu müssen, und nun war er nach zwanzig Minuten schon wieder draußen. Er entschied sich gegen die Straßenbahn und beschloß, das schöne Wetter zu nutzen und nach Hause zu laufen. Die Würde des Menschen ist unantastbar ließ er diesmal unbeachtet. Auch hatte er die schmucke Armbanduhr, mit der er sich belohnen wollte, vergessen.

Wieder zu Hause, schlürfte Dumas an seinem Kaffee, den er nicht so stark gemacht hatte, denn er wollte noch ein paar Stunden Schlaf nachholen und blätterte in seinem Fotoalbum. Zum ersten Mal bereute er es, so wenig fotografiert zu haben. Ein ganzes Leben auf knapp hundert Schnappschüssen kam ihm irgendwie erbärmlich vor. Das Hochzeitsfoto. Seine Eltern. Sein erstes Auto, ein brauner VW-Brezel-Käfer. Und dann, das erste Farbfoto, Urlaub in Italien, Rimini. Die Farben matt mit einem dezenten Gelbschleier, aber eine bessere Qualität bekam man damals selten.

Als er das Album zuschlug, war ihm, als sei sein Leben in zwei Kapitel unterteilt. Das erste hatte heute morgen um zehn Uhr geendet. Was das zweite bringen würde, stand in den Sternen. Mit einem dumpfen Gefühl in der Magengegend legte er sich schlafen.

Die ersten Tage nach seinem Besuch bei der Staatsanwaltschaft litt Dumas verstärkt unter Verfolgungswahn. Jeder Blick, der ihm zugeworfen wurde, schien Verachtung über sein verräterisches Tun auszudrücken und in beinahe jeder Geste seiner Kollegen lag scheinbar etwas Abfälliges. Silke, die einzige, die eingeweiht war, sah er nur in der Mittagspause, und dann vermieden sie es tunlichst, dieses Thema zu erwähnen, denn immer waren auch noch andere Kollegen anwesend.

Es war zwei Wochen später, seine Paranoia hatte sich weitgehend gelegt, als Dumas in seinem Briefkasten eine Vorladung der Frankfurter Staatsanwaltschaft vorfand. Sie war auf kommenden Mittwoch terminiert, also mußte sich Dumas wieder einen halben Tag freinehmen.

Große Friedberger Straße 23-27. Von außen deutete nichts auf eine Behörde hin. Die ersten beiden Etagen nahm das Möbelhaus Helberger ein. Die Fläche zwischen den darüberliegenden sechs Stockwerken war türkisfarben gekachelt. In den oberen Fenstern spiegelte sich der hellblaue Himmel und in den unteren das gegenüberliegende Gebäude. Georg Dumas passierte das hessische Bundeswappen an der Eingangstür. Darunter stand in großen schwarzen Buchstaben: Staatsanwaltschaft bei dem Landgericht. Laut Wegweiser lagen die Abteilungen für Wirtschaftsstrafsachen in den Obergeschossen zwei bis fünf.

Er wurde von einem Herrn Reimann empfangen, dessen Erscheinungsbild ganz und gar nicht dem eines deutschen Beamten entsprach. Die blonden Haare waren hinten modisch kurz geschnitten und oben und seitlich nach hinten gekämmt. Seine Stimme war sanft und Dumas hatte von Anfang an das Gefühl, wegen einer familiären Angelegenheit vorzusprechen. Kaffee wurde gereicht. Dann holte Reimann die Unterlagen, die Dumas vor gut zwei Wochen der Staatsanwaltschaft überlassen hatte. Dumas mußte ihm die Zusammenhänge zwischen KAK-Einreichern, Depot und der Luxemburger Filiale der KonTrast erklären. An den Fragen, die Reimann stellte, erkannte Dumas dessen Fachwissen. Herr Reimann selbst hatte die hellste Freude an der vermeintlichen Leichtigkeit der Beweisführung. Man merkte ihm den Spaß an der Arbeit an. Nein, wahrhaftig kein Vertreter typisch deutscher Beamtenträgheit, dachte Dumas.

Zwei Stunden später verabschiedeten sie sich höflich voneinander. „Ich bin mir ziemlich sicher, wir haben genügend

Beweismaterial, um eine Hausdurchsuchung genehmigt zu bekommen. Leider bin nicht ich es, der dies zu entscheiden hat. Doch ich bin zuversichtlich. Wir setzen uns dann wieder mit Ihnen in Verbindung."

Nachdem Dumas die Tür hinter sich geschlossen hatte, waren all seine Ängste und Bedenken wie weggeblasen. Auf direktem Wege ging er zur KonTrast; er hatte ja noch ein paar Stunden Arbeit vor sich. Mit Silke verabredete er sich für den Abend im APO.

Sonrisa war in der Küche mit der Zubereitung einer Kartoffelpizza mit kleinem Beilagensalat beschäftigt. Chris stand hinter dem Tresen und sortierte auf Bierdeckeln gekritzelte unbezahlte Zechen. Kurz bevor Dumas seine Wohnung verlassen hatte, hatte Silke ihn angerufen und ihm mitgeteilt, daß es bei ihr später werden könne. Sie hatte dabei etwas von einem Treffen mit ihrem Ex-Freund gemurmelt.

„Wenn all die Deckel heut bezahlt wern wörde, könnt isch morje för a paar Woche uff Malorka Urlaub mache. Abbä da sin Zech dabei von Leut, die wo isch schon seit a paar Jahrn net mer gesehe hab. Mer is erschendwie zu gutgläubisch für die Welt heutzutach", ließ sich Chris vernehmen. Einige Bierdeckel ließ er in den Papierkorb fallen.

„Wem sagst du das, wem sagst du das", erwiderte Dumas, der mit seinen Gedanken ganz woanders war.

Kurz darauf servierte Sonrisa ihm das Essen. „Guuden Appetit. Iß Bub, damit de was werst un net so ausschaust wie Tod-saan-Dörrfleischreisende."

„Danke. Mach ich."

Sonrisa druckste ein wenig herum, dann rückte sie mit der Sprache heraus: „Du, Schorsch, du hast doch aach emal a Kneip gehabt." Da Dumas gerade den Mund voll hatte, nickte er nur. „Ei Schorschi, isch fraach nur, ei-all-die-weil isch die nexte vier Woche net da bin. Mei Dochter hat mich nach Amerika eingelade – nur de Fluch muß isch selber zahle." Dumas nickte abermals. „Na ja, da hab isch mer gedacht, isch fraach ma de Schorsch, ob er net Lust hätt, hier a bissi auszuhelfe. De Chris schafft des doch net alaans." Unauffällig kniff sie Chris in die Seite. Beide schauten Dumas hoffnungsvoll an.

Dumas zierte sich ein wenig, tat, als überlege er angestrengt und sagte schließlich: „Tja, ich weiß nicht. Wie ihr wißt, gehöre ich zu den Werktätigen ... Aber an einem Tag am Wochenende könnte ich schon ... Wie wär's mit Freitag?"

Chris blickte zu Sonrisa und Sonrisa blickte zu Chris. Fast gleichzeitig sagten sie: „Wunnerbar."

Dumas wußte, daß freitags in der Regel viel zu tun war, aber andererseits sagte er sich, daß es ganz nett wäre, wieder mal als Kneipier tätig zu sein und viele Menschen um sich zu haben. Eine willkommene Abwechslung, wenn auch nur aushilfsweise. „Wie sieht's mit der Bezahlung aus?" fragte er mehr scherzhaft denn aus ernsthaftem Interesse. Er hätte auch umsonst gearbeitet.

„En Zehner plus Tip", antwortete Chris sichtlich stolz, als handle es sich dabei um eine fürstliche Entlohnung.

„Abgemacht. Wann fang ich an?"

„Übbermorje, wenn De Lust hast. Dann bräuscht isch da net noch zu abeide. Maan Fliescher geht nämlisch am Samstaach um Sechs in de Früh."

„Ist in Ordnung." Im selben Augenblick öffnete sich die Tür und eine Gruppe von knapp einem Dutzend Leuten kam herein. Einige hatten bereits glasige Augen. Dumas vermutete eine betriebliche Feierlichkeit. Sonrisa ging hin und schob zwei Tische zusammen.

Georg Dumas hatte gerade die letzte Tomatenscheibe seines Salates in den Mund geschoben, als Zapatoblanco hereinkam – vielmehr das, was von ihm übrig war. „Wie siehst du denn aus?"

„Och." Zapatoblancos linkes Handgelenk war bandagiert, auf dem Kopf trug er einen turbanähnlichen Verband, ein handtellergroßes Pflaster zierte seine rechte Gesichtshälfte und das darüberliegende Auge leuchtete in sämtlichen Regenbogenfarben. „Hatte ein kleines Malheur." Er wollte gerade zu einer ausführlichen Erklärung ansetzen, da kam Silke furiengleich die Tür hereingestürmt und knallte ihre Handtasche auf den Tresen.

„Arschloch", zischte Silke.

„Ich weiß, aber ich kann mich noch bessern", sagte Zapatoblanco.

„Dich meine ich doch gar nicht. Ich komme gerade von meinem Ex, diesem Arschloch ... Aber wie siehst du denn aus?"

„Dasselbe hab ich ihn auch schon gefragt. Er wollte gerade zu erzählen anfangen, als du die Tür hereinkamst." Silke fingerte in ihrer Handtasche herum, zog ein Päckchen Zigaretten hervor und zündete sich eine an.

„Es war gestern. Ein Kunde kam zu mir, sagte mir, daß seine Stereoanlage, die ich ihm äußerst günstig als Mittler, sozusagen, besorgt hatte, kaputt sei, und wie es denn mit der Garantie so stünde." Zapatoblanco nahm das appetitlich schäumende Weizenbier von Chris entgegen.

„Und?" fragte Dumas.

„Ich sagte ihm, daß bei einem derartigen Dumpingpreis von Garantie wohl kaum die Rede sein könne."

„Und?" fragte Dumas erneut.

„Und? Und? Und? Der Typ war gerade mal so groß." Zapatoblanco hielt die gesunde rechte Hand in Höhe der Tresenplatte. „Ich hatte ihn wohl ein wenig unterschätzt, und als er mit mir fertig war, konnte ich mich glücklich schätzen, noch nach einer Taxe zum Krankenhaus telefonieren zu können."

„Irgendwas dauerhaft beschädigt?" fragte Dumas.

„Nein. Der Onkel Doktor hat gesagt, daß schon alles wieder werden wird."

„Alles wird gut, na dann. Glücklicherweise bist du ja Rechtshand-Trinker."

„Arschloch."

„Wie war's eigentlich bei der Staatsanwaltschaft?" fragte Silke nach einer Pause, in der man neue Getränke bestellte. „In der KonTrast scheinst du ja nicht mehr mit mir zu reden. Spaß beiseite. Erzähl schon, ich bin schon ganz neugierig."

„Genau. Erzähl schon", drängte auch Zapatoblanco.

„Was gibt's da viel zu erzählen? Vor zwei Wochen hab ich die Anzeige aufgegeben, und heute mußte ich nochmal hin, die ganzen Zusammenhänge erklären." Dumas wunderte sich selbst, daß er darüber sprechen konnte, als handle es sich um eine Bagatelle.

„Und wann kommt's jetzt zum Prozeß?" fragte Zapatoblanco.

„Von einem Prozeß kann noch gar nicht die Rede sein. Im derzeitigen Stadium der Ermittlungen geht's erst mal nur darum, überhaupt genügend Beweismaterial zu sammeln, um eine Durchsuchung der KonTrast genehmigt zu bekommen."

„Du redest ja fast schon wie ein Staatsanwalt", sagte Silke.

Dumas grinste. „Tu ich das? Na ja, schließlich war ich schon zweimal dort." Er trank einen Schluck. „Egal, wie sich die Sache jetzt weiterentwickelt, ich bin froh, daß ich's getan habe."

„Und wenn's gefährlich wird? Ich kann mir kaum vorstellen, daß die KonTrast nicht reagiert, wenn sie rausbekommt, wer für den Schlamassel verantwortlich ist", gab Zapatoblanco zu bedenken.

Georg Dumas machte eine wegwerfende Handbewegung, als wolle er einen bösen Geist verscheuchen, dabei war es genau diese Art von Fragen, die in seinem Hirn herumspukten und vor deren Beantwortung ihm bange war. „Wenn ich ehrlich sein soll: ich weiß es nicht. Ich versuche, nur noch von heute auf morgen zu denken. Leider gelingt's mir meistens nicht."

Es folgte eine Pause betretenen Schweigens. Zapatoblanco und Dumas betrachteten ihre Gläser. „Ach, übrigens, ich arbeite hier für vier Wochen freitags als Urlaubsvertretung für Sonrisa", erklärte Dumas. Die beiden anderen waren froh ob des Themenwechsels.

Die nächsten Wochen geschah nichts Aufregendes, wenn man mal davon absah, daß sich Dumas bei seiner neuen Freitagabendbeschäftigung sichtlich wohl fühlte. Silke und Zapatoblanco besuchten ihn dann regelmäßig im APO, so daß ihm nie langweilig war. Als der Termin von Sonrisas Rückreise näherrückte, fragte ihn Chris, ob er nicht auf unbestimmte Zeit weiterhin freitags aushelfen wolle, er selbst – Chris – könne dann ein wenig kürzertreten, „Schließlich ist man ja auch nicht mehr der Jüngste." Dumas hatte dem Vorschlag begeistert zugestimmt.

Mitte März erreichte Dumas die nächste Vorladung der Staatsanwaltschaft. Diesmal nahm er sich einen vollen Urlaubstag. Wieder wurde er von Herrn Reimann empfangen, der ihm zwei Kollegen vorstellte: „Herr Dumas. Die Herren Orlowski und Wiemer von der Steuerfahndung. Richtige Profis. Sie waren schon bei der Durchsuchung der Dresdner Bank dabei. Sie erinnern sich, Herr Dumas?"

Und ob er sich erinnerte. „Sehr angenehm." Er reichte ihnen die Hand.

„Gleichfalls angenehm. Herr Reimann hat uns schon viel von Ihnen erzählt. Hat den Anschein, die Banken hierzulande haben ganz schön viel Dreck am Stecken", sagte Orlowski breit grinsend. Dumas schätzte ihn auf Ende Dreißig und obwohl er der jüngere von beiden war, schien er der Wortführer zu sein. Orlowski war es dann auch, der die Vernehmung leitete. Im großen und ganzen waren es dieselben Fragen, die Dumas bei seinem letzten Besuch schon beantwortet hatte, nur war Orlowski viel gründlicher und notierte sich jedes auch noch so unbedeutend erscheinende Detail.

Zweieinhalb Stunden später lehnten sich die beiden Steuerfahnder zufrieden in ihren Stühlen zurück. Orlowski schüttelte die rechte Hand zur Lockerung der Muskulatur, seine Finger schmerzten vom vielen Schreiben.

Reimann ging den Aschenbecher leeren. Als er wiederkam setzte er eine ernste Miene auf und fragte Dumas: „Sie wissen, was alles auf Sie zukommen kann?" Er hatte versucht, der Frage einen beiläufigen Charakter zu geben, doch Dumas zuckte zusammen und Reimann wußte, daß ihm das mißlungen war.

„Ja, ich weiß, auf was ich mich da eingelassen habe."

„Gut. Ich möchte Ihnen nun erklären, was es für Möglichkeiten gibt. Wie Sie vielleicht schon gehört haben, existiert in unserem Staate ein Zeugenschutzprogramm. Das wird oft angewendet, wenn zum Beispiel eine Prostituierte gegen ihren Zuhälter aussagt. Uns stehen Wohnungen zur Verfügung, wo unsere Zeugen eine Zeitlang untertauchen können, gegebenenfalls werden sie von uns auch bewacht, damit sie nicht unter Druck gesetzt werden können. Wenn Sie also irgendwann das Gefühl haben, der Druck auf Sie wird zu groß, wenden Sie sich an uns, wir werden dann das Nötige veranlassen. Ich sage das bewußt, denn es kann nie ausgeschlossen werden, daß die KonTrast im Laufe der Ermittlungen von der Sache etwas mitbekommt und ... immerhin ist eine Menge Geld im Spiel." Reimann faltete die Hände und sah Dumas an.

„Ja, kann ich mir denken." Dumas fühlte sich unvermittelt als einer der Hauptakteure in einem Kriminalstück. Es kam ihm unwirklich vor. Er, Georg Dumas, der Normalbürger Null-Acht-Fünfzehn schlechthin, mittendrin in etwas, was er bis dato bestenfalls aus dem Fernsehen kannte. Seine sporadisch auftretenden Angstzustände, die in den letzten Wochen von seiner ausgeprägten Phantasie produziert und genährt worden waren, hatte die Realität nun bestätigt und als gerechtfertigt befunden. „Aber was passiert, wenn man Sie unter Druck setzt?"

Reimann begann lauthals zu lachen, daß sogar Orlowski und Wiemer sich befremdet zu ihm umdrehten. „Gute Frage, aber ich kann Sie beruhigen, denn ich mache hier sowieso keine Karriere. Irgendwann war's wohl ein Fettnäpfchen zu viel, insofern bin ich tatsächlich nur meiner Arbeit verpflichtet. Wer kann das schon von sich behaupten?!"

Dumas sah in das strahlende Gesicht Reimanns und war davon überzeugt, einem Gleichgesinnten gegenüber zu sitzen, der zudem noch mit Macht ausgestattet war, ein tröstlicher Gedanke bei dem ungleichen Spiel, das gerade mal angepfiffen war.

Drei Monate später, Juni 1995.

„Wir werden erpreßt. Eine halbe Million wollen der oder die Täter, aber ... lesen Sie selbst." Herr Vandenberg, Vorstandssprecher der KonTrast, reichte das anonyme Schreiben Herrn Krauther. Dieser nahm die Lesebrille aus seinem monogrammierten Lederetui und begann zu lesen.

Kurz darauf faltete er das Blatt wieder zusammen und gab es seinem Mentor und Vorgesetzten zurück. „Werden wir zahlen?" fragte Krauther ohne innere Erregung, denn erstens handelte es sich hierbei um eine im Vergleich zu den Tagesgeschäften zu vernachlässigende Summe und zweitens war er mittlerweile lange genug im Vorstand, um eine gewisse Abgebrühtheit erlangt zu haben.

„Natürlich werden wir zahlen. Wir können es uns gar nicht leisten, nicht zu zahlen. Man stelle sich nur mal vor, diese Liste unserer Kundschaft landet in den Händen der Staatsanwaltschaft. Die würden doch kurzen Prozeß mit uns machen. Welch irreparablen Imageschaden allein der Verdacht der Beihilfe zur Steuerhinterziehung ausrichten würde, hat man ja bei der Dresdner ausgiebig beobachten können – vom Geld ganz zu schweigen. Bedauerlicherweise – und das macht die Sache kompliziert – hat eine Erpressung den nicht zu unterschätzenden Nachteil beliebiger Wiederholbarkeit. Oder Vorteil, wenn man es mit den Augen des Erpressers betrachtet."

„Welche Maßnahmen werden wir also ergreifen?" fragte Krauther, der den Worten des Vorsitzenden andächtig gelauscht hatte.

„Bislang weiß außer Ihnen niemand davon. Der Brief war an mich persönlich adressiert. Aufgrund der beigefügten Liste einiger unserer Luxemburg-Kunden sowie der aufgeführten Kundennummern ist davon auszugehen, daß sich der Erpresser unter unseren Mitarbeitern befindet. Die einzig denkbare Alternative bestand darin, daß sich jemand Zugang zu unserem Computernetz verschafft hat. Das habe ich bereits diskret überprüfen lassen – mit negativem Ergebnis. Bleibt also nur Möglichkeit A. Und genau deshalb habe ich Sie kommen lassen. Ich möchte, daß Sie eine Liste derjenigen Mitarbeiter erstellen, die mit unseren Sonder-Konten zu tun haben oder hatten, inklusive Beurteilung über deren Zuverlässigkeit. Fangen Sie gleich damit an, die Zeit eilt. Selbstverständlich sind Sie solange von allen anderen Aufgaben freigestellt. Noch irgendwelche Fragen?"

„Ja. Wie verfahren wir, wenn es uns tatsächlich gelingen sollte, den Erpresser ausfindig zu machen?"

„Die Staatsanwaltschaft werden wir auf keinen Fall einschalten. Ich persönlich werde dann alles Nötige veranlassen."

„Natürlich." Beklommen verließ Krauther das Büro des Vorstandssprechers und ging in sein eigenes, ein paar Türen weiter. Was er nicht wissen konnte, war, daß einige Wochen vorher die Commerzbank auf fast identische Weise erpreßt worden war. Man hatte sich aber dort derart stümperhaft verhalten, daß das Bundeskriminalamt sich in die Sache eingeschaltet hatte. Tatsächlich konnte man des Erpressers habhaft werden; es handelte sich um einen Mitarbeiter. Unglücklicherweise bekam das BKA bei dieser Aktion auch die Liste kapitalflüchtiger Kunden in die Hände, die man umgehend der Steuerfahndung aushändigte.

Von all dem wußte Vandenberg durch seine mannigfachen Beziehungen und versuchte, verständlicherweise, ein ähnliches Mißgeschick in den Reihen der KonTrast zu verhindern. Um seinen Zögling Krauther nicht unnötig zu verunsichern, hielt Vandenberg dies vor ihm geheim, insbesondere die weitere geplante Vorgehensweise gegen den noch unbekannten Erpresser.

Maximilian Krauther wählte die Nummer Kleinschmidts, seines ehemals direkten Untergebenen, und bestellte ihn zu sich. Er hatte kaum den Hörer aufgelegt, da war er auch schon da.

„Setzen Sie sich. Ich komme gleich zur Sache, die Zeit drängt."

„Danke." Kleinschmidt nahm Platz. Er war neugierig zu erfahren, was Krauther von ihm wollte, denn seit dem Zeitpunkt, da dieser in den Vorstand gewählt worden war, hatten sie kaum noch Kontakt miteinander.

Krauther räusperte sich, dann fing er an: „Wir haben da ein kleines Problem. Es dringen Informationen nach außen, die unsere KonTrast-Aufbau-Konten betreffen. Mit anderen Worten, es befindet sich jemand unter uns, wahrscheinlich in Ihrem Bereich, der der Bank – und damit uns allen – sehr, sehr viel Schaden zufügen möchte. Ich möchte Sie nun bitten, mir eine komplette Liste aller Mitarbeiter zu erstellen, die mit der Bearbeitung der KAK-Konten beschäftigt sind und waren. Und überprüfen Sie jeden nach seiner Zuverlässigkeit. Spannen Sie die Abteilungsleiter in diese Arbeit mit ein. Wie gesagt, die Zeit drängt. Fangen Sie bitte unverzüglich damit an."

„Georg Dumas", kam es Kleinschmidt spontan über die Lippen.

„Bitte?"

„Der Sachbearbeiter Georg Dumas. Ein Querulant. Ich habe ihn vor über einem Jahr in die Effektenkasse versetzt." Was Kleinschmidt nicht wissen konnte, war, daß eben dieser Mitarbeiter vor etwas mehr als drei Monaten seinen Arbeitgeber angezeigt hatte.

Es war eine Woche später. Georg Dumas war wütend. Er hatte sich beim Rasieren geschnitten und es erst bemerkt, nachdem er ein frisches Hemd angezogen und die ersten Blutstropfen sich darauf ausgebreitet hatten. Wild vor sich hin fluchend wechselte er das Hemd. Seine Erregung hatte sich noch nicht gänzlich gelegt, als er zehn Minuten später die Wohnung verließ. Ein milder Wind schlug ihm entgegen. Dumas öffnete die Knöpfe seines Trenchcoats und lockerte seine Krawatte ein wenig. Dem gegenüber seines Hauses im absoluten Halteverbot parkenden weißen VW-Passat schenkte er nur deswegen Beachtung, weil er im Nummernschild die Initialen seines Namens trug: F-GD und eine dreistellige Zahl. Er bemerkte die zwei darin sitzenden Männer und hatte sie im nächsten Moment schon vergessen.

„Da kommt er", sagte Sammy und notierte die Uhrzeit auf einem Block.

Seit vier Tagen schon waren er und Theo Keck als Fahrer mit der Beschattung von Georg Dumas beschäftigt. Am ersten Tag war ihm Sammy noch zu Fuß zur Arbeit gefolgt, doch da sich weder eine Telefonzelle noch ein Briefkasten, von denen aus Dumas Verräterrisches hätte bewerkstelligen können, an dieser Strecke befanden, fuhr Sammy im Wagen mit. An der Uni-Klinik und am Holbeinsteg hatten sie Kontrollpunkte eingerichtet. Dort warteten sie in dem Wagen, den die KonTrast von einem Autoverleih gemietet hatte, auf Dumas. Tauchte er auf, war alles in Ordnung, und das war bislang immer der Fall gewesen. Theo

Keck war, sobald Dumas die Bank betreten hatte, von seiner Arbeit befreit und mußte sich lediglich auf Abruf bereithalten. Erst am Abend, zur Feierabendszeit, wurde er wieder gebraucht. Sammy hingegen hatte die Aufgabe, sich während des Tages im Foyer aufzuhalten und zu kontrollieren, ob Dumas in oder außerhalb der Pausen aus dem Haus ging. Bisher hatte er das nicht getan. Für Theo und Sammy bedeutete es einen immensen Arbeitsaufwand, denn der Auftrag lautete, abends bis 22 Uhr vor Dumas' Wohnung Posten zu beziehen, oder, falls er das Haus verlassen sollte, solange zu beschatten, bis er wieder heimkehrte.

Es war Freitag. Dumas war nach dem Einkaufen nach Hause gegangen und hatte sich nochmals für ein Stündchen hingelegt. Um sechs Uhr verließ er das Haus. Sammy, durch die Routine und Ereignislosigkeit der letzten Tage leichtsinnig geworden, machte gerade ein paar Kniebeugen neben der Beifahrertür, als er Dumas an der Eingangstür erblickte. Hastig stieg er wieder ins Auto.

Dumas hatte es aus den Augenwinkeln mitbekommen. Obwohl er sich die Zahl nicht gemerkt hatte, war er sicher, daß es sich um denselben Wagen wie heute morgen handelte, F-GD 326. Weißer VW-Passat mit zwei Insassen. Er bog um die nächste Ecke und blieb an einem Zigarettenautomaten stehen. Umständlich kramte er nach einem Fünfmarkstück. Langsam fuhr der weiße Passat an ihm vorbei. Unauffällig blickte Dumas ihm nach, bis er hinter der nächsten Kurve verschwunden war. Er weigerte sich, an einen Zufall zu glauben. Staatsanwalt Reimanns Angebot kam ihm in den Sinn: Wenn der Druck auf Sie zu groß wird ... Schnellen Schrittes ging er weiter. Hinter den Hochhäusern überquerte er die Uferstraße und ging zum Main hinunter. Alle paar Meter drehte er sich um, aber einen Verfolger konnte er nicht ausmachen. Er dachte an die Schreckschußpistole in seinem Nachtschränkchen, die er von Zapatoblanco vor etlichen Jahren geschenkt bekommen hatte. Den Gedanken, sofort zur Polizei zu gehen, verwarf er. Wer würde ihm dort schon seine Geschichte abnehmen? Herr Reimann war mit Sicherheit auch nicht mehr im Büro. Wie lange wurde er schon beschattet? Er glaubte, den Wagen heute morgen das erste Mal gesehen zu haben. Aber konnte er sich dessen sicher sein? Stand er nicht schon seit einem viel längeren Zeitraum unter Beobachtung?

Dumas war zu sehr mit seinen Gedanken beschäftigt, um den

weißen Passat auf dem Besucherparkplatz des Krankenhausgeländes zu bemerken. Aber selbst wenn er es darauf angelegt hätte, der Wagen war durch die Sträucher und Bäume hinter dem Maschendrahtzaun kaum auszumachen.

Völlig außer Puste tauchte Sammy auf dem Parkplatz auf. „Okay, paß auf, der Kerl geht weiter Richtung Innenstadt. Du fährst am besten um das AEG-Haus herum und wartest am Schaumainkai an der Friedensbrücke auf mich. Bis dorthin wird er wohl kaum die Richtung wechseln. Verstanden?"

„Klar." Theo Keck kurbelte das Fenster wieder hoch und fuhr los. Er wußte nicht, was das alles sollte. Mehrmals schon hatte er vergeblich versucht, von Sammy etwas über diese merkwürdige Aktion zu erfahren. Krauther, von dem er diesen Auftrag bekommen hatte, war genauso mitteilungsarm gewesen. Was ihn aber am meisten wurmte, war, daß er von diesem ungehobelten Klotz Sammy Befehle entgegenzunehmen hatte.

Theo wartete an der vereinbarten Stelle. Sammy kam aber nicht zu ihm herüber, sondern machte ihm mit Handzeichen von der anderen Straßenseite her klar, daß sie sich von nun an über Handy verständigen würden. Kurz darauf klingelte es auch schon. Trotz der knisternden Nebengeräusche war Sammys Stimme klar und deutlich zu vernehmen. „Hör zu, Zielperson geht unten am Main entlang. Ist ungefähr 50 Meter vor mir. Du fährst am besten jeweils hundert Meter voraus und wartest am Straßenrand, bis ich auf derselben Höhe bin. Dann dasselbe von vorne, bis ich dir ein Zeichen gebe. Roger?"

„Wer ist Roger?"

„Idiot."

„Ja, ja. Ich habe verstanden." Theo Keck war dieses Detektivgehabe zuwider.

Georg Dumas hatte den weißen VW-Passat auf seinem Weg zum APO nicht gesehen, war aber keineswegs beruhigt. Aus der Küche hörte er Geschirr klappern. Wahrscheinlich Sonrisa, dachte er, Chris arbeitete ja freitags nicht mehr. Sie konnte noch nicht lange da sein, denn die Stühle standen noch auf den Tischen. Lediglich ein Barhocker war schon vor dem Tresen positioniert, und auf diesem saß Greg Jones in Badelatschen, zerknittertem T-Shirt und kurzer weißer Baumwollhose, die mit lustigen kleinen Elefanten gemustert war.

„Was ist los?"

„Och. Ich bin ausgesperrt."

„Wie das?"

„Mein Klo ist auf dem Flur, wie das früher so üblich war. Na ja, und wie ich da so drauf sitze, hör ich plötzlich einen Schlag. Es war heute nachmittag ganz schön windig, weißt du. Und mein Ersatzschlüssel ist beim Hausmeister, der wohnt direkt unter mir. Bis gestern. Das heißt, er wohnt da noch immer, er ist nur leider gestern in den Urlaub gefahren, an den Comer See, da fährt er immer hin. Un da hab ich mir gedacht, ich geh mal ins APO und frag, ob du vielleicht eine Idee hast, was ich jetzt machen soll."

„Du hast vielleischt komische Kollesche", sagte Sonrisa im Vorübergehen und begann, die Stühle von den Tischen zu räumen.

„Hmm. Ein Schlüsseldienst, die sind aber verdammt teuer." Greg Jones schaute bedrückt zu Boden.

„Aber warte mal, ich hab da eine viel bessere Idee", sagte Dumas und holte das Telefonbuch, denn er wußte Zapatoblancos Telefonnummer nicht auswendig.

Eine halbe Stunde später kam Zapatoblanco grinsend herein: „Guten Abend allerseits. Wo ist denn der Patient?" Eine überflüssige Frage, denn nach wie vor war Greg Jones, außer Dumas, der ihn angerufen hatte, der einzige Gast.

„Hier", sagte Greg Jones und hielt den Finger wie beim Melden in der Schule in die Höhe.

„Freibier, so viel ich vertrage", sagte Zapatoblanco mit einer Stimme, die keinen Widerspruch duldete.

Greg Jones blickte zu Dumas, der grinsend mit dem Kopf nickte. „Und du kannst sowas? Ich meine, eine Tür ohne Schlüssel öffnen."

„Zur Not mit einem Ölzweig."

„Äh ... könnten wir sofort gehen? Ich ... ich bin nicht ganz passend gekleidet und würde mich gerne umziehen."

„Isch überlesch mer schon die ganze Zeit, ob isch den Zapatoblanco net mit Schoppe freihalte sollt. So en knackische Hinnern wie den von daam Kollesche kriescht mer in maam Alder ja net alle Taach zu sehn", meinte Sonrisa süffisant und versetzte Greg Jones einen kräftigen Schlag auf sein Hinterteil.

„Gehen wir. Erst die Arbeit, dann das Vergnügen." Zapatoblanco rieb sich die Hände und zwinkerte Dumas kumpelhaft zu.

„Ach ja, wenn ihr rausgeht, haltet nach einem weißen Passat

Ausschau. Das Kennzeichen ist F-GD 326."

„Was soll denn das schon wieder?" wollte Zapatoblanco wissen.

„Erzähl ich dir später."

„Gut. F-GD 326."

„Danke und bis gleich."

Es hatte heftig zu regnen begonnen, ein untrügliches Zeichen dafür, daß mit einem erhöhten Gästeaufkommen zu rechnen war. So auch heute, dreiviertel der Tische waren besetzt, als Greg Jones und Zapatoblanco wiederkamen und sich an den Tresen setzten. Dumas brauchte nicht nach dem Erfolg ihrer Mission zu fragen, denn Greg Jones war wieder zivilisiert gekleidet und grinste. Dumas stellte ein paar Getränke auf das Tablett und ging servieren. An der Tür wäre er fast mit Silke zusammengestoßen.

„Nanu, so früh?"

„Ja, mir war langweilig."

„Greg Jones ist auch da. Sitzt mit Zapatoblanco am Tresen." Dumas deutete mit dem Daumen nach hinten. Es dauerte einige Minuten, bis er wieder eine Verschnaufpause einlegen konnte. Sonrisa würde die nächste Stunde in der Küche beschäftigt sein.

„Du schuldest uns eine Geschichte. Der weiße Passat steht tatsächlich nebenan vor der Hofeinfahrt", sagte Zapatoblanco.

„Hat jemand darin gesessen?"

„Ja, zwei Typen. Aber was soll das alles?"

„Ich werde beschattet", erklärte Dumas.

„Du wirst was?"

„Ja ja, du hast schon richtig gehört, ich werde beschattet. Heute morgen habe ich es das erste Mal bemerkt. Sie warteten vor meiner Wohnung."

„Warum verfolgt man dich?" fragte Greg Jones, und alle Blicke waren auf ihn gerichtet. Erst jetzt fiel ihnen ein, daß Greg Jones von all dem gar nichts wissen konnte.

„Erzähl es ihm", entschied Dumas und sah zu Silke. Dann nahm er zwei Teller mit Käsenudeln, die Sonrisa ihm soeben gereicht hatte und brachte sie den Gästen.

„Du spinnst doch", sagte Greg Jones zu Dumas, nachdem Silke ihm die Sache mit der Staatsanwaltschaft berichtet hatte.

„Wer tut das nicht?" erwiderte Dumas philosophisch.

„Ich meine, du kannst doch nicht einfach unsere KonTrast anzeigen."

„Kann er doch. Hat er ja bereits getan", sagte Silke.

„Wieso kann ich die KonTrast nicht anzeigen?" fragte Dumas mit gefährlichem Unteron in der Stimme.

„Weil ... Was hast du denn davon? Du ziehst doch sowieso den kürzeren. Ich meine, was bringt dir das?" stammelte Greg Jones.

„Was mir das bringt? Fragst du im Ernst, was mir das bringt? Du gehörst wohl auch zu denen, die eine Sache nur unter dem Blickwinkel des persönlichen Vorteils sehen", fauchte Dumas ärgerlich.

„Äh, nein. So habe ich das gar nicht gemeint. Ich denke nur, daß du gegen die sowieso keine Chance hast."

„Das, genau das wollen wir doch mal sehen", sagte Dumas angriffslustig.

„Außerdem ist der Käse schon längst gegessen", stellte Zapatoblanco klar. „Die Beweise sind nämlich schon bei der Staatsanwaltschaft. Und das ist unserem Schorschi hoch anzurechnen, oder kennst du sonst noch jemanden, der das gleiche wie er getan hätte?"

Widerstrebend schüttelte Greg Jones den Kopf. „Und was ist mit den Auftragskillern da draußen vor der Tür?" fügte er trotzig hinzu.

„O Gregi, du guckst die falschen Filme", sagte Zapatoblanco und trank einen Schluck von seinem Weizen. „Außerdem könnte die KonTrast es sich gar nicht leisten, unseren Schorschi um die Ecke zu bringen, denn der Verdacht würde sofort auf sie fallen. Und so blöde ist nicht mal die KonTrast."

„Dein Wort in Gottes Ohr", sagte Dumas, der sich in Zapatoblancos Gegenwart sicherer fühlte.

„Aber warum wird er denn beschattet?" fragte Silke und steckte sich eine Zigarette an. „Glaubt ihr, bei der Staatsanwaltschaft gibt es eine undichte Stelle?"

Zapatoblanco mischte sich ein: „Gute Frage. Am besten, ich telefoniere mal kurz. Ich hab da ein paar Typen an der Hand, die mir noch einen Gefallen schuldig sind. Und mit denen gehen wir dann raus und fragen bei den zwei Witzfiguren mal höflich nach."

„Hör auf mit deinen blöden Witzen. Ich finde es gar nicht lustig", meinte Dumas und stellte frische Getränke auf den Tisch.

„Ich pflege nicht zu scherzen. Ich meine es ernst", schmollte Zapatoblanco. Dumas machte wieder die Runde, um neue Bestellungen entgegenzunehmen, während Silke, Zapatoblanco und

Greg Jones vor sich hinbrüteten.

„Ich glaube, es ist besser, wenn ich am Montag doch zur Staatsanwaltschaft gehe. Sollen die sich doch darum kümmern. Das Zeugenschutzprogramm ist immer noch die beste Lösung", seufzte Dumas einige Minuten später.

„Was für ein Zeugenschutzprogramm?" fragte Zapatoblanco.

„Die bewachen mich und geben mir eine Wohnung, wo ich erst mal untertauchen kann."

„Und während der Arbeit hast du dann einen Leibwächter neben dir stehen, oder wie darf ich das verstehen?" fragte Zapatoblanco höhnisch. „So einen Unsinn hab ich schon seit Jahren nicht mehr gehört."

Silke kaute an ihrem Fingernagel und sagte: „Zapatoblanco hat recht. Das ist grober Unfug. Aber ich hab da eine viel bessere Idee." Die anderen blickten sie erwartungsvoll an. „Ganz einfach, die Presse. Sobald die KonTrast von der Steuerfahndung durchsucht wird und die Presse Wind davon bekommt, daß ein Mitarbeiter die Anzeige erstattet hat, wird man alles daransetzen, diesen Maulwurf ausfindig zu machen. Wir müssen das alles nur sehr geschickt einfädeln. Einen besseren Schutz als die Öffentlichkeit gibt es meines Erachtens gar nicht, und du, Schorschi, wärst gegen etwaige Übergriffe der KonTrast gefeit. Fragt sich nur, wann die Steuerfahndung zuschlagen wird. Weißt du schon was darüber?"

„Nein. Leider nicht."

„Ruf doch am Montag mal diesen Reimann an und frag nach", drängte Silke.

„Kann ich machen. Aber wie kommen wir an die Presse heran. Ich kann doch nicht einfach beim Spiegel anrufen und sie bitten, so schnell wie möglich ein Interview mit mir zu veröffentlichen, damit ich wieder ruhig schlafen kann. So einfach funktioniert das nicht."

„Ich kenne jemanden vom Sachsenhäuser Blättchen", warf Greg Jones ein.

„O Gott, Gregi." Silke verdrehte die Augen nach oben.

„Noch globaler hast du wohl nichts auf Lager. Aber mal ernsthaft, ich hatte mal ein Techtelmechtel mit einer Dame vom Frankfurter Generalanzeiger." Zapatoblanco schaute verstohlen zu Silke. „Nun gut. Momentan wird sie wohl nicht ganz so gut auf mich zu sprechen sein, aber mit einem großen Blumenstrauß in der rechten und einer guten Story in der linken Hand dürfte das wieder hinzubiegen sein."

Den restlichen Abend über wurde die Sache von allen Seiten durchleuchtet und letztendlich für gut befunden. Zapatoblanco fühlte sich von Silke sehr angetan, und Sonrisa hatte ein Auge auf Greg Jones geworfen, der Zapatoblancos Zeche zu übernehmen hatte und sich von Dumas deswegen noch zehn Mark leihen mußte. Als sie weit nach Mitternacht das APO verließen, war kein weißer VW-Passat mehr in der Hofeinfahrt zu sehen.

Zwei Stunden zuvor. Theo Keck und Sammy fuhren erschrocken zusammen, als das Handy klingelte. Sammy drückte die OK-Taste und hielt das Gerät ans Ohr.

„Ja, einen Moment bitte ..." Er holte seinen Notizblock hervor und legte ihn auf seinen Schoß. „Um 17.45 Uhr war die Zielperson auf dem Weg ins APO. Das ist so eine Art Gaststätte in Sachsenhausen, wo die Zielperson momentan hinter der Theke steht und Bier zapft ... Ja, ganz sicher, um diese Zeit war er genau in Höhe der Uni-Klinik ... Okay, machen wir."

„Aktion abbrechen. Wir sollen sofort in die Zentrale zurück", meinte Sammy kurz darauf.

Theo Keck war erleichtert. Er hatte schon befürchtet, hier bis zur Sperrstunde ausharren zu müssen. Im Vorüberfahren warf er einen Blick durch die große Panoramascheibe ins APO. Nette Kneipe, hier könnte ich auch mal hingehen, dachte er und bremste, um die vorfahrtsberechtigten Verkehrsteilnehmer der Wallstraße vorbeizulassen.

Eugen Vandenberg schaltete den Kassettenrecorder aus, sah zu Krauther und sagte: „Diesen Anruf habe ich gestern erhalten. Unser Herr Dumas stand zum Zeitpunkt dieses Telefonats unter Bewachung. Außerdem hat unser Freund Erpresser, so sehr er sich auch Mühe gibt dies zu verbergen, einen unverkennbaren sächsischen Dialekt."

„Vielleicht ein Komplize", warf Krauther ein.

„Möglich, aber ich halte es für wenig wahrscheinlich. Eine halbe Million teilt man nicht auch noch, da würde ja fast nichts mehr übrigbleiben." Vandenberg schmunzelte ob seines Scharfsinns.

Maximilian Krauther schaute seinen Vorgesetzten skeptisch an. „Also?"

Vandenberg deutete auf mehrere Aktenstapel neben seinem Schreibtisch. „Ich habe gestern abend noch jemanden von der Personalabteilung angerufen. Dies hier sind die vollständigen Personalakten des Währungsbereichs. Die nächsten Stunden werden wir also ..."

„... damit zubringen, jeden dahingehend zu überprüfen, ob er in Sachsen geboren wurde oder zumindest einen Teil seiner Kindheit dort verbracht hat", vollendete Krauther den Satz.

„Vorzüglich."

Das Wochenende über war Dumas mehrmals aus dem Haus gegangen, um nach dem weißen VW-Passat Ausschau zu halten, aber weder diesen noch einen anderen Wagen mit auffällig unauffälligen Insassen hatte er vor seiner Wohnung oder in einer der umliegenden Seitenstraßen ausmachen können. Auch hatte er sein Mobiliar gründlich durchsucht, sogar den Telefonhörer auseinander- und wieder zusammengeschraubt, unter Tisch, Stuhl und Sofa nachgeschaut, mit dem Ergebnis, nirgends eine Wanze entdeckt zu haben. Beim Verlassen der Wohnung hatte er jedesmal einen dünnen, kaum sichtbaren Faden zwischen Tür und Rahmen geklebt, der bei seiner Rückkehr immer unversehrt an Ort und Stelle gewesen war. Oft fragte er sich, wie lange er diese Art zu leben noch über sich ergehen lassen mußte. Bei fast jedem Geräusch, das aus dem Treppenhaus zu ihm drang, fuhr er erschrocken zusammen und ärgerte sich gleichzeitig über seine Ängstlichkeit. Um auf andere Gedanken zu kommen, sah er sich alle möglichen Sendungen im Fernsehen an, selbst vor Talk-Shows schreckte er nicht zurück. Die bösen Geister ließen sich jedoch nicht verscheuchen, und manchmal dauerte es Stunden, bis er in einen unruhigen Schlaf fiel.

Auch als er am Montag zur Arbeit ging, war weit und breit kein weißer Passat zu sehen. Seine Kollegen verhielten sich wie immer. In der Mittagspause verließ er die KonTrast, um Herrn Reimann von der Staatsanwaltschaft anzurufen. Wenn alles nach Plan verläuft, teilte dieser ihm mit, werde die Durchsuchung Ende September, Anfang Oktober über die Bühne gehen. Die vermeintliche Beschattung seiner Person erwähnte Dumas nicht.

Dorothea Groß, fünfundvierzig Jahre alt, kurze blonde Haare mit leichtem Grauschimmer, mochte ihren Vornamen nicht, weshalb sie sich von aller Welt kurz Doro nennen ließ. Doro also war schon seit zwanzig Jahren, seit ihrer Zeit als Volontärin, für den Frankfurter Generalanzeiger tätig. Sie hatte es bis zur Redakteurin der Rubrik Heim, Garten und Küche gebracht. Und wenn sich nichts Sensationelles mehr ereignen sollte, war dies die letzte Station ihrer Karriere. Doro fühlte sich und ihr Talent verkannt. Liebend gerne hätte sie über spannendere Fälle aus Wirtschaft und Politik berichtet. Vor zehn Jahren hatte sie die Chance dazu gehabt. Ihr damaliger Chefredakteur hatte nachgegeben und sie auf einen Fall illegaler Müllentsorgung angesetzt, dem sie aber nicht gewachsen war, so daß es bei diesem einen Versuch geblieben war. Nun fristete sie ihr Dasein mit den Gebrauchsanweisungen zur Pflege von Zimmer- und Gartenpflanzen, den praktischen Möblierungsvorschlägen von kurios geschnittenen Zimmergrundrissen und einmal wöchentlich in der Samstags-Ausgabe erscheinenden außergewöhnlichen Kochrezepten. Ihr Freund Bernd war freier Mitarbeiter der Sportredaktion.

Am Vormittag war ein Bote in ihrem Büro erschienen und hatte einen opulenten Strauß roter Rosen gebracht. Kann Dir Watergate frei Haus liefern, stand auf der beigefügten Grußkarte. Unterschrieben war sie mit einem Z. Doro kam mit ihrem morgen erscheinenden Artikel über eine Bonsai-Ausstellung nicht recht voran. Immer wieder betrachtete sie den Blumenstrauß und fragte sich, wer wohl der Absender sein könne, als das Telefon klingelte und ihre Frage eine Antwort fand. Ihr erster Impuls war, den Hörer wieder aufzulegen, doch die Journalistin in ihr obsiegte.

Georg Dumas hatte nach einem Anruf Zapatoblancos noch schnell seinen Schreibtisch aufgeräumt und war dann mit dem Taxi in die Frankenallee im Gallusviertel gefahren. Er mußte noch zwanzig Minuten auf seinen Freund warten. Von keiner Wolke gehindert brannte die Sonne erbarmungslos vom Himmel, und Dumas fühlte, wie sich Schweiß unter seinen Achselhöhlen bildete. Er suchte Schutz unter einem Alleebaum. Als er Zapatoblanco endlich vor dem Eingangsportal des Frankfurter Generalanzeigers auftauchen sah, überquerte er die Straße und ging auf ihn zu. Zapatoblanco hatte seine Haare erstmals zu einem Zopf zusammengebunden. Ein golden schimmerndes Hemd mit breitausgefächerten Ärmeln im Stile der Drei Musketiere ließ seine blütenweiße Lederjacke vorzüglich zur Geltung kommen. „Sag mal, schwitzt du denn überhaupt nicht?" begrüßte ihn Dumas.

„Nö. Laß uns reingehen. Die Dame wartet schon." Bezeichnenderweise war Doros Arbeitsplatz im letzten Zimmer des Flurs, im dunkelsten Teil des Gebäudes untergebracht. Auf Zapatoblancos Klopfen hin öffnete sich die Tür, und Doro drängte sich zwischen den beiden Männern hindurch.

„Kommt mit, wir gehen in die Cafeteria. Meine beiden Mitarbeiterinnen sind die größten Tratschtanten auf Gottes Erdboden." Auf eine Begrüßungsformel der konventionellen Art legte sie augenscheinlich keinen Wert.

„Also, was gibt es?" fragte sie ohne Umschweife, nachdem sie ein Tablett mit drei Tassen Kaffee, Milch und Zucker auf den Tisch gestellt hatte. Bis auf eine kittelbeschürzte Bedienstete fortgeschrittenen Alters war der Raum leer.

„Georg Dumas, ein Freund von mir", stellte Zapatoblanco Dumas vor. Von seiner sonstigen Selbstsicherheit war in Doros Gegenwart nur noch wenig vorhanden.

„Angenehm, Doro." Sie sah Dumas nur flüchtig an.

„Am besten, Schorschi, du fängst mal an zu erzählen", sagte Zapatoblanco. Er wollte alles so schnell wie möglich hinter sich bringen. Er dachte, zehn Jahre wären eine lange Zeit, um Schmerzen und Wut vergessen zu machen. Verstehe einer die Frauen.

Geraume Zeit später, Dumas hatte seinen Vortrag beendet, steckten sich alle fast gleichzeitig eine Zigarette an. „Ich wußte es, ich wußte es schon immer. Im Vergessen, Zapi, bist und bleibst du einsame Spitze", sagte Doro geringschätzig.

„Wieso?"

„Mein Gott, ich bin in diesen heiligen Hallen für Flora und kulinarische Räusche zuständig. Was soll das also alles?"

„Du hast mir doch gesagt, daß ...", setzte Dumas vorwurfsvoll an, doch Zapatoblanco brachte ihn mit einer Handbewegung zum Schweigen.

„Okay, ich habe mich getäuscht. Ich dachte, Doro wäre Journalistin. Nie hätte ich damit gerechnet, daß sie nurmehr dahinvegetiert und darauf wartet, ein Schicksalsschlag möge sie von diesem erbarmungswürdigen Dasein befreien. Komm, wie gehen." Zapatoblanco stand auf. Doros Kälte hatte es bewirkt, daß sein Selbstwertgefühl wiederhergestellt war. Dumas zögerte noch einen Augenblick, dann stand auch er auf. Sie gingen zur Tür.

„Halt", schrie Doro, als die Tür sich schon fast hinter ihnen geschlossen hatte. Beide gingen wieder hinein, wobei ein triumphierendes Lächeln um Zapaotoblancos Lippen spielte. Doro kam auf sie zu.

„Okay, Zapi, ich überleg's mir. Wo kann ich dich heute abend erreichen?" fragte sie, bemüht unverbindlich-geschäftlich zu klingen.

Zapatoblanco blickte Dumas an. „Im APO. Schorschi muß dort bedienen, und ich bin dann meistens auch da, wenn nicht irgendwelche Geschäfte dazwischenkommen.

„Immer noch die gleiche Art von Geschäften?" fragte Doro nun schon fast freundlich.

„Ja.", antwortete er knapp. „Also, was ist?"

„Wo ist das APO?"

Es war schon weit nach Mitternacht, als Doro im APO erschien. Sie hatte sich lange mit dem Artikel über die Bonsai-Ausstellung aufgehalten, immer wieder waren ihre Gedanken in eine andere Richtung gelaufen. Dumas kassierte noch schnell einige Gäste ab, die sich zum Aufbruch anschickten, und gesellte sich dann zu Zapatoblanco, Doro und Silke an den Tisch. Sonrisa hatte gesagt, daß sie mit den restlichen Gästen alleine fertigwerden würde, drückte ihm ein Köpi sowie für Zapatoblanco ein Weizen in die Hand und wünschte ihm einen schönen Feierabend.

„Ihr kennt euch?" fragte Dumas, als er sich setzte.

„Ja, seit eben. Zapatoblanco hat uns einander gerade vorgestellt", sagte Silke.

„Sie ist in alles eingeweiht", erklärte Dumas und nickte Doro kurz zu.

„Tut mit leid, daß ich heute nachmittag etwas unwirsch war, aber ..." setzte Doro zu einer Erklärung an.

„Schon gut, Schnee von gestern", unterbrach sie Zapatoblanco.

„Okay." Sie lächelte ihn an. „Also, ich habe mir die Sache nochmals durch den Kopf gehen lassen. Ich könnte euch einen Redakteur vom Wirtschaftsressort vermitteln, aber ... ich möchte es selbst machen."

„Ganz in unserem Sinne, wir brauchen jemanden, dem wir vertrauen können. Wie Schorschi dir heute nachmittag schon erzählt hat, er wird, oder wurde zumindest beschattet.

„Wann soll die Durchsuchung der KonTrast denn nun eigentlich stattfinden?" fragte Doro rundheraus.

„Vermutlich Ende September, Anfang Oktober", antwortete Dumas.

„In drei Monaten also. Genügend Zeit, um mich vorzubereiten. Ich habe nämlich von dem Thema Steuerhinterziehung wirklich nicht die geringste Ahnung."

„Zu Hause habe ich eine Menge Artikel über die Affäre der Dresdner", bemerkte Dumas.

„In unserem Archiv finde ich auch alles, was ich brauche. Wir sollten uns mal am Wochenende zusammensetzen und alles in Ruhe durchsprechen", sagte Doro zu Dumas.

„Gerne. Ich hab jede Menge Zeit. Will noch jemand etwas zu trinken?"

„Ich." Zaptoblanco hob sein leeres Glas.

„Für mich auch noch ein Weizen", sagte Doro.

Silke schüttelte verneinend den Kopf, als Dumas' fragender Blick auf ihr ruhte.

„Es gibt da noch ein Problem", bemerkte Silke, nachdem sich Dumas wieder gesetzt hatte. „Ich habe mir die letzten Tage viele Gedanken darüber gemacht. Nicht zuletzt deswegen, weil Schorschi offensichtlich schon unter Beobachtung steht." Sie suchte nach den richtigen Worten, bevor sie fortfuhr: „Der Betriebsrat. Schorschi sollte sich da reinwählen lassen, dann kann er nicht mehr gekündigt bekommen. In sieben Wochen sind Wahlen und Gewerkschaftsmitglied ist er ja schon. Das wäre also kein Problem."

Dumas hob abwehrend die Hände und schaute ungläubig. „Wer sollte mich denn wählen?"

Silke setze ihr Siegerlächeln auf. „Schon seit Wochen geht das Gerücht um, daß bei der KonTrast Stellenabbau im großen Stil betrieben werden soll. Wenn ihr mir nicht glaubt, dann werft mal einen Blick auf den seitdem steil in die Höhe steigenden Aktienkurs unserer Bank."

„Und was hat das mit mir zu tun?" fragte Dumas.

„Ganz einfach. Seitdem das mit dem Stellenabbau bekannt ist, haben fast alle Mitarbeiter, deren Chancen gewählt zu werden nicht allzu groß waren, ihre Kandidatur zurückgezogen. Sie befürchten, und das nicht ganz zu Unrecht, zu denjenigen zu gehören, die dann als erste auf der Straße stehen. Momentan gibt es für die elf Posten gerade mal sechzehn Bewerber. Ich habe meine Fühler schon mal ausgestreckt ..."

„Du hast doch hoffentlich nichts verraten?" fragte Dumas nervös.

Silke legte zur Beruhigung ihre Hand auf seinen Arm. „Was hältst du davon?"

„Wie stünden denn meine Chancen?" fragte Dumas.

„Nahezu hundert Prozent, wenn ich die Sache in die Hand nehme."

„Schorschi, wir kennen uns jetzt schon ein paar Jahre, und ich rate dir, zu kandidieren. Wenn Silke sagt, sie schafft das, dann stimmt das auch", pflichtete Zapatoblanco bei.

„Genau. Und in dem Artikel könnte ich Schorschi dann namentlich erwähnen, ohne daß sie ihm an den Kragen könnten", meinte Doro euphorisch.

„Doro", maßregelte Zapatoblanco sie scherzhaft. „Soweit sind wir noch lange nicht."

Sieben Wochen später. Die Betriebsratswahl war zu Ende und hatte das von Silke prophezeite Resultat erbracht. Georg Dumas belegte einen hervorragenden siebten Platz. Mit zehn Stimmen weniger war Silke zwei Ränge dahinter plaziert, was aber dennoch für einen Sitz reichte. Im Vorfeld hatte sie in Einzelgesprächen mit Kollegen, denen sie vertrauen konnte oder von denen sie vermutete, daß sie bei der letzten Wahl für sie gestimmt hatten, den Boden dafür bereitet, ohne etwas über das Geheimnis um Dumas preiszugeben. Den Führungskräften der KonTrast war das überraschende Ergebnis gleichgültig; Dumas befand sich nicht mehr in ihrem Schußfeld. Lediglich die Herren Dregger und Kleinschmidt ärgerten sich der vergangenen Auseinandersetzungen wegen.

Am selben Tag nahm Tobias Müller, wie immer nach Geschäftsschluß, die U-Bahn zum Südbahnhof. Dort stieg er in die Straßenbahn Linie 16, Richtung Offenbach Marktplatz. Daß er seit fast drei Wochen beschattet wurde, hatte er nicht bemerkt. An der Endstation stieg er aus. An der Ampel wartete er in einem Pulk Menschen auf Grün, als er im Rücken einen kräftigen Stoß verspürte. Das letzte, was er hörte, waren die quietschenden Bremsen eines rot-weißen Linienbusses der Offenbacher Verkehrsbetriebe.

Theo Keck hatte beide Seitenfenster heruntergekurbelt, um sich vom Luftzug wenigstens ein bißchen Linderung vor der großen Hitze, die seit Tagen über dem Rhein-Main-Gebiet brütete, zu verschaffen. Für die derzeit laufende Observation hatte die KonTrast ihm einen blauen Ford Mondeo Turnier einer Verleihfirma zur Verfügung gestellt. Anders als sonst hatte Sammy ihn heute angewiesen, bei der kleinen Kirche in der Nähe des Büsing-Palais auf ihn zu warten. Das war Theo auch lieber, denn am Offenbacher Marktplatz, wo er sonst immer Stellung zu beziehen hatte, gab es regelmäßig Schwierigkeiten bei der Parkplatzsuche. Er war gerade dabei einzunicken, als Sammy die Beifahrertür aufriß.

„Schnell, zu Müllers Wohnung", keuchte Sammy hektisch. Seine Bewegungen wirkten fahriger als sonst, und es war das erste Mal, daß Theo den Namen der Person hörte, die sie in den letzten drei Wochen observiert hatten. Sammys Anweisungen beachtend fuhr er los. An der Kreuzung zur Berliner Straße mußte er einem Notarztwagen mit eingeschaltetem Martinshorn, der zum Marktplatz fuhr, die Vorfahrt gewähren.

Die Haustür war nicht verschlossen. Für Tobias Müllers Wohnungstür brauchte Sammy nicht mehr als fünfzehn Sekunden. Das, was er suchte, war nicht sonderlich gut versteckt.

Eine Stunde später, er hatte Vandenberg gerade die gewünschten Papiere gebracht, verließ Sammy hochzufrieden dessen Büro. Im Aufzug warf er einen kurzen Blick in den prallgefüllten Briefumschlag. Nicht schlecht, fünfundzwanzig Riesen für ein paar Minuten Angst, dachte er und steckte das Geld in die Tasche seiner blauen Sportjacke.

Am Tag danach wurde Tobias Müllers Abwesenheit kaum zur Kenntnis genommen. Lediglich sein direkter Vorgesetzter, Gerhard Dregger, machte sich kurz ein paar Gedanken, da Müller sich nicht ordnungsgemäß krankgemeldet hatte.

Tags darauf jedoch sprach sich der Unfalltod des Kollegen wie ein Lauffeuer durch die verschiedenen Abteilungen. Kurz nach der Frühstückspause verkündete Dregger den Mitarbeitern des DM- und Währungsbereichs die traurige Nachricht, die allen bereits bekannt war. Es herrschte eine bedrückte Stimmung, und so mancher machte sich Gedanken über frühzeitiges Sterben.

Viertel vor eins. Silke und Greg Jones kamen gerade gemeinsam aus der Kantine zurück, als sie Dregger an Tobias Müllers verwaistem Arbeitsplatz einen Karton mit den Arbeitsutensilien und persönlichen Dingen des Verstorbenen vollräumen sahen. Silke setzte sich an ihren Arbeitsplatz und dachte, daß dies wohl ein üblicher Vorgang sei. Sie fand nichts Außergewöhnliches dabei. Als ihr Vorgesetzter sich jedoch hinkniete, um die Unterseite des Tisches gründlich zu untersuchen, und zu guter Letzt noch die hintere Klappe des Computers abschraubte, war ihr Argwohn geweckt.

Kurz darauf starrte sie wie paralysiert auf ein kleines graues Schränkchen in der hintersten Ecke des Büros. Soviel sie wußte, waren dort zwei Schreibmaschinen aus längst vergangener Zeit sowie diverse dazugehörige Artikel aufbewahrt, die allesamt mit dem Beginn des Computerzeitalters überflüssig geworden waren. Das Schränkchen stand dort, seit sie sich erinnern konnte. Der Platz wurde nicht gebraucht, und es würde wohl erst weichen, wenn man Anfang nächsten Jahres in den neuen Bankenturm umziehen würde. Und obwohl dieses Möbelstück nichts Nützliches beherbergte, hatte sie Tobias Müller in den letzten Wochen zwei- oder dreimal dort herumhantieren sehen. Silke hatte sich seinerzeit zwar gefragt, was ihr Kollege dort mache, es aber genausoschnell wieder vergessen, wie man Fernsehwerbung vergißt. Doch nach Dreggers gründlicher Sucherei hatten diese Beobachtungen plötzlich an Bedeutung gewonnen. Sie nahm einen Zettel und schrieb etwas darauf. Dann stand sie auf und ging zur Toilette. Im Vorübergehen legte sie das kleine Stück Papier auf Greg Jones' Schreibtisch. „Bleib bitte, bis alle anderen fort sind. Bitte!" stand darauf.

Wieso denn das? Ich gehe doch sowieso immer als Letzter, fragte sich Greg Jones und sah Silke hinterher.

Heintze hatte gerade seine Aktentasche gepackt und den Raum verlassen. Frau Baader, die nach Dumas' Versetzung sein Aufgabengebiet übernommen hatte, und Herr Himmelreich, der Kryptars Arbeit seit dessen vorzeitiger Pensionierung verrichtete, waren nur wenige Minuten vorher gegangen. Greg Jones blickte fragend zu Silke, die aufstand und zu ihm herüberkam.

„Paß auf, Gregi. Du stellst dich jetzt an meinen Schreibtisch und tust so, als ob du da etwas suchst. Wenn Dregger aufsteht, gibst du mir ein Zeichen", flüsterte Silke.

„Klar, mache ich. Aber was hast du vor?"

„Das erkläre ich dir später. Paß jetzt bitte auf", bat ihn Silke flehend.

„Okay".

Silke ging zu dem kleinen Schränkchen in der Ecke und begann zu suchen. Fast sofort fand sie unter einem flachen Karton mit Blaupapier einen ockerfarbenen DinA4-Umschlag. Mit leicht zittrigen Händen nahm sie das erste Blatt heraus, und ihr blieb fast das Herz stehen. Was sie sah, war eine Namensliste mit KonTrast-Aufbau-Kontonummern, und was die bedeuteten, wußte sie von Dumas. Hastig steckte sie den Zettel wieder zurück in den Briefumschlag und ging damit zu ihrem Arbeitsplatz. Sie hatte ihn gerade in ihrer Handtasche verschwinden lassen, als sie erschrocken zusammenfuhr. Die Tür war aufgegangen, und ein Mitarbeiter des angrenzenden DM-Bereichs war hereingekommen. Er ging weiter zu Dreggers Büro.

„Gott sei Dank", sagte sie erleichtert.

„Was machst du da eigentlich?" wollte Greg Jones wissen.

„Kann ich dir jetzt nicht sagen. Tu mir bitte den Gefallen und behalte das alles für dich. Versprich es mir."

Der flehentliche Blick seiner Kollegin ließ ihm gar keine andere Wahl. „Klar, was immer du willst", sagte Greg Jones achselzuckend und packte seine abgewetzte Ledertasche, von der er sich noch immer nicht trennen mochte, obwohl schon beide Schnallen abgerissen waren.

Als auch Greg Jones fort war, wählte Silke Dumas' Telefonnummer. Während der ersten Klingelzeichen betet sie, daß er zu Hause sein würde. Nach einer Ewigkeit wurde am anderen Ende der Hörer abgenommen. „Schorschi? Gut, daß du da bist. Bleib bitte in deiner Wohnung. Ich bin in zwanzig Minuten bei dir. Sag mir bitte noch einmal deine Adresse."

Da gerade kein Aufzug bereitstand, rannte sie die Treppe hinunter.

„Cognac? Sieht aus, als ob du einen vertragen könntest. Ansonsten kann ich dir nur Mineralwasser anbieten", sagte Dumas besorgt.

„Ja, Cognac. Das ist gut."

Dumas ging an den Schrank, holte zwei Gläser und die Flasche und setzte sich Silke gegenüber in den schwarzen Ledersessel. Er schenkte ein. Silke stürzte den Cognac in einem Zug herunter und bat Dumas um eine Gauloises.

„Bedien dich." Er schob das Päckchen über die gläserne Platte des Couchtisches.

„Und jetzt erzähl", drängte Dumas, nachdem er sich selbst auch eine angesteckt hatte.

„Tobias Müller." Silke mußte erst einmal tief durchatmen, bevor sie weitersprechen konnte. „Tobias Müller ist tot."

„Ich weiß. Eine traurige Geschichte. Jedem von uns kann so ein Unfall widerfahren und ..."

„Unfall!" spie Silke verächtlich aus und kramte in ihrer Handtasche. „Hier, das habe ich vor einer halben Stunde gefunden." Wütend schmiß sie den Umschlag auf den Tisch. „Unfall! Daß ich nicht lache. Tobias war nämlich genau wie du bei der Staatsanwaltschaft gewesen. Und nun ist er tot ... ermordet. Und Dregger hat heute genau danach gesucht." Sie deutete auf den Tisch.

Georg Dumas betrachtete abwechselnd den Umschlag und Silke. Er verstand nicht. Vorsichtig, als könnte eine Briefbombe darin versteckt sein, griff er schließlich nach dem Kuvert. Auf zwanzig Seiten waren die Kunden der KonTrast-Aufbau-Konten in alphabetischer Reihenfolge namentlich mit Adresse aufgeführt, allerdings nur bis zum Buchstaben D. Dumas staunte nicht schlecht. „Das gibt's doch gar nicht", sagte er, als er die Sprache wiedergefunden hatte. „Das ist unmöglich. Wo hat er die Liste her?"

„Das ist doch egal. Wach endlich auf! Kannst du dir denn nicht vorstellen, was das bedeutet? Außerdem heißt es hatte. Wo hatte er die Liste her. Tobias ist tot, falls du dich daran erinnerst", sprudelte es aus Silke heraus. Tausend Fragen schwirrten Dumas durch den Kopf, von denen er keine einzige beantworten konnte. Wo ist der andere Teil der Kundenliste von E-Z? Wo hatte Tobias die Namen her, da doch er selbst, der quasi direkt an der Quelle saß, sich mit simplen Zahlenreihen zu begnügen hatte? Warum hatte Herr Reimann von der Staatsanwaltschaft nichts zu ihm gesagt? Woher wußte Dregger von der Liste, und warum hat er überhaupt danach gesucht? War es tatsächlich Mord, wie Silke behauptete? Was wußte die KonTrast über ihn selbst? Hatten sie jemanden bei der Staatsanwaltschaft sitzen, der sie mit Informationen versorgte? Was war sein Leben überhaupt noch wert?

„O Gott", stöhnte Dumas kurz darauf. Silke hatte ihn die ganze Zeit beobachtet und war sich sicher, einen Teil seiner Gedanken erraten zu können. Dumas stand auf, ging zum Fenster und starrte auf den schattigen Hinterhof.

Und wenn die KonTrast mich auch mit der Sache in Verbindung gebracht hat, fragte sich Silke und schalt sich schon im nächsten Augenblick eine blöde Kuh. Wortlos griff sie nach Dumas' Zigaretten. „Laß uns spazierengehen. Es wird wohl nicht mehr ganz so warm draußen sein." Wie in Zeitlupe drehte sich Dumas um.

„Ja, laß uns spazierengehen. Langsam bekomme ich hier drinnen Platzangst", stimmte er zu.

„Den Umschlag behalte ich. Ich geh ihn nur kurz im Keller verstecken."

„Gut."

Die Natur hatte einen beruhigenden Einfluß auf sie. Vogelgezwitscher war zu hören, nur selten fuhr ein Wagen auf der alten Flughafenstraße und eine üppige Buche spendete der Parkbank Schatten, auf der Silke und Dumas saßen. Etwa zwei Stunden lang redeten, analysierten, planten sie, verwarfen Ideen wieder, bezogen neue Gesichtspunkte mit ein. Wenn einer den anderen durch eine zu emotionsgeladene Argumentation in seinen Bann zog, brachte der andere ihn mit einer kühl berechneten Analyse wieder auf den Boden der Tatsachen zurück, und umgekehrt. Dann schwiegen sie. Am Ende war man darin übereingekommen, der Staatsanwaltschaft kein Vertrauen mehr zu schenken – selbst Reimann wurde verdächtigt – und unverzüglich die Presse einzuschalten. Sie beschlossen, Doro vom Frankfurter Generalanzeiger zu benachrichtigen, daß man sich heute abend noch im APO treffen wolle.

„Wenn du nicht um so vieles älter wärst, würde ich dir auf der Stelle einen Heiratsantrag machen", sagte Silke verschmitzt, als sie sich zum Gehen anschickten. Dumas war froh, in Silkes lächelndem Gesicht zu erkennen, daß es sich um einen Spaß gehandelt hatte. Zum ersten Mal betrachtete er Silke als Frau und nicht als Kollegin.

Maximilian Krauther legte gerade einen Holzscheit in den Kamin, als seine Frau von einem Friseurbesuch nach Hause kam. Obwohl die Geräusche, die sie verursachte, als sie im Flur ihren

Schlüssel ans Bord und die Jacke an den Kleiderständer hängte, laut genug waren, hörte Krauther sie nicht.

„Was machst du denn?" fragte Roswitha beiläufig, als sie ihren Mann vor dem Kamin gebückt sah und zur Terrassentür ging, um sie zu öffnen.

„Ich versuche, ein Feuer zu entfachen", erklärte Krauther geistesabwesend.

„Jetzt? Mitten im Hochsommer?" Krauther drehte sich auf den Knien um. Einen Holzscheit hielt er noch in der Hand. Er sah seine Frau mit einem Blick an, der von ganz weit her zu kommen schien. Dann betrachtete er ungläubig das Stück Holz in seiner Hand und schüttelte den Kopf.

„Mein Schatz, fehlt dir irgendwas?" Roswitha ging besorgt zu ihrem Mann.

„Mir? Nein. Doch. Ich höre auf. Ich meine in der Firma. Dann können wir viel reisen, so wie du es dir immer gewünscht hast."

Roswithas erster Impuls war, sich auf den Boden zu setzen und ihren Mann zu küssen, denn in ihren Augen war das Reisen in ihrer Ehe bislang immer zu kurz gekommen, und es war das, was sie sich am sehnlichsten wünschte. Doch mitten in der Bewegung hielt sie inne und sagte stattdessen tief beunruhigt: „Maxi, dich bedrückt doch etwas. Das merke ich doch." Sie setzte sich zu ihm auf das Bärenfell, legte den Holzscheit zur Seite und nahm seine Hände.

Krauther schaute seiner Frau in die Augen und glaubte, sie noch nie so sehr geliebt zu haben wie in diesem Augenblick. „Müller. Sie haben ihn umgebracht ... umbringen lassen. Und ich war dabei, nein, nicht direkt, nur als man darauf kam, daß er der Erpresser sein muß. Jetzt ist er tot. Die Polizei glaubt, es war ein Unfall, war es aber nicht. Ich weiß es, tief hier drinnen." Krauther klopfte sich mit der Faust auf die Brust, dorthin, wo sein Herz schlug. „Und ich bin mitschuldig. O mein Gott." Krauther streckte sich aus und legte seinen Kopf in den Schoß seiner Frau. Automatisch begann sie, seinen Kopf zu streicheln. Obwohl sie die Zusammenhänge nicht vollständig verstanden hatte, wußte sie, daß es besser war, nicht nachzufragen. Nicht jetzt.

„Weißt du, ich habe es mir den ganzen Tag überlegt. Vandenberg ist zu stark. Ich kann nicht einfach zu ihm gehen und sagen, daß ich kündige. Wer weiß, vielleicht würde er auch mir etwas antun. Imstande dazu wäre er, ganz bestimmt. Ich gehe gleich morgen zu einem Arzt. Irgendetwas wird sich schon finden lassen, mich für längere Zeit krankzuschreiben. Zur Not schiebe ich dem Arzt ein paar Scheine über den Tisch. Vandenberg bleibt dann gar nichts anderes übrig, als mich zu ersetzen. Und ich habe mit alldem nichts mehr zu schaffen. Wir hätten dann viel Zeit füreinander. Gut, die Villa wäre dann vielleicht zu teuer. Und Reisen. Die Mädels sind ja auch bald aus dem Haus. Rom, Paris, Florida, Hongkong, was uns gefällt. Was meinst du?"

Die Antwort war eindeutig. Hastig zog Roswitha Bluse und Rock aus und setzte sich rittlings auf ihren Mann. Unkonventionell wie seit Jahren nicht mehr.

Das polnische Hausmädchen kam vom Einkaufen zurück, hörte die unschwer einzuordenden Geräusche aus dem Wohnzimmer, zog die Tür sachte wieder ins Schloß und ging mit den Einkaufstüten noch eine halbe Stunde spazieren. Als sie später die Tür erneut aufschloß, saßen die Herrschaften händchenhaltend auf der Terrasse.

Am nächsten Morgen war Doro voller Übermut in das Büro ihres Chefredakteurs gestürzt und hatte ihm feierlich verkündet, daß sie im Begriff sei, einen Mord aufzuklären. Ein gewisser Tobias Müller sei in Offenbach von Beauftragten der KonTrast ermordet worden, weil er der Frankfurter Staatsanwaltschaft eine Liste von Steuerhinterziehern hatte zukommen lassen. Am liebsten hätte Doro auch über ihren Informanten berichtet, aber das konnte sie nicht, ohne Dumas' Sicherheit zu gefährden. Sie hatte fest damit gerechnet, die Story auch so zu bekommen. Als Beweis hatte sie Sascha Jauch die kopierte Liste, die Silke an Tobias Müllers Arbeitsplatz gefunden hatte, ausgehändigt. Nun wartete sie in ihrem Büro auf einen Anruf ihres Chefs. Kurz darauf klingelte das Telefon und Doro wurde zu ihm gebeten.

„Na, hab ich die Story?" fragte Doro, noch bevor die Tür wieder ins Schloß gefallen war.

„Setz dich." Ihr Enthusiasmus wurde durch den schroffen Tonfall ihres Vorgesetzten geradezu zerschmettert. „Was für eine Story?" fragte Jauch honigsüß. Er hatte die besondere Gabe, seinen Gesprächspartner, wer immer es auch sein mochte, durch einen abrupten Wechsel der Stimmlage zu verunsichern.

„Wie? Ich habe dir die Beweise doch gegeben", verstand Doro die Welt nicht mehr.

„Beweise, pah." Sascha Jauchs Minenspiel ließ nichts daran deuten, daß er es unendlich leid war, seinen Mitarbeitern immerfort wie kleinen Kindern alles erklären zu müssen. „Doro, jetzt hör mir gut zu. Ich habe mir die Mühe gemacht und höchstpersönlich die Polizeidienststelle in Offenbach angerufen. Etwas, was eigentlich deine Aufgabe gewesen wäre. Und hättest du es getan, unter guten Reportern nennt man das Recherche, hätte man dir bestimmt mitgeteilt, daß der Tod dieses bedauernswerten Tobias Müllers auf nichts anderes als einen Unfall zurückzuführen ist. Der Busfahrer und einige Passanten haben nämlich ausgesagt, daß das Opfer irgendwie ins Stolpern, oder Straucheln, wenn dir das besser gefällt, kam und dadurch unter die Räder des Busses geraten ist. Weiterhin habe ich mit dem Frankfurter Oberstaatsanwalt, übrigens ein guter Freund von mir, telefoniert, und der hat mir versichert, daß ein Tobias Müller dort nicht bekannt ist. Zumindest nicht bei der Abteilung Steuerhinterziehung. Und was diese Liste hier angeht ...", Jauch reichte Doro die Zettel über den Tisch, „... so mag sie ja stimmen, wer weiß das schon, aber beweisen tut sie nichts, auf keinen Fall einen Mord. Sorry, aber selbst, wenn du recht hättest, was ich persönlich stark bezweifle, es gibt keine Beweise, ohne Beweise keinen Fall und ohne Fall keine Story. So ist das nun mal im Reporterleben."

Doro saß zusammengesunken auf ihrem Stuhl und betrachtete geistesabwesend die Staubflusen, die sich in der Nähe des Tischbeins befanden. Sie kam sich so nutzlos vor wie schon lange nicht mehr. Mühsam erhob sie sich und schlich zur Tür.

Am Abend hatte man sich zur Lagebesprechung im APO verabredet. Doro hatte gerade von ihrer Unterredung mit Sascha Jauch berichtet. Zapatoblanco, Dumas und Silke saßen um den runden Tisch und schauten bedrückt vor sich hin. Chris hatte Getränke gebracht, doch keiner trank. Es war Silke, die die Stille unterbrach. „Tja, vielleicht haben wir tatsächlich zuviel Phantasie, und es war in der Tat ein Unfall."

„Ich weiß nur eins, wenn mein Chefredakteur sagt, die Staatsanwaltschaft kennt keinen Tobias Müller, dann stimmt das hundertprozentig. Jauch kennt Gott und die Welt", sagte Doro traurig.

„Aber was hat Tobias dann mit der Liste der KAK-Einreicher gewollt? Ich verstehe das alles überhaupt nicht." Dumas stützte seinen Kopf in die Hand und spielte gedankenverloren mit einem Bierdeckel.

„Vielleicht hat er die Kunden oder die Bank erpreßt", warf Silke ein.

„Tobias? Der doch nicht. Der war doch die Harmlosigkeit in Person", bemerkte Dumas.

„Wie gut kanntet ihr ihn denn?" fragte Zapatoblanco.

„Er hat mit uns gearbeitet, da kennt man die Leute doch", erklärte Silke ohne überzeugt zu sein.

„Ich war sogar mal mit ihm hier im APO", fügte Dumas hinzu, als wäre dies eine weitere Erklärungsmöglichkeit.

„Na und? Ich kannte mal einen, der sah aus, als wäre sogar Buchhalter noch eine Nummer zu groß für ihn, und in Wirklichkeit war er der Boß der hiesigen Schutzgeldmafia. Hat also alles nichts zu bedeuten." Zapatoblanco fegte mit der Hand seinen Zopf nach hinten.

„Und wie soll es jetzt weitergehen?" fragte Silke in die Runde.

„Abwarten. Wir können nichts anderes tun, wenn ihr mich fragt. Es dauert ja nicht mehr lange, bis die Steuerfahndung zuschlägt. Vielleicht klärt sich dann auch der Tod von Tobias auf", sagte Dumas betrübt.

„Und dann bleibt Sascha Jauch gar keine andere Wahl, als mir zu glauben." Doro schlug mit der Faust auf den Tisch. Sie hatte das Gefühl, ihre neugewonnen Freunde enttäuscht zu haben. Dumas beobachtete durch das Fenster, wie Greg Jones mehrmals Anlauf nahm, seine Marilyn endlich in die Parklücke zu steuern, die fast doppelt so groß wie sein Auto war. Trotzdem touchierte er die Stoßstange des vor ihm parkenden Wagens.

„Guten Abend. Ihr seht ja aus wie drei Tage Regenwetter. Wenn ich das gewußt hätte, wäre ich schon früher gekommen." Greg Jones war gerade von einem seiner Ausflüge in die Umgebung zurückgekehrt. „Ich schmeiß eine Runde. Vielleicht hört ihr dann endlich auf, Trübsal zu blasen. Chris!"

Krauther hatte ihn am Morgen angerufen und mitgeteilt, daß er ihn heute und die nächsten Tage nicht benötige. Theo Keck, der noch nie erlebt hatte, daß Krauther einen Tag wegen Krankheit fehlte, sollte sich bei der Fahrbereitschaft melden und sich für andere Aufträge zur Verfügung stellen.

Einen Tag später saß Theo im Aufenthaltsraum, trank Kaffee

und las. Ihm, der bislang völlig ahnungslos gewesen war, fiel die Zeitung fast aus den Händen, als er auf der vorletzten Seite die Todesanzeigen studierte. „... verstarb durch einen tragischen Unfall unser Sohn, Enkel und Freund Tobias Müller." Es folgten die Namen etlicher Müllers.

Sein Handy klingelte fast ein dutzendmal, ehe Theo das Geräusch wahrnahm. Es war Krauther, der fragte, ob er für morgen schon einen Auftrag habe, und als Theo verneinte, ihn für den nächsten Tag um sechs Uhr früh bestellte. „Ziehen Sie sich bitte einen schwarzen Anzug an. Wir fahren nach Sachsen auf eine Beerdigung."

Zehn Minuten später erhob sich Theo und ging zu Peter, dem Leiter der Fahrbereitschaft. „Hör zu, Krauther hat eben angerufen. Er braucht mich morgen. Ich hoffe, du hast mich auch für heute noch nicht eingeplant."

Peter verstand. „Nein, noch nicht."

„Gut. Ich gehe jetzt nach Hause, mir ist übel."

„Du siehst auch blaß aus. Geh und leg dich hin."

„Danke."

„Nichts zu danken." Betrübt sah er Theo hinterher.

Eine Viertelstunde zu früh kam Theo in Bad Homburg an. Krauther kam sofort heraus. Seine ansonsten fein ziselierten Gesichtszüge hatten sich zu tiefen Furchen verwandelt, erkannte Theo. Er nahm Krauther den Kranz, auf dem in goldenen Lettern KonTrast Bank prangte, aus der Hand und legte ihn in den Kofferraum. Theo legte eine Kassette mit schwermütigen russischen Chören ein, die seiner Stimmungslage entsprach. Auf der Fahrt sprachen sie kein Wort miteinander.

Theo hatte noch nie einen derart kleinen Friedhof gesehen. Es waren mehr Trauergäste anwesend als Grabsteine herumstanden. Die Hitze machte ihm zu schaffen. Er stand neben Krauther in der hintersten Reihe der Trauergemeinde. Die Worte des Pfarrers drangen nur bruchstückhaft an sein Ohr. Als der Sarg herabgelassen wurde, entfernte sich Theo unauffällig und erbrach sich hinter einer Kastanie.

Auf der Rückfahrt reichte er Krauther, von dem er für die Beschattung Tobias Müllers abkommandiert worden war, einen Briefumschlag.

„Was ist das?" fragte Krauther mit brüchiger Stimme.

„Meine Kündigung. Ich höre Ende des Jahres auf. Damit habe ich die gesetzliche Kündigungsfrist eingehalten. Ich gehe für immer nach Thailand."

Umgehend legte Krauther den Umschlag auf die Mittelkonsole zurück. „Nein, Theo. Ich bin dafür der falsche Mann. Geben Sie ihn in der Personalabteilung ab, auch ich werde in Zukunft nicht mehr für die KonTrast tätig sein."

Mehr Worte waren nicht nötig. Theo beobachtete Krauther, den er heute das letzte Mal chauffieren sollte, durch den Rückspiegel. Er tat ihm leid und er wünschte, ihre unterschiedlichen Positionen würden sie nicht wie eine Barriere voneinander trennen und sie würden sich wie Schicksalsgenossen, die sie in gewisser Weise ja auch waren, unterhalten und gegenseitig Trost spenden können.

Es war schon spät, als sie Bad Homburg erreichten. „Viel Glück in verabschiedete sich Krauther.

„Dir auch. Viel Glück." Krauther hörte es nicht mehr. Er war schon in der Eingangstür verschwunden.

Als Theo den Wagen in der Tiefgarage der KonTrast abstellte, fand er auf der Rückbank, gut sichtbar, einen von Krauther unterschriebenen Verrechnungsscheck. Er war auf Theos Namen ausgestellt, und die Summe belief sich auf zweitausend Mark. Das ist wohl so eine Art Schweigegeld, überlegte Theo.

Es waren gerade mal drei Wochen seit Dumas' letzter Vorladung bei der Staatsanwaltschaft vergangen. Man hatte sich jedoch nicht wie bei den zwei vorangegangenen Zusammenkünften in der Großen Friedberger Straße, sondern im neuen Verwaltungsgebäude mit den verschiedenfarbigen Zylindern auf dem Dach in der Nähe des Hauptbahnhofs getroffen. Es war nur noch darum gegangen, in welchem Lager die KonTrast welche Unterlagen archiviert hatte. Reimann war herzerfrischend offen und freundlich wie immer zu ihm gewesen, und Dumas verlor die letzten Zweifel darüber, daß dieser Staatsanwalt tatsächlich etwas über Tobias Müllers Liste der steuerflüchtigen KonTrast-Kunden wußte. „Es ist bald soweit", hatte Reimann zum Abschied gesagt.

Ende August war es dann soweit. In dem Augenblick, da die ersten Steuerfahnder ins Foyer der KonTrast stürmten und die Telefonanlage stilllegten, betrat Dorothea Groß das Büro ihres

Chefredakteurs Sascha Jauch.

„Guten Morgen, Doro. Was gibt's?"

„Es muß nur noch die Zahl der Steuerfahnder und die exakte Uhrzeit eingesetzt werden. Vielleicht könnte man noch die ein oder andere Stellungnahme vom Vorstand der KonTrast einbauen, doch glaube ich nicht, daß sie derzeit dazu die nötige Muße haben." Triumphierend und randvoll mit Glück legte Doro den Artikel, an dem sie die ganze Nacht gearbeitet hatte, auf Jauchs Schreibtisch.

Er las den Artikel ein zweites Mal. Alle paar Sätze blickte Jauch ungläubig seine Mitarbeiterin an. Dann griff er energisch zum Telefon. „Dieser Anschluß ist vorübergehend außer Betrieb", vernahm er am anderen Ende der Leitung. Er probierte es erneut. Diesmal drückte er die Zahlenfolge bedächtiger, um ein Verwählen auszuschließen. Es war die Nummer der KonTrast.

„Gefällt dir mein Elaborat?" fragte Doro leichthin. Sie hatte das untrügliche Gefühl, noch nie etwas Besseres zu Papier gebracht zu haben.

Sascha Jauch blickte seine Mitarbeiterin der Rubrik Heim, Garten und Küche an, als sähe er sie zum erstenmal. Dann kam der erstklassige Reporter in ihm zum Vorschein. „Worauf wartest du noch? Schnapp dir einen Fotografen und fahr zur KonTrast. Ich laß dir derweil einen Wagen vorfahren", brüllte Jauch, ganz in seinem Element, und griff zum Hörer.

Georg Dumas hatte enorm damit zu kämpfen gehabt, ein ebenso verdutztes Gesicht wie seine Kollegen an den Tag zu legen, als die Steuerfahnder hereingestürmt kamen und selbst Büroklammern zu beschlagnahmen schienen. Liebend gerne wäre er in Dreggers oder Kleinschmidts Büro gegangen und hätte ihnen voller Schadenfreude mitgeteilt, daß letztendlich nur sie für den Schlamassel die Verantwortung tragen. Aber das ging ja nicht. Er tröstete sich mit dem Gedanken, eines der größten Geldinstitute der Republik fast im Alleingang besiegt zu haben, auch wenn er ahnte, daß der Kampf gerade erst begonnen hatte, und schlimmer noch, am Ende er selbst derjenige sein könnte, der am meisten dabei verlor.

Nun wartete Dumas im APO zusammen mit Zapatoblanco, Silke und Greg Jones auf Doro. Die Uhr zeigte Viertel vor elf, als sie endlich völlig aufgelöst erschien. Die anderen hatten zur Feier des Tages schon einiges getrunken. Silke und Dumas hatten sich den nächsten Tag wohlweislich freigenommen. Im Fernsehen hatten sie etliche Nachrichtensendungen verfolgt, deren Hauptthema immer wieder die spektakuläre Durchsuchungsaktion der Kon-Trast gewesen war.

„Juchhu. Ich ... wir haben's geschafft. Der Artikel erscheint morgen auf der Frontpage und ich habe ihn geschrieben", jubilierte Doro sogleich.

„Psst. Nicht so laut. Es sind noch andere Gäste hier", besänftigte Zapatoblanco.

„Ei, je späder de Abend, desdo besser die Gäst. Was derf isch bringe?" fragte Sonrisa, die an den Tisch geschlurft kam.

„Ein Weizen, bitte. Ach nein, gleich zwei, wenn möglich", bat Doro.

„Un för die annern desselbe noch ma, schätz isch. Ihr dut net so ausschaun, als ob ihr kaan Dorscht mehr habbe dut."

„Messerscharf beobachtet, Sonrisa", flötete Zapatoblanco und gab ihr sein leeres Glas.

„Ich lese jetzt mal vor, wenn keiner was dagegen hat", drängte Doro ungeduldig und setzte sich die Brille auf.

„Was glaubst du, auf was wir hier warten?" fragte Zapatoblanco schelmisch.

„Ein neuer Fall organisierter Steuerhinterziehung. Die Kon-Trast Bank ist neues Ziel der Steuerfahndung. Ein Bericht von Dorothea Groß. Am gestrigen Morgen, kurz nach neun, wurde die KTB, eines der größten Kreditinstitute dieses Landes, von etwa 180 Steuerfahndern unter der Oberaufsicht der Frankfurter Staatsanwaltschaft heimgesucht. Beamte aus Bayern und Niedersachsen unterstützten die Aktion, die offensichtlich generalstabsmäßig geplant war. Die Fahnder hatten als erstes die Telefonanlage der KTB lahmgelegt, um eine Kontaktaufnahme nach außen zu verhindern. Mehrere Dutzend Polizeibeamte riegelten das Gebäude ab, während im Inneren die Steuerfahnder ihrer Arbeit nachgingen. Schon bald danach hatte sich eine gespenstische Szenerie entwickelt. Einige hundert Schaulustige drängten sich an dem von der Polizei abgesperrten Platz und behinderten zeitweise den Verkehr. Nach einer Stunde wurden die ersten Kartons mit Akten in einen von einer Möbelfirma geliehenen Lastwagen getragen. Am Ende der Durchsuchungsaktion sollte das Beweismaterial eine Größenordnung erreicht haben, die die

Staatsanwaltschaft dazu veranlaßte, kurzerhand einige Zimmer eines nahegelegenen Hotels anzumieten, um dort noch einiges an beschlagnahmtem Material unterbringen zu können. Wie schon im spektakulären Fall der Dresdner Bank im Februar 1994 kam auch diesmal das Zuschlagen der Steuerfahnder für alle Beteiligten völlig überraschend und ohne jede Vorwarnung. Niemand aus den Reihen des Vorstandes war zu einer Stellungnahme bereit. Vorstandssprecher Vandenberg soll sich zum Zeitpunkt der Aktion außer Haus befunden haben und war unauffindbar. Johannes Dielmann, der Frankfurter Oberstaatsanwalt, erklärte gegenüber dem FGA, daß ein dringender Verdacht der Beihilfe zur Steuerhinterziehung diese Maßnahmen ausgelöst habe, und daß seine Behörde alles daransetzen werde – sollte sich der Verdacht bestätigen – die Verantwortlichen zur Rechenschaft zu ziehen. Dem FGA liegen Informationen vor, daß es einem Mitarbeiter der KonTrast Bank im Laufe des letzten Jahres gelungen war, von einigen Überweisungsvorgängen, die den Geldtransfer nach Luxemburg betrafen, Kopien anzufertigen, anhand derer er die Anzeige erstattet hatte, und die die Steuerfahndung zu diesem Vorgehen veranlaßt hatte. Es drängt sich nun die Frage auf, inwieweit die Durchsuchungen der Dresdner und der KonTrast Einzelfälle sind, oder ob es nicht inzwischen zur üblichen Methode gehört, daß deutsche Banken, um auch ja auf kein noch so anrüchiges Geschäft zu verzichten, ihre Möglichkeiten dazu nutzen, kriminelle Machenschaften zu unterstützen. Weitere Berichte siehe Seite vier." Doro legte den Artikel auf den Tisch. „Wird gerade gedruckt und erscheint in wenigen Stunden", fügte sie stolz hinzu.

„Brilliant", sagte Zapatoblanco.

„Wirklich? Findest du?" fragte Doro gerührt.

„Toll. Ganz ehrlich, das hast du gut gemacht", pflichtete Silke bei und nickte eifrig mit dem Kopf.

„Und jetzt lassen wir die Konkurrenz sich austoben, und in einer Woche bringen wir dann das Interview mit Schorschi. Das wird ein echter Knüller."

„Wie? Schorschi im Fernsehen?" fragte Greg Jones und schaute ungläubig in die Runde.

„Nein, nein. Der Frankfurter Generalanzeiger bringt das Interview", erklärte Dumas schnell. Ihm war es äußerst unangenehm, wenn er nur daran dachte, namentlich in der Zeitung erwähnt zu werden.

Vier Stunden später kündigte ein heller Lichtstreifen den aufziehenden Morgen an. Die schriftliche Bitte von Doro hatten sie gar nicht gebraucht. Der Pförtner händigte ihnen auch so ein druckfrisches Exemplar des Frankfurter Generalanzeigers aus.

„Nun mach schon. Du bist ja schlimmer als mein Vater zu Weihnachten", drängte Silke.

Dumas blieb unter der nächsten Straßenlaterne stehen und hielt die Titelseite ins Licht. Silke drückte seinen rechten Arm herunter, um besser sehen zu können. Unter der Überschrift „Neuer Banken-Skandal" war, fast die untere Hälfte der Seite einnehmend, ein Farbphoto des KonTrast Bankgebäudes abgebildet. Das weiß umrandete T lag, per Fotomontage zerschmettert, vor dem neuen Bankenturm Phoenix.

„Jetzt geht's erst richtig los", sagte Silke und hakte sich bei ihrem Kollegen unter.

„Ja, jetzt geht's erst richtig los", bestätigte Dumas ganz und gar nicht euphorisch.

Der Termin war bewußt für acht Uhr am Sonntag morgen angesetzt worden, denn die Sonne stand zu diesem Zeitpunkt nicht sehr hoch, gab ein ideales Licht zum Fotografieren ab und es herrschte wenig Verkehr. Georg Dumas wirkte unausgeschlafen und der Fotograf des Frankfurter Generalanzeigers mußte ihn mehrmals darum bitten, einen entschlosseneren Ausdruck auf sein Gesicht zu zaubern. Fast zwanzig Minuten waren sie auf der Suche nach dem besten Standort für die Aufnahmen umhergelaufen. Der Fotograf hatte sich schließlich für einen Punkt mitten auf der Fahrbahn der Taunusanlage entschieden, von dem er den neuen Bankenturm der KonTrast bestens im Visier hatte. Doro hatte auf den Verkehr zu achten und jedesmal, wenn sich ein Auto näherte, laut zu schreien. Dumas mußte unterschiedliche Posituren einnehmen, und der Fotograf ging in die Knie, stand wieder auf, trat einen Schritt zurück, einen wieder vor und machte die komischsten Verrenkungen, bis er endlich nach sechs verschossenen Filmen mit seiner Arbeit zufrieden war und sich verabschiedete. Er versprach, Dumas ein paar Abzüge zu schicken.

„Daß ich in meinem Alter noch auf den Laufsteg muß, hätte ich mir auch nicht träumen lassen." Doro lachte. „Wo machen wir jetzt das Interview?" wollte Dumas wissen.

„Bei mir im Büro, würde ich vorschlagen, dort haben wir

Kaffee, und aus der Kantine können wir uns etwas zu essen besorgen. Hast du schon gefrühstückt?"

„Nein. Gute Idee, mir hängt der Magen schon in der Kniekehle."

„Laß uns hinlaufen. Es ist ja nicht weit. Unterwegs erzähle ich dir dann, wie mein Chef sich das alles vorgestellt hat."

Eine dreiviertel Stunde später räumte Doro den Tisch ab und goß Kaffee nach.

„Darf man hier rauchen?" fragte Dumas. Doro nickte und brachte einen Aschenbecher. „Ich verstehe das nicht. Warum einen Helden aus mir machen? Sehe ich vielleicht so aus?" nahm Dumas das Gespräch, das sie vor dem Frühstück unterbrochen hatten, wieder auf.

Doro musterte Dumas und sagte: „Was glaubst du, wie Helden aussehen?"

„Einen Kopf größer, breite Schultern, dichtes wallendes Haar und strahlendblaue Augen."

„So wie Berti Vogts?" fragte Doro belustigt.

Dumas lächelte gequält und nahm einen tiefen Zug aus seiner Zigarette. „Mir gefällt das alles nicht", sagte er trotzig.

„Dann will ich es dir mal erklären. Die Öffentlichkeit interessiert die Mobbing-Geschichten, die in der KonTrast abgelaufen sind und die dich letztendlich zur Anzeige veranlaßt haben, einen, entschuldige, Scheißdreck. So etwas erlebt der Leser tagtäglich an seinem eigenen Arbeitsplatz zur Genüge. Das ist so aufregend, wie wenn in China ein Sack Reis umfällt, verstehst du? Das, woran es unserer Gesellschaft wirklich mangelt, sind Helden. Leute, die trotz ihrer Angst um den Arbeitsplatz so etwas wie Zivilcourage besitzen und, so wie du es getan hast, über ihren eigenen Schatten springen, um Mißstände und Ungerechtigkeiten aufzudecken. Es ist doch nicht zu leugnen, daß in der heutigen Gesellschaft Angst einen bislang kaum für möglich gehaltenen Stellenwert besitzt. Angst um den Arbeitsplatz, Angst um die Zukunft, Angst um die Zukunft der Kinder. Angst, Angst, Angst, wohin du auch siehst. Und diese Angst wird von den Firmen dazu genutzt, in aller Ruhe Arbeitsplätze abzubauen, die Gehälter zu senken, Schichtarbeit ohne Lohnaufschlag einzuführen, und, und, und. Und du ...", Doro zeigte energisch mit dem Finger auf Dumas, „Du bist jemand, der diese den ganzen Alltag beherrschende Angst überwunden hat. Und deshalb ... deshalb bist du ein Held, kapiert?"

Dumas drückte seine Zigarette aus. Doros Gedankengänge begannen ihm zu gefallen.

„Und last not least bist du auf die Presse angewiesen. Was glaubst du, was die KonTrast aus dir macht, wenn du mit deinen Problemen nicht an die Öffentlichkeit gehst. Ich will es dir sagen: Hackfleisch. Und dann nützt dir auch der Betriebsratsposten nichts mehr. Betriebsrat, daß ich nicht lache, Handlanger sind das, nichts weiter."

Dumas hob beschwichtigend die Hände. „Okay, okay, du hast recht. Fangen wir an."

„Na also, geht doch." Doro schob den Kassettenrekorder heran und legte sich den Block mit den vorbereiteten Fragen zurecht.

Zwei Stunden später legte Doro den Kugelschreiber zur Seite und überreichte Dumas die handschriftliche Ausarbeitung. „Das ist jetzt nur die Rohfassung. Mein Chef wird wahrscheinlich das eine oder andere noch streichen und an der Rhetorik herumfeilen. Außerdem fehlt noch die Einleitung, aber im wesentlichen wird es morgen so veröffentlicht. Lies und gib deinen Segen dazu."

Dumas begann zu lesen. FGA: Herr Dumas, wie lange arbeiten Sie schon bei der KonTrast?

Dumas: Ungefähr zehn Jahre.

FGA: Sie haben vor einem halben Jahr Ihren Arbeitgeber wegen des Verdachts der Beihilfe zur Steuerhinterziehung angezeigt. Welche Beweise haben Sie vorgelegt?

Dumas: Damals arbeitete ich in der Effektenkasse. Ich hatte des öfteren Überweisungsvorgänge zu bearbeiten, auf denen keine Absender angegeben waren, wie es gesetzlich vorgeschrieben ist. Und als Zielort war immer eine bestimmte Kontonummer unserer Luxemburger Filiale angegeben. Durch den spektakulären Fall der Dresdner Bank vor anderthalb Jahren, über den ja in allen Zeitungen ausführlich berichtet worden war, und in dem es so ähnlich ablief, kam ich auf den Gedanken, daß bei der KonTrast ebenfalls mit dubiosen Methoden gearbeitet wird.

FGA: Wie hat die Staatsanwaltschaft reagiert, als Sie die Anzeige erstatteten?

Dumas: Die waren sofort begeistert, als sie das Beweismaterial in den Händen hielten.

FGA: Um noch einmal auf die Beweise zurückzukommen ...

Dumas: Ja. Ich habe in einem Zeitraum von einem Jahr Kopien

von einigen dieser Überweisungsvorgänge angefertigt. Die habe ich denen dann gegeben.

FGA: Hatten Sie keine Angst, als Sie die Kopien anfertigten?

Dumas: Ein bißchen schon.

FGA: In Ihrer Abteilung waren Sie ja nicht der einzige, der mit diesem Geldtransfer nach Luxemburg zu tun hatte. Wie haben Ihre Kollegen auf diese Vorgänge reagiert?

Dumas: Ich denke mir, ein Großteil hat die Zusammenhänge gar nicht erkannt und die anderen hatten einfach nur Angst, etwas dagegen zu tun.

FGA: Angst? Wovor?

Dumas: Vor Repressalien seitens der KonTrast.

FGA: Und Sie? Hatten Sie keine Angst?

Dumas: Die habe ich jetzt noch.

FGA: Wie hat die KonTrast reagiert, als sie erfuhren, daß Sie es waren, der sie angezeigt hat?

Dumas: Die wissen noch gar nicht, daß ich es war.

FGA: Was glauben Sie, wie die Reaktion ausfällt?

Dumas: Ich weiß es nicht, rechne aber mit dem Schlimmsten.

FGA: Was war Ihre Motivation, die Sie veranlaßte, die Anzeige zu erstatten?

Dumas: Ich habe es einfach nicht mehr eingesehen, daß die Reichen hierzulande ihr Geld ins Ausland schaffen, um Steuern zu sparen und auf der anderen Seite immer mehr Menschen im Zuge von sogenannten Rationalisierungsmaßnahmen ihren Arbeitsplatz verlieren, damit irgendwelche Aktionäre noch mehr Geld verdienen. Das einzige, was wirklich interessiert, sind doch die Aktienkurse und nicht die Arbeitslosenzahl.

FGA: Haben Sie jetzt Angst um Ihren Arbeitsplatz?

Dumas: Natürlich.

FGA: Fürchten Sie um Ihr Leben?

Dumas: Nicht direkt, aber ein mulmiges Gefühl beschleicht mich schon manchmal.

FGA: Herr Dumas, wir danken für das Gespräch.

Dumas legte die Zettel auf den Tisch. „Ein bißchen dick aufgetragen. Zum Schluß, meine ich."

„Wieso? Du hast doch Angst, oder etwa nicht?"

Dumas nickte.

Trotz der heruntergelassenen Jalousien kam noch genügend Licht herein. Fein säuberlich waren die Mineralwasserfläschchen und Gläser verteilt, als nach und nach die Vorstandsmitglieder der KonTrast hereinkamen und ihre angestammten Plätze einnahmen. Zum zweitenmal innerhalb von nur acht Tagen hatte Eugen Vandenberg zu einer außerordentlichen Sitzung geladen. Es sollte keine herkömmliche Sitzung werden, in der Probleme erörtert und diskutiert wurden. Es war nur ein Redebeitrag vorgesehen. Vandenberg selbst würde den Kurs bestimmen. Nicht umsonst hatte man Männer seiner Position noch vor einem halben Jahrhundert Industriekapitäne genannt. Vandenberg hatte für das Meeting höchstens eine halbe Stunde veranschlagt. Nur Maximilian Krauther fehlte. Als alle ihre Plätze eingenommen hatten, begann er.

„Meine Herren. Die Situation erfordert es, daß ich Sie nun schon zum zweitenmal binnen kurzem zu mir gebeten habe. Für Ihr unverzügliches Erscheinen danke ich Ihnen, ich weiß, einige von Ihnen mußten ihren Terminkalender umändern und andere wichtige Aufgaben umdisponieren. Doch außergewöhnliche Begebenheiten erfordern außergewöhnliche Maßnahmen." Vandenberg unterbrach sich, um einen bedeutungsvollen Blick in die Runde der versammelten Vorstandsriege zu werfen. „Und die Lage, meine Herren, ist ernst. Sie alle konnten in der vergangenen Woche die Hetzkampagne der Medien am eigenen Leibe miterleben. Heute morgen erschien ein weiterer Artikel dieses Schmierenblattes ..." Er hielt die Titelseite des Frankfurter Generalanzeigers in die Höhe. Der Maulwurf packt aus, lautete die balkendicke Überschrift. „... der uns in einer Art und Weise verunglimpft, die hinzunehmen wir uns nicht gefallen lassen können und werden. Das Ansehen, das sich die KonTrast im Laufe mehrerer Generationen erworben hat, und damit unsere Zukunft, steht auf dem Spiel. Meine Herren, ich bin mir sicher, Sie nicht explizit auf die Verantwortung unseren Mitarbeitern gegenüber und auf das Vertrauen, das uns unsere Kunden – unsere Existenzberechtigung – entgegenbringen, hinweisen zu müssen. Ich habe mich die letzten Tage eingehend mit der Problematik auseinandergesetzt, habe Telefongespräche geführt, deren Gebühren so einige Löcher im Finanzhaushalt unserer Regierung gestopft hätten." Vandenberg grinste bei diesem Witzchen, was einem Kommando gleichkam. Gelächter erfüllte den Raum. Dann wurde er wieder ernst. „Unsere Rechtsabteilung läuft auf Hochtouren. Wir werden alle Möglichkeiten ausschöpfen, diesen Verleumdungen ein Ende zu setzen." Beim letzten Satz hatte Vandenberg seine Stimme dramatisch erhoben. Jemand klopfte beifällig auf den Tisch, die anderen folgten umgehend. Nach einer halben Minute verebbte der Lärm und Vandenberg konnte fortfahren: „Und was diesen Dumas betrifft ...", er hatte den Namen förmlich ausgespuckt, „... so habe ich bereits einiges in die Wege geleitet. Ich kann Sie beruhigen, lange wird dieses Subjekt unseren Betriebsfrieden nicht mehr stören." Es folgte ein einminütiges Auf-den-Tisch-Geklopfe. „Meine Herren, ich möchte Ihnen nun einige Verhaltensmaßregeln im Umgang mit den Medien nahelegen, deren Befolgung mir eine Herzensangelegenheit ist. Wir stehen momentan im Licht der Scheinwerfer, und an dieser Tatsache können wir nichts ändern, wohl aber daran, wie lange diese Scheinwefer brennen werden. Es ist heute mehr denn je notwendig, der Presse gegenüber als eine geschlossene Einheit aufzutreten, die bis auf den letzten Tropfen Blut um ihre Ehre kämpft. Wir werden ab sofort so gut wie keine Stellungnahmen mehr abgeben, so sehr das dem einen oder anderen auch mißfallen mag." Vandenberg warf einen funkelnden Blick in Richtung Vorstandsmitglied Tannhausen, der sich letzte Woche vor laufenden Kameras besonders gut gefallen hatte. „Und falls es sich doch einmal nicht vermeiden läßt, meine Herren, möchte ich Sie bitten, darauf hinzuweisen, daß wir uns in einem schwebenden Verfahren befinden. Es laufen Untersuchungen – mehr nicht. Es bestehen Verdachtsmomente – mehr nicht. Und im übrigen kann und darf es nicht sein, daß wir für die Steuersünden unserer Kundschaft zur Verantwortung gezogen werden. Und nun, meine Herren, hören Sie mir gut zu. Ja, wir haben Geld nach Luxemburg transferiert." Vandenberg breitete theatralisch die Arme aus und ein diabolisches Grinsen ließ sein Gesicht erstrahlen. „Ein ganz normaler Geschäftsvorgang – wie bei allen anderen Banken auch", beendete er seine Rede zuckersüß.

Die hohen Herren standen auf und spendeten frenetisch Beifall. Man hätte meinen können, der Bundeskanzler hätte gerade auf einem Parteitag gesprochen.

Georg Dumas war vor diesem Tag bange gewesen. In der Nacht hatte er sich lange im Bett gewälzt und sich die Reaktionen seiner Kollegen vorzustellen versucht. Was seine Vorgesetzten von ihm dachten, war ihm schon lange gleichgültig, aber wie seine Kollegen die Sache aufnehmen würden, darüber machte er sich Gedanken. Und Dumas erlebte einige Überraschungen. Die Leute, mit denen er seit über einem Jahr in der Effektenkasse zusammengearbeitet und mit denen er während dieser Zeit kaum ein persönliches Wort gewechselt hatte, warfen ihm wohlwollende Blicke zu. Einer kam sogar zu ihm, legte den Frankfurter Generalanzeiger mit Dumas' Konterfei auf der Titelseite auf seinen Schreibtisch und gratulierte ihm mit einem kräftigen Schlag auf die Schultern. Aber es gab auch andere. Ein Betriebsratsmitglied, mit dem Dumas im Aufzug nach oben gefahren war, hatte sich demonstrativ von ihm abgewandt und ihm beim Verlassen ein verächtliches „Igittigitt" ins Ohr geraunt.

Kurz nach der Vorstandssitzung kam Kleinschmidt in die Abteilung der Effektenkasse und stellte einen Karton auf Dumas' Schreibtisch. „Räumen Sie bitte alles, was sich im Besitz der KonTrast befindet, hier rein."

Dumas folgte dem Befehl. Kleinschmidt beobachtete ihn scharf. Als nur noch der Frankfurter Generalanzeiger auf dem Tisch lag, stand Dumas auf und beugte seinen Kopf bis auf ein paar Zentimeter zu Kleinschmidt und fragte sarkastisch und leise: „Und jetzt?"

„Jetzt bleiben Sie hier und warten auf neue Instruktionen von mir."

„Ach nein. Ihnen fällt wohl auch nichts Neues mehr ein. Das hatten wir doch alles schon einmal."

Wortlos nahm Kleinschmidt den Karton und ging hinaus.

Die Mittagspause verbrachte Dumas wie so oft mit Silke und Greg Jones. Er hatte das Gefühl, die Kantine war so gut besucht wie noch nie zuvor. Ihm fiel ein Stein vom Herzen, als er auch hier die überwiegend positiven Reaktionen seiner Kollegen wahrnahm. Nur wenige blickten beschämt beiseite, wenn er sie ansah. Einer grüßte sogar verstohlen mit dem Victory-Zeichen. Dumas hatte die Lage zu seiner großen Erleichterung falsch eingeschätzt.

Von der Kantine ging er direkt zu Kleinschmidt. „Mir ist schlecht. Kann ich gehen?" fragte Dumas kurz angebunden.

„Kann ich mir vorstellen. Von mir aus brauchen Sie sich hier sowieso nicht mehr blicken zu lassen."

Theo Keck hatte für Ende des Jahres gekündigt. Seinen Resturlaub miteingerechnet, bedeutete dies, daß der Freitag vor Heilig Abend sein letzter Arbeitstag sein würde. Gestern hatte er einen Brief nach Thailand abgeschickt, in dem er seinem Freund Adrian sein voraussichtliches Kommen für die erste Januarwoche ankündigte. Er mußte nur noch den Flug buchen und die Wohnung kündigen. Mit dem Geld, das er bei seinen außergewöhnlichen Aufträgen für die KonTrast verdient hatte, und mit dem seiner vorzeitig gekündigten Sparverträge würde Theo sich ein Haus kaufen und ein paar Jahre davon leben können. Außerdem hatte Adrian ihm ja Arbeit angeboten, so daß einem neuen Leben nichts mehr im Wege stand. Sein Meerschweinchen Buffy wollte er selbstverständlich auch mitnehmen. Seit Krauther ihn nicht mehr brauchte, war er wieder der Fahrbereitschaft zugeteilt. Peter, der von seinem baldigen Ausscheiden unterrichtet war, ließ Theo weitgehend unbehelligt und versorgte ihn meist nur mit streßfreien Fuhren. Doch heute morgen hatte der Vorstandssprecher persönlich angerufen und Theo als Fahrer verlangt.

Theo war alles andere als erfreut gewesen, als er Sammy auf den Wagen hatte zukommen sehen. Obwohl Theo nichts Konkretes über die Geschichte mit Tobias Müller wußte, ahnte er zumindest, daß er in eine ganz üble Sache verwickelt war. Über Müllers Unfalltod war in den Frankfurter Tageszeitungen zwar nicht berichtet worden, aber Theo wußte zum Beispiel, daß Sammy dessen Wohnung durchsucht hatte, schließlich hatte er vor dem Haus im Wagen gewartet. Außerdem sprach einiges dafür, daß auch Krauther dabei eine unrühmliche Rolle spielte, schließlich war er auf Müllers Beerdigung gewesen und hatte Theo einen Scheck zukommen lassen. Auch war sein Verhalten in letzter Zeit mehr als sonderbar gewesen. Theo vermutete, mit Sammy einen bezahlten Killer neben sich sitzen zu haben.

„Wen beschatten wir denn heute?" fragte er rundheraus, nachdem Sammy eingestiegen war.

„Einen Angestellten der KonTrast. Hat sich krank gemeldet, und ich soll ein paar Fotos schießen, wie er etwas macht, was man als Krankgeschriebener besser nicht macht. Die suchen sozusagen nach einem Kündigungsgrund und ich bekomme fünf Riesen, wenn ich brauchbares Material liefere, hahaha."

„Und was war mit Tobias Müller?" Theo hatte seinen ganzen Mut zusammengenommen.

„Ach, dieser Scheißkerl von Erpresser." Sammy machte eine wegwerfende Handbewegung und verstummte. Argwöhnisch musterte er Theo. „Wieso? Was soll mit dem sein?"

„Nichts. Rein gar nichts. Ich dachte nur ..."

„Besser, du überläßt das Denken dem alten Sammy. Der hat Übung damit", sagte Sammy scharf und widmete seine Aufmerksamkeit wieder der Haustür. Es war dasselbe Haus, vor dem sie vor Wochen schon einmal aus anderem Grunde Stellung bezogen hatten.

Es war kurz nach zehn, als Dumas endlich herauskam. Diesmal ging er in die andere Richtung. Da es sich um eine Einbahnstraße handelte, konnten sie ihm nicht hinterherfahren. Sammy stieg aus. „Ich geb dir über Handy Bescheid, wo du mich wiederfindest. Klar?"

Theo nickte, während Sammy sich mit der Kamera entfernte. Kurz darauf parkte Theo zwei Seitenstraßen weiter, und Sammy stieg wieder zu ihm ins Auto. Sie standen gegenüber einer Arztpraxis.

„Scheiße. Arzt für Allgemeinmedizin steht auf dem Schild." Sammy wirkte sichtlich niedergeschlagen.

Als Dumas eine Stunde später die Praxis wieder verließ, sah Theo ihn das erste Mal aus nächster Nähe. Er kam ihm merkwürdig bekannt vor.

Theo lag auf dem Teppich in seinem Wohnzimmer und starrte die Zimmerdecke an. Auf seinem Bauch saß Buffy und futterte genüßlich ein saftiggrünes Salatblatt. Auf dem Boden lag die gestrige Ausgabe des Frankfurter Generalanzeigers. Es war spät geworden, aber Dumas hatte sehr zu Sammys Leidwesen das Haus nicht mehr verlassen.

Er hing seinen Gedanken nach. Einen Erpresser zu beseitigen war seiner Auffassung nach moralisch irgendwie noch zu vertreten, aber Bespitzelung der Privatsphäre der Mitarbeiter paßte nicht in sein ethisches Weltbild. Er faßte einen Entschluß. Einen folgenschweren.

Am nächsten Morgen erwachte Theo auf der Couch und Buffy turnte putzmunter im Zimmer umher.

Er fing das Meerschweinchen ein und sperrte es in den Käfig. Dann setzte er den Kaffee auf und ging ins Bad.

Eine Dreiviertelstunde später ging er direkt in Peters Büro.

„Hör zu. Ich bin hier als Fahrer eingestellt und nicht als Handlanger für schmutzige Geschäfte. Wenn der Vandenberg anruft, sag ihm, er soll sich einen anderen suchen."

„Aber Theo, ich kann doch nicht ... dem Vorstandsvorsitzenden ...", stotterte Peter und sah Theo ungläubig an. So hatte er ihn noch nie erlebt.

„Das ist mir scheißegal. Und wenn's der liebe Gott persönlich wäre ..." Theo wollte um keinen Preis der Welt jemals wieder in die schmutzigen Geschäfte der KonTrast hineingezogen werden.

Doro sah die ersten Leserbriefe durch, die nach dem Erscheinen des Interviews mit Georg Dumas eingetroffen waren. Sie sollten in einer der nächsten Ausgaben unter der Ruprik Ihre Meinung erscheinen. Von Jauch hatte sie die Aufgabe bekommen, die besten davon auszusuchen. Sie hatte gerade den letzten durchgelesen, als der Chefredakteur das Zimmer betrat.

„Sorry, Doro, aber wir können die Leserbriefe nicht bringen. Kein Interesse. Es gibt Wichtigeres. Geh bitte an deine Arbeit zurück." Sascha Jauch war so schnell verschwunden, wie er gekommen war.

Doro sah zur Tür und fragte sich, ob das eben eine Fata Morgana gewesen war. Das Telefon klingelte. Es war ihr Freund Bernd von der Sportredaktion. „Na, Liebling, war der Jauch eben bei dir? Mach dir nichts draus. Ich war vor ein paar Minuten zufällig gerade bei ihm, als irgendwer von der KonTrast bei ihm angerufen hatte und dezent auf die vielen Anzeigen hinwies, die sie jede Woche in unserem Käseblättchen inserieren und ..."

Fassungslos legte Doro den Hörer auf. Nein, es war keine Fata Morgana gewesen. Aha, so läuft also der Hase, dachte sie enttäuscht.

Am Freitag wartete Theo auf dem Parkplatz des Nachtcafés an der Stadtgrenze zu Neu-Isenburg. Vandenberg war dort mit seiner Frau und Geschäftspartnern zum Abendessen. Theo wäre am liebsten im Boden versunken, als er von Peter diesen Auftrag erhalten hatte, aber ihm blieb nichts anderes übrig, denn es handelte sich um einen ganz normalen Auftrag. Der Vorstandsvorsitzende hat ausdrücklich nach dir verlangt, waren Peters Worte gewesen.

Sie hatten gerade die Vorspeise beendet, als Vandenberg aufstand, und sich mit dem Hinweis auf die Toilette entschuldigte. Doch stattdessen verließ er das Lokal durch den Seiteneingang und ging zum Parkplatz.

„Bringen Sie diesen Umschlag bitte sofort zu dieser Adresse." Vandenberg deutete auf den Schriftzug und fügte hinzu: „Es eilt. Es befinden sich wichtige Dokumente darin. Der Herr erwartet Sie bereits. Kommen Sie dann sofort wieder zurück."

„Ja, natürlich. Mach ich."

Theo las die Adresse und legte das Kuvert auf den Beifahrersitz. Dann fuhr er los. Vandenberg sah dem Wagen nach, bis er hinter einer Kuppe verschwunden war. Dann strich er sein Jacket zurecht und ging wieder hinein.

Westhafen, Halle 14. Theo stieg die Rampe hoch. Niemand war zu sehen. Die Tür war verschlossen. Ein paar Meter weiter entdeckte er einen Pappkartondeckel, auf dem in ungelenker Schrift „Copy United Ltd." geschrieben stand. Er ging durch den Spalt, den die hölzerne Schiebetür freigelassen hatte. Die Halle war leer und durch die oberen verdreckten Fenster fiel nur wenig Licht. Am anderen Ende entdeckte er ein kleines Büro, in dem eine Glühbirne einen schwachen Lichtkegel warf. Eine Gestalt mit Hut saß mit dem Rücken zur Tür an einem Schreibtisch. Theo durchquerte die Halle. Zu klopfen brauchte er nicht. Die Tür stand offen.

„Ähem. Guten Abend auch. Ich komme von Vandenberg und soll ..." Weiter kam er nicht. Die Gestalt hatte sich erhoben. Theo erkannte Sammy und blickte in die Mündung einer großen schwarzen Pistole. Er vernahm ein leises „Plop", griff sich an die Stirn und sank zusammen. Du Drecksau, du verdammte Drecksau, war das Letzte, was sein Hirn zu denken vermochte.

Sammy hob den Briefumschlag auf und steckte ihn ein. Dann ging er auf die Rampe, entfernte das angeklebte Schild und fuhr den Wagen auf die Rückseite von Halle 14. Er mußte noch den Einbruch der Dunkelheit abwarten.

Im Morgengrauen, nachdem Sammy den Plastiksack mit Theo Kecks Leichnam vergraben hatte, fuhr er den Wagen in die Tiefgarage des Frankfurter Flughafens. Von dort nahm er die S-Bahn nach Hause.

Eugen Vandenberg war für alle ersichtlich sehr ungehalten über das Fehlen seines Chauffeurs gewesen. Nachdem er den ganzen Parkplatz abgesucht hatte, ging er wieder in das Lokal und ließ nach einem Taxi telefonieren. Erst dann verabschiedete er sich mit seiner Frau von den Geschäftspartnern. Es war sehr spät geworden. Die Uhr zeigte schon nach Mitternacht. Diese Vorsichtsmaßnahme sollte sich als unnötig erweisen.

Mitte der darauffolgenden Woche war Vandenberg gezwungen gewesen, seine ganze Macht ins Spiel zu werfen. Dem Betriebsratsvorsitzenden hatte er sogar versprochen, die beabsichtigte Kürzung des Weihnachtsgeldes um ein Jahr zu verschieben. Im Gegenzug erwartete er die Zustimmung zur fristlosen Entlassung Dumas'. Doch es kam alles anders, als er dachte.
Einstimmig hatte der Betriebsrat beschlossen, der Kündigung nicht zuzustimmen. Zum einen war Georg Dumas seit der letzten Wahl Mitglied, und zum anderen war er als solches auch anwesend, als die Abstimmung stattfand. Obwohl der eine oder andere durchaus geneigt war, dem Druck Vandenbergs nachzugeben, im Beisein Dumas' wagte es niemand, sich als Feigling zu offenbaren. Außerdem hatte Silke kurz vorher ein paar eindringliche Sätze an die Anwesenden gerichtet und an ihr Gewissen appelliert. Mit Erfolg, wie sich zeigte.
Später saßen Silke und Dumas am Brunnen vor der Alten Oper. Die Sitzung war noch nicht lange vorbei. Die Erleichterung über das Abstimmungsergebnis war noch immer an ihren Gesichtern abzulesen. Sie beobachteten die Tauben, die von einer verwahrlosten alten Frau mit Brotkrumen versorgt wurden. Die Sonne stand über den Häusern des Bahnhofsviertels und würde bald dahinter verschwinden. Sie hatte ihr Werk ebenso heiß und schwül wie die Tage zuvor verrichtet.
„Wie fühlst du dich?" fragte Silke. Sie hatte die Schuhe ausgezogen und ließ ihre Füße im erfrischenden Wasser des Brunnens baumeln.
„Ganz gut." Dumas überlegte kurz, dann fuhr er fort: „Um ganz ehrlich zu sein: Ich hätte alles Mögliche darauf verwettet, morgen arbeitslos zu sein."
„Mach dir aber trotzdem keine falschen Hoffnungen. Du wirst mit an Sicherheit grenzender Wahrscheinlichkeit demnächst von der Arbeit freigestellt werden. Ich kenne die Maschinerie zur Genüge. Vandenberg sitzt bestimmt jetzt irgendwo dort oben und flucht, was das Zeug hält."
Dumas folgte Silkes Blick zum neuen Bankenturm Phoenix,

dem Prestigeobjekt der KonTrast. „Ich weiß, aber das ist mir egal. Ich werde mir mein Leben schon einrichten, auch wenn es mir anfangs verdammt schwerfallen wird."

„Ich verspreche dir, der Betriebsrat wird sich für dich einsetzen. Solange ich Mitglied bin, werde ich für dich kämpfen. Ich war selbst überrascht, wie es mir gelungen ist, die Stimmung gegen die Herren dort oben anzuheizen." Silke errötete ein wenig bei ihren eigenen Worten.

„Ich weiß. Und dafür danke ich dir", sagte Dumas mit belegter Stimme.

„Wenn man mal so richtig über alles nachdenkt, ist an allem eigentlich nur der Dregger schuld, und der sitzt immer noch total überfordert auf seinem Posten, und niemand kommt auf die Idee, ihn rauszuschmeißen", konstatierte Silke.

„Ja, stimmt. Ohne Dregger wäre ich nie in der Effektenkasse gelandet, und die KonTrast würde heute noch das Geld ihrer Kunden nach Luxemburg transferieren."

„Ja." Silke schüttelte eine widerspenstige Haarsträhne aus ihrer Stirn.

Jeder in seinen eigenen Gedanken versunken, schauten sie den Kunststücke vorführenden Skateboardfahrern zu.

Zehn Minuten später sagte Silke: „Weißt du, auch wenn wir uns vielleicht als Kollegen bald nicht mehr begegnen werden, als Freunde werden wir noch miteinander verbunden sein, es sei denn, du verkrachst dich mit deinem Freund Zapatoblanco."

„Was hat denn der damit zu tun?" Dumas suchte nach einer Erklärung, fand aber keine.

„Wir sind zusammen, wir gehen miteinander, wie die jungen Leute zu sagen pflegen", erklärte Silke leichthin.

„Seit wann denn das?" Dumas wollte es noch immer nicht verstehen. Sein Verstand weigerte sich strikt.

„Och. Seit ein paar Wochen schon. Wir wollten dich nur nicht noch mehr belasten, als du es ohnehin schon warst", erklärte Silke mit einem entwaffnenden Lächeln.

„Weißt du überhaupt, worauf du dich da eingelassen hast? Ich kenne Zapatoblanco schon seit etlichen Jahren und ..."

„Paa-pii. Das Kind ist erwachsen. Hast du meine Rede vorhin in der Betriebsratssitzung schon vergessen?" Silke tippte ihrem Noch-Kollegen mit dem Zeigefinger an die Stirn.

Georg Dumas schoß das Blut in den Kopf. Silke zog ihre

Strümpfe und Schuhe an. „Ich muß jetzt gehen. Zapatoblanco erwartet mich sicher schon. Er wohnt ja nicht weit von hier. Außerdem kommt gleich der Möbelwagen."

Zum Abschied küßte Silke ihn auf die Stirn. Dumas sah ihr nach, wie sie sich federnden Schrittes entfernte. Auf der anderen Straßenseite drehte sich Silke noch einmal um und winkte ihm zu. Er winkte zurück. Wozu sollte der Möbelwagen gut sein? fragte er sich. Die wollen doch nicht etwa zusammenziehen?

Silke sollte recht behalten. Am nächsten Tag überreichte ihm Kleinschmidt den sofortigen Freistellungsbescheid.

Zwei Wochen später war das APO für diese frühe Abendstunde ungewöhnlich gut besucht. Doro und ihr Freund Bernd, Zapatoblanco, Greg Jones, Silke und zwei befreundete Betriebsratsmitglieder saßen am großen runden Tisch vor dem Panoramafenster und warteten auf Georg Dumas, der jeden Augenblick aus Mainz zurückerwartet wurde. Im Moment liefen die 20-Uhr-Nachrichten, und danach sollte im dritten Programm eine Sendung über die letzten Bankenskandale ausgestrahlt werden. Der Ton war noch abgestellt. Damit Dumas pünktlich zum Sendebeginn erscheinen konnte, hatten alle für die Taxirechnung von Mainz nach Frankfurt zusammengelegt, trotzdem würde die Zeit knapp werden, da das Interview erst um achtzehn Uhr aufgezeichnet worden war. Es herrschte eine gewisse Nervosität, denn jedermann in der Runde wußte, daß Dumas sich nicht sonderlich gut verkaufen konnte, wenn er vor mehreren Menschen einen Vortrag zu halten hatte. Man hegte die schlimmsten Befürchtungen, was passieren würde, wenn er in ein Mikrophon zu sprechen hatte und sogar noch Scheinwerfer auf ihn gerichtet waren.

Chris kam an den Tisch und leerte die überquellenden Aschenbecher in einen silberfarbenen Blecheimer. „Hoffentlich schafft's de Schorschi noch. Was för a Uffreschung wesche so em Kokolores. Hätt de Bub damals nur saa Kneip behalde, da bräuscht er sich heut net mit so hohe Herrn rumzuärjern. Schuster bleib bei daane Leiste, sach isch immer. Abbä er wollt's ja net anners. Wo isch schon ma hier bin: will noch jemand was zu süffele?"

Kurz darauf fing die Sendung an und der Ton wurde angestellt. Alle starrten wie gebannt auf den Bildschirm. Georg Dumas war noch nicht im APO eingetroffen. Zu Beginn war in einer Rückblende der damalige Finanzminister Theo Waigl im Bundestag zu sehen, wie er sich den Attacken der Opposition bezüglich der Einführung der Zinsabschlagsteuer zu erwehren hatte. Ein Kommentator zählte einige Daten auf, die im Ablauf der Chronologie von Bedeutung waren. Als die Geschichte des umstrittenen Gesetzes erzählt war, erschien ein Steuerexperte in feinem Zwirn und erklärte die Zusammenhänge, so daß sie auch für die nicht des Behördendeutsches mächtigen Zuschauer verständlich waren. Das dauerte einige Minuten.

Dumas saß auf der Rückbank und ärgerte sich, daß er in einem Nichtraucher-Taxi saß, in der Hektik hatte er bei der Bestellung nicht darauf geachtet. Auch hatte er das Gefühl, bei den Studioaufnahmen total versagt zu haben. Nach einigen Fehlversuchen waren ihm zwar die Sätze ohne zu stottern über die Lippen gekommen, aber als er sich nachher die Aufzeichnung angesehen hatte, schämte er sich; nicht so sehr wegen des Inhalts – damit war er zufrieden – sondern wegen seines unleugbaren hessischen Dialektes. Dabei hatte er sich solche Mühe gegeben, Hochdeutsch zu sprechen. Selten zuvor hatte er Gelegenheit gehabt, seine eigene Stimme zu hören, und als er sie dann vernommen hatte, traf ihn die Peinlichkeit mit voller Wucht. Ein Bauarbeiter mit Hauptschulabschluß hätte nicht anders gesprochen, überlegte er. Dumas hatte gedacht, daß sich seine Ausdrucksweise im Laufe der Berufsjahre bei der KonTrast gebessert hatte, aber es war noch immer dasselbe Idiom, mit dem er aufgewachsen war. Als sie am Flughafen vorbeifuhren, dessen gelber Lichtschein schon von weither den Himmel illuminierte, wünschte er sich, in einer dieser Maschinen zu sitzen, die im Minutentakt in alle Richtungen davonflogen. Seine Freunde, die im APO auf ihn warteten, würden sich bestimmt halb totlachen, wenn sie die Sendung sahen.

„Da kommt er ja endlich", rief Greg Jones plötzlich, stolz, den Helden des Abends als erster erblickt zu haben. Silke und Zapatoblanco, die sich gerade innig geküßt hatten, trennten sich und rückten ihre Stühle, so daß Dumas sich dazwischen setzen konnte.

„Was ist denn hier los?" fragte Dumas sichtbar überrascht, denn Sonrisa kam mit einem Sektkübel samt Inhalt an den Tisch. Chris brachte auf einem Tablett die Gläser.

„Uff Koste des Hauses. Mer habbe schließlich ja net alle Tach en Filmstar im Lokal."

„Du hättest dich wenigstens mal abschminken können", lachte Silke und fuhr Dumas mit dem Finger über die Backe, auf der kleine Schweißperlen rosafarbene Rinnsale hinterlassen hatten.

„Hab ich völlig vergessen, außerdem pressierte es", erwiderte Dumas, dem es allmählich leichter ums Herz wurde, jetzt, da er seine Freunde und Kollegen um sich wußte, und sie ihm nicht mehr als Abstraktum erschienen. Komisch, dachte er, wie Ängste, die bei näherer Betrachtungsweise unbedeutend waren, doch in einem wuchern können.

Sonrisa hatte gerade die Gläser gefüllt, da sagte Greg Jones: „Psst, seid doch mal leise, da ist die KonTrast", und deutete auf den Fernseher. Alle Blicke folgten ihm. Chris und Sonrisa folgten der Berichterstattung im Stehen.

Dramatische Musik untermalte die Szene, in der die Kamera langsam von der Turmspitze Phoenix' zur gläsernen Eingangshalle hinabglitt und dort verharrte, bis am rechten Bildrand Georg Dumas in brauner Wildlederjacke und mit buntem Regenschirm auftauchte. Der Schirm war aufgespannt, denn es nieselte leicht. Dann stellte sich Dumas vor und umriß in kurzen Worten die Vorkommnisse, die letztendlich in der Freistellung von seiner Arbeit gipfelten.

Verstohlen blickte sich Dumas im APO um, aber niemand schien an seinem hessischen Dialekt Anstoß zu nehmen. Warum sollten sie auch, fuhr es ihm in den Sinn, sie kennen mich doch gar nicht anders, und ich hatte mal wieder die schlimmsten Befürchtungen.

„Und hier zu Gast bei uns im Studio begrüße ich nun ...", begann der Moderator. Dumas erinnerte sich, daß er schon einmal im Fernsehen gewesen sein könnte. Damals, vor mehr als vierzig Jahren, drehte bei einem Turnier auf dem Niederräder Golfplatz ein britisches Fernsehteam eine Reportage über einen bekannten Spieler. Dumas hatte seinerzeit als Caddy sein Taschengeld aufgebessert und mußte dem Golfspieler auf Schritt und Tritt folgen, als die Aufnahmen gemacht wurden. Den Bericht hatte er aber nie gesehen, denn er sollte, wenn überhaupt, in einer englischen Sportsendung erscheinen.

Seine Aufmerksamkeit richtete sich wieder auf den Fernseher, und er fand, daß sein Dialekt nun nicht mehr ganz so ausgeprägt war, obwohl es dieselben Bilder waren, die er schon im Mainzer Studio gesehen hatte. Kurz darauf war das Interview beendet, und es folgte ein Gespräch mit dem Betriebsratsvorsitzenden der KonTrast, in dem dieser die Bank an den Pranger stellte, weil sie in Dumas einen Mitarbeiter loswerden wollte, der nichts weiter getan hatte, als seiner staatsbürgerlichen Pflicht nachzukommen und illegale Aktivitäten zur Anzeige brachte. Er schloß seine Äußerungen mit der Bemerkung, sollte sich dieses Unrecht tatsächlich vor der Gerichtsbarkeit durchsetzen, man nicht mehr umhin komme, diesen Staat als eine Bananenrepublik zu bezeichnen.

„Genau! Bananenrepublik. In so einer leben wir nämlich", meinte Greg Jones lauthals, nachdem die Sendung geendet hatte und sich beifälliges Gemurmel breitmachte.

„Ich finde, das hast du toll gemacht. Darauf wollen wir anstoßen", erklärte Silke bestimmt, keinen Widerspruch duldend.

Die anderen erhoben sich, und Dumas, dem es zuwider war, im Mittelpunkt zu stehen, tat es ihnen gleich und sagte: „Mir wäre lieber, wir würden erst feiern, wenn das alles überstanden ist."

„So en Quatsch. Mit dem Fernsehufftritt von heut abend dust de ganz schee im Rampelicht stehe. Die von de KonTrast traue sich doch jetz net mehr, dir zu kündische oder sonstwas. Isch hätt net übel Lust, dene a Atombomb in ihr schee neu Bürotörmche zu schmeiße", sagte Sonrisa, während sich die zwei Betriebsratsmitglieder, die Silke mitgebracht hatte, verabschiedeten.

„Glaub mir, Sonrisa, mir geht's manchmal genauso", pflichtete Dumas ihr bei, „Aber was würde das ändern? Wir wissen doch alle, wie das in diesem Land funktioniert. Mich würde es nicht wundern, wenn sich alles im Sand verläuft, wenn die Vorstände der Banken, die in die Steuerhinterziehung verwickelt sind, unisono nach Amnestie schreien, sie auch bekommen würden und ich, der ihnen bei ihren Gaunereien im Wege stand, als Sozialhilfeempfänger mein weiteres Leben fristen werde."

„Das glaube ich nicht. Denk doch nur mal an die vielen Millionen Mark, die die Steuersünder schon an den Staat gezahlt haben, um einer Strafverfolgung zu entgehen. Die haben sich allesamt selbst angezeigt, stand gestern in der Zeitung."

„Ich weiß, aber trotzdem habe ich kein gutes Gefühl bei der Sache", meinte Dumas. „In ein paar Monaten kräht kein Hahn mehr danach, und dann kann die KonTrast mit mir nach Belieben verfahren."

„Wenn ich du wäre, würde ich mit dem Schlimmsten rechnen", meldete sich Zapatoblanco das erste Mal zu Wort.

„Das mach ich auch. Schließlich hast du mir oft genug meine Naivität unter die Nase gerieben."

„Hat anscheinend was gebracht. Alt genug, einen Teil meiner Weisheiten zu verinnerlichen, wärst du ja. Aber mal Spaß beiseite, irgendwer sollte zur Feier des Tages mal eine Runde ausgeben, der Sekt ist alle. Wer weiß, ob du jemals wieder dazu Gelegenheit hast." Zapatoblanco sah Dumas herausfordernd an.

„Schon gut, schon gut." Dumas hob resigniert die Hände. „Sonrisa, mach mal ein paar Getränke fertig. Ich brauch mir ja neuerdings dank der KonTrast keine Gedanken mehr darüber zu machen, wann ich morgens aufstehe."

„Du, Schorschi", sagte Doro etwas später am Abend, „Das ist übrigens Bernd, mein Freund. Ich habe dir schon von ihm erzählt, er arbeitet beim Frankfurter Generalanzeiger in der Sportredaktion."

„Hab ich mir schon gedacht. Angenehm." Er gab Bernd die Hand, der unsicher zu Doro sah. Dumas spürte, daß noch irgendwas anliegen mußte.

„Tja, Schorschi", druckste Doro herum. „Ich, wir, nein. Ich meine, es war meine Idee."

„Was denn?" fragte Dumas irritiert, denn der Wesenszug der Unsicherheit war ihm an Doro neu.

„Ich habe die Schnauze voll von Heim, Garten und Küche, und da mir unser Chefredakteur trotz des famosen Artikels, den ich über die Aktion der Steuerbehörde bei der KonTrast geschrieben habe, noch immer keine interessantere Arbeit anvertraut, habe ich beschlossen, ein Buch zu schreiben", sprudelte es aus Doro heraus.

Greg Jones, Silke und Zapatoblanco waren hellhörig geworden und hatten Doros Worten neugierig gelauscht.

„Ein Buch?" fragten Silke und Dumas fast gleichzeitig.

„Jawohl, ein Buch", erwiderte Doro leicht verschnupft. „Warum auch nicht, oder glaubt ihr, ich könnte das nicht?"

„Natürlich, davon bin ich überzeugt, aber, über was denn?" fragte Zapatoblanco.

„Na, über unseren Herrn Dumas, über die Steueraffäre, über die ganze Geschichte eben. Bernd glaubt auch, daß man es mal probieren sollte, schließlich war Schorschi schon im Fernsehen und die Medien berichten tagtäglich darüber. Die Öffentlichkeit ist also interessiert. Außerdem könnte mich Schorschi mit jeder Menge Insiderinformationen versorgen. Was meint ihr?"

„Tolle Idee. Wenn Doro es sich zutraut", sagte Silke euphorisch und sah Dumas eindringlich an.

„Versuchen könnte man es ja mal", stimmte dieser zu.

Georg Dumas brauchte sich jetzt, da er von der Arbeit freigestellt war, nicht mehr mit dem Einkaufen nach Feierabend abzuhetzen. Dazu hatte er nun den ganzen Tag Zeit. Mit zwei Tüten voller Lebensmittel stand er gen Mittag an einer Verkehrsampel in der Bruchfeldstraße. Eigentlich hatte er damit gerechnet von dem einen oder anderen auf die gestrige Sendung, in der er mitgewirkt hatte, angesprochen zu werden. Aber nicht mal sein Tabakhändler, der ansonsten immer bestens über alles informiert war, hatte eine diesbezügliche Bemerkung gemacht. Wahrscheinlich haben nur wenige Menschen die Sendung gesehen, überlegte er als die Ampel auf Grün sprang.

Dumas hatte die andere Straßenseite schon fast erreicht als ein ohrenbetäubender Knall zu hören war. Erschrocken fuhr er zusammen. Fast unverzüglich begann er nach einem körperlichen Schmerz zu suchen, konnte aber keinen ausmachen. Er glaubte es schon mal gelesen oder im Fernsehen gesehen zu haben, daß der von Schußwunden verursachte Schmerz nicht unbedingt unerträglich sein mußte. Er sah an sich herab, aber nirgends war Blut zu entdecken. Vorsichtshalber ging er noch einen Schritt vor und ließ sich bedächtig auf einem Mauervorsprung nieder, immer darauf gefaßt, daß nun doch endlich irgendwo der Schmerz einsetzen mußte.

Verschwommen nahm Dumas wahr, wie direkt vor ihm an der Ampel ein Mann aus seinem Wagen stieg und um ihn herum ging. Aha, dachte Dumas, hat er wohl doch noch gemerkt, daß er mich beim erstenmal nicht richtig getroffen hat. Aber warum fahren die keinen weißen VW-Passat mehr? Haben anscheinend das Auto gewechselt, gar nicht so dumm. Aber der Mann ging weder auf Dumas zu noch hatte er eine Pistole in der Hand. Stattdessen bückte er sich, richtete sich wieder auf und trat mit voller Wucht gegen den geplatzten Vorderreifen. Es dauerte einige Sekunden bis Dumas begriff, was tatsächlich geschehen war. O Gott, dachte er, wie soll das bloß weitergehen? Und die gerichtliche Auseinandersetzung mit der KonTrast hatte noch nicht mal begonnen.

Epilog

Es sollten noch ein paar Jahre ins Land gehen bis die Gerichtsakte KonTrast Bank gegen Georg Dumas endgültig geschlossen wurde. Bis dies allerdings geschehen konnte, hatte die KonTrast mit allen ihr zur Verfügung stehenden Mitteln versucht, ihren unliebsamen, d.h. ihren nicht gefügigen Mitarbeiter Dumas erst fristlos, später, da dies erfolglos, dann fristgerecht zu kündigen. Daß der Prozeß letztendlich doch gewonnen werden konnte, ist dem unermüdlich sich in dieser Sache aufopfernden Betriebsrat der KonTrast, allen voran Silke Büdinger, zu verdanken. Ein solches Verhalten ist leider in der heutigen Zeit des marktwirtschaftlichen Neoliberalismus alles andere als üblich. Betriebsräte erweisen sich immer mehr als Erfüllungsgehilfen der Firmenvorstände, respektive der den Kurs bestimmenden Aktionäre.

Während des Verfahrens mußte Dumas zeitweise von Arbeitslosengeld leben, das dann allerdings von der KonTrast aufgrund des verlorengegangenen Prozesses an den Staat zurückgezahlt werden mußte. Prozeßbeobachter und Kenner der Gesetzeslage fragten sich oft, warum die KonTrast einen so offensichtlich ohne jede Gewinnaussicht innewohnenden Prozeß überhaupt angestrebt hatte, zumal ihr ja die Entschlossenheit Dumas' und des eigenen Betriebsrates nicht verborgen bleiben konnte.

Eine weitere Peinlichkeit wurde offenbar, als im Laufe des Prozesses die Sprache auf die Verurteilung von zwei Filialleitern der KonTrast aufgrund der Beihilfe zur Steuerhinterziehung kam. Die Anwälte wirkten vollkommen überrascht, als Dumas dieses Urteil dem Gericht vorlas. Hier hatte man wahrscheinlich gehofft, daß durch die versuchte Geheimhaltung dieser Tatsache der Anschein gewahrt blieb, die KonTrast habe nie etwas mit der Beihilfe zur Steuerhinterziehung zu tun gehabt, respektive keines der laufenden Verfahren sei schon abgeschlossen. Eine angesichts der von Dumas geschilderten Details zu seiner eigenen Arbeitstätigkeit geradezu fahrlässige Naivität.

Die Geschehnisse, die Georg Dumas mit seinem Arbeitgeber widerfahren sind, bilden in der zunehmend brutaler werdenden Arbeitswelt schon lange keine Ausnahme mehr. Bemerkenswert sind allenfalls die Energie und Ausdauer, mit der er und der Betriebsrat sich gegen die Repressalien einer nahezu selbstherrlich und autokratisch agierenden Vorstandsriege zur Wehr setzten.

Es gab viele Tage während dieser Zeit, an denen Dumas um sein Leben fürchtete. Ob dies begründet oder unbegründet war, mag nur derjenige in der Lage sein nachzuvollziehen, der sich schon mal in einer ähnlichen Situation befand. Fest steht aber, daß Dumas heute noch ein mulmiges Gefühl beim Anblick eines weißen VW-Passat beschleicht.

Fest steht weiterhin, daß bis zum heutigen Tage des Jahres 2001 noch kein Vorstandsmitglied einer der der Steuerhinterziehung überführten Banken (und das sind reichlich an der Zahl) rechtskräftig verurteilt wurde. Sämtliche bis dato anhängigen Verfahren wurden gegen Zahlung eines Bußgeldes eingestellt. Im Falle der KonTrast betrug das Bußgeld einhundertundzehn Millionen Mark zuzüglich fünfundzwanzig Millionen für zwei Vorstandsmitglieder.

Maximilian Krauther hatte sich bei seinem Ausscheiden aus der KonTrast vorgenommen, zusammen mit seinem Testament ein Schreiben beim Notar zu hinterlegen, in dem er sein Wissen und seine Vermutungen um die Todesumstände Tobias Müllers darlegte. Bislang ist es bei diesem Vorhaben geblieben, und es hat auch nicht den Anschein, daß sich dies ändern würde, verblaßten doch Krauthers Erinnerungen an die Vorfälle immer mehr. Zudem begann sich bei ihm der Gedanke durchzusetzen, daß durch die Aufklärung dieser Straftat ja doch niemandem geholfen wäre.

Theo Kecks Leiche wurde bis heute nicht gefunden, und Sammy ist Leiter der Sicherheitsabteilung der KonTrast.

Im Röschen-Verlag vom selber Autor bisher erschienen (aus der Simon-Schweitzer-Krimireihe, humoristisch und spannend):

Band 1 "Simon Schweitzer – immer horche, immer gugge" (2003)
Band 2 "Geiseldrama in Dribbdebach" (2004)
Band 3 "Tod im Ebbelwei-Expreß" (2005)